田宏伟最新力作

神树塬

田宏伟·著

陕西新华出版传媒集团
太白文艺出版社

图书在版编目（CIP）数据

神树堰 / 田宏伟著. — 西安：太白文艺出版社，2017.1（2022.3重印）
ISBN 978-7-5513-1066-6

Ⅰ. ①神… Ⅱ. ①田… Ⅲ. ①长篇小说—中国—当代 Ⅳ. ①I247.5

中国版本图书馆CIP数据核字（2016）第309301号

神树堰
SHENSHU YAN

作　　者　田宏伟
责任编辑　蒋成龙　姚亚丽
整体设计　王　航
出版发行　陕西新华出版传媒集团
　　　　　太白文艺出版社
经　　销　新华书店
印　　刷　三河市腾飞印务有限公司
开　　本　787mm×1092mm　1/16
字　　数　210千字
印　　张　18.75
版　　次　2017年1月第1版
印　　次　2022年3月第3次印刷
书　　号　ISBN 978-7-5513-1066-6
定　　价　57.00元

联系电话：029-81206800
出版社地址：西安市曲江新区登高路1388号（邮编：710061）
营销中心电话：029-87277748

神树墕

目录

第一章　月新　1

一　回乡路　1

二　雨蒙蒙　6

三　放羊汉的闹心事　11

四　赶集场上　16

五　支书一家　24

六　田园诗　29

七　爱人的信　32

八　兄弟情　35

九　打架风波　40

十　红火的腊月　48

十一　意外收获　53

十二　庙会酸歌　56

十三　激动的前夜　61

第二章　月晴　66

一　驻村干部的幸福路　66

二　闹心的省城之旅　71
三　一场猜想一场梦　76
四　农村刮起改革风　80
五　高兴的眼泪　86
六　“逼迫”当选　90
七　强奸事件　95
八　街头艺人　101
九　事业不等于爱情　106
十　下岗前后　113
第三章　月阴　122
一　走出大山　122
二　苦妞的婚事　127
三　井口相会　135
四　新婚危机　142
五　圪梁梁组合　146
六　毕业了　150
七　酒宴惊魂　153
八　生死考验　158
第四章　月满　161
一　海红熟了　161
二　棉花贩子　167
三　神秘男人　171
四　最年轻的镇长　178
五　宏伟蓝图　183
六　双喜的眼泪　188
七　大出血　193
八　加工厂揭牌　197

第五章　月缺　201
一　重逢　201
二　过白事　205
三　失败的苦果　210
四　女人的账　214
五　一个叫如梦的女人　219
六　失魂落魄　224
七　走进煤矿　227
第六章　月圆　232
一　宝生进村　232
二　人往高处走　236
三　最长的会议　244
四　童真世界　248
五　夜深沉　253
六　副班长的一天　261
七　雨中葬礼　265
八　惊魂夜　269
九　关于理想　275
十　山洪暴发　278
十一　最后的诀别　283

第一章　月　新

一　回乡路

生活就像童话般多姿多彩。

陕北黄土高原的最北端，两座郁郁葱葱的大山之间夹着一条走势由低向高、蜿蜒盘旋的山路。山路的路况很差，仅能通过一辆农用三轮车。到了雨水多发的季节，这条路经常发生事故，尤其是最窄处，当地人称“虎口”的地方，地势又高又陡，而且弯子很急，很多人命丧于此。这时，就在离“虎口”还有二十多米的地方，四名高三毕业的学生，两人一组，统一由男生扶着自行车，女生在后面推，一前一后艰难地前行着。

“铁生，路不好走，把方向把稳哩。”在后面推着第一辆车子的女孩说。

“稳着呢，放心！”铁生转过头，对着后面推车的柳花笑了笑。

“时候不早了，还有一段山路呢，我们得抓紧时间走。”扶着第二辆车子的男孩说。

“是啊，双喜说的对，我们要加把劲啊！”在双喜后面的女孩用袖子揩了揩脸上淌下的汗水。

白铁生、高双喜、胡柳花、白山杏都是刚从茂林县中学毕业的学生。就在几天前，他们和茂林县中学八百多名高三学生一起参加了高考。高考一结束，文理两科的答案就出来了。第二天，茂林县中学校园内乱成了一团，学生们纷纷拿着学校发的答案估分，“阴云密布”和“晴空万里”交替出现在每名学生的脸上。铁生、双喜、柳花、山杏是高三文科班的，他们所在的班是学校最不重视的一个班，因为几乎每次考试，他们班的综合成绩总是所有文科班的最后一名。铁生、柳花、山杏是一个村的，双喜是邻村榆树湾村的。柳花的成绩是四个人里最好的，接下来是铁生和山杏，双喜成绩最差。那天估分填报志愿，铁生估下来的分数就在二本分数线左右，只是他估不来英语作文和语文作文的分数，所以能否达到二本分数线，心里还没有把握。柳花的分数如果不出自己的预料，应该能超出一本分数线二十分以上，这也算正常，与她平日的考试成绩不相上下。她一直都是年级的尖子生，她在文化课上优异的表现也为这个不起眼的班级赢回了些许的尊严。山杏粗略估计了一下，她离二本分数线还差得远呢，所以对上大学这件事没有显出强烈的欲望。双喜对于自己的分数能不能上本科线一点也不关心，看见教室里一番忙乱的景象，他索性把答案塞进课桌抽屉里，一个人回到宿舍坐在架子床前弹起了他心爱的吉他。这四个人的成绩，都与他们平日的学习表现相符，既没有超常发挥，也不算低水平失误。

约莫半个小时后，四人气喘吁吁地走完了这条难走的山路。眼前是一段平路，路两边的庄稼地里，黑豆、玉米、糜子苗已有一尺多高，只有洋芋苗子像个待字闺中的姑娘，刚刚羞羞答答破土而出。

“柳花，上来，我捎你一段。”铁生说，“双喜，你把山杏带上。”

“不！凭什么？你就是个偏心眼，我要和你一搭里走。”山杏走到铁生面前，握住自行车的把手，倔强地说。

“铁生，那你就带山杏，我坐双喜的车。”柳花咬了咬嘴唇。

于是，铁生带着山杏，双喜捎着柳花，四人重新上了路。呲溜溜的东南风卷着黄土从远处的山坡上刮过，广袤的黄土高原披上了一层绿装。山野小路上，土地圪塄上，粉白粉白的酒盅花笑盈盈地开放，星星点点缀满浅绿色的草丛。地里，一个庄稼老汉穿着背心，露出黝黑黝黑的皮肤，挥着锄头，正在自留地上锄地。

快到榆树湾村的时候，双喜将自行车停下，柳花从自行车上跳下来。双喜家就在榆树湾村，他跟大家告了别，骑着车子从里面的岔路拐了进去。

“柳花！回来了！”前面的路上，一个瘦高的中年男子推着自行车走了过来。此人看上去四五十岁的样子，面容清秀、白净，梳着大背头，几根银丝散落在黑发中，整个人看起来很有精神。这人是胡柳花的爸爸，名叫胡根根。胡根根在榆树湾村小学教书，还是榆树湾村小学的校长，同时也是神树塬村的村主任。胡根根和白铁生的大爹（大伯）白志平是当年神树塬村里为数不多的高中毕业生。后来，铁生的大爹去了新疆当兵，复员回来以后成了神树塬村的村支书，胡根根则一直在榆树湾小学教书直到现在。

“放学了，我晓得你今天回来，就一直在路上等你。”胡根根笑着对女儿说。

白铁生和白山杏热情地上前问候了一声“胡老师”。他们曾经是胡根根的学生，所以每次见到胡根根，总有一种敬重和害怕的情绪涌上心头。

四人走到神树塬村村口的时候，已经是晚上 6 点钟了。神树塬村村口有一棵百年老槐树，粗壮的枝干需要三四个成年男子手拉手才能合围起来，神树墕村之所以叫神树墕，也和这棵老槐树有着不解的渊源。据村里的老人回忆，这棵树在清朝光绪年间就有了。据说是一位举人家的公子爱上了一个青楼女子，遭到家里的极力反对，两人相爱却不能在一起。那位公子一直郁郁寡欢，终于一病不起，不久便吐血身亡。不料，第二年插在举人家公子坟头上的引魂幡渐渐发芽了，不久竟然长成了一棵大树。这使得周围的村民人心惶惶，很多人都不敢靠近这棵树。到了民国年间，有几个女人相继在树上上了吊，从那以后更是没人敢靠近。曾经有一个大胆的人偏偏不信这个邪，要在树下睡一晚上，来证明他在世上什么也不怕。结果到了后半夜，他清晰地听到树上有一男一女在拉话，而且还是热辣辣的情话，结果吓得他三天三夜都爬不起来。人民公社时，当时还是生产小队队长的铁生爷爷白世荣老汉为了破除封建迷信，决定砍掉这棵老槐树。可奇怪的是，就在砍树的那天早上，白世荣老汉醒来后浑身发软，一点精神也没有，连咽唾沫都很困难，哪还有力气去砍树？村里的人觉得这棵树不是平凡之物，它必有一种神奇的魔力。后来村子就改名叫神树墕，主要是祈求这棵神树能保佑村子风调雨顺，无祸无灾。随着国家科技进步和科学知识的普及，人们渐渐忘记了以前那些关于老槐树神神鬼鬼的传说。如今，每到天热的时候，村口大槐树下就成了很多人纳凉的好地方。当然，人多闲话就多，这里也就成了神树墕的“闲话中心”和“会议中心”，几乎每条闲言碎语都是从这里产生传播出去的。

告别了柳花和山杏，白铁生骑着那辆破旧的自行车回到家。说是家，其实就是几孔烂土窑洞。父亲白志栓刚刚放羊回来，正和白世荣老汉赶着羊喂水呢，铁生将自行车放好，走过来帮忙。铁生虽然是个念书娃娃，但家里诸如喂牲口、割草之类的活儿都会干，在地里也是

一把好手。尤其开春时，牵牛犁地，锄草种地，什么活儿都干，这些都是因为家里穷造成的。俗话说，穷人家的孩子早当家。白铁生是家里的长子，就像俗话说的，他在小的时候，就比同龄的人更成熟和懂事。虽然他现在刚满二十岁，但从面相上看已经像二十五六岁的大后生了，这都是岁月的风霜使他有了一张与年龄不相符的面孔。寒暑假时，他就和父亲一块下地，一块放羊，俨然已成家里半个顶梁柱。

白铁生的爷爷白世荣老汉今年七十岁了，一直有肺气肿。他正抱着一头刚出生的小羊羔喂水时，就剧烈地咳嗽起来。铁生心疼爷爷，就让他回去，自己接过小羊羔喂水。这时，一个蓬头垢面、衣衫褴褛的女人跑过来一把蒙住了铁生的双眼，笑嘻嘻地说："放学了，你妈让你回去吃饭饭。"说着，将手里的一朵喇叭花插在了铁生的头上。铁生"扑哧"一下笑出声，转过身，把喇叭花拔下来别在苦妞的头上说："二姑，不要闹了，赶紧回家吧。"被铁生唤作二姑的苦妞很听话，不再闹，转身回窑洞去了。

苦妞是白世荣老汉的二女儿，今年已经三十三岁了，至今还没嫁出去。在茂林县，谁家的女子到了这个年龄还嫁不出去，不是有病，就是傻子、哑巴之类的，苦妞属于后者。苦妞出生的时候，正是白世荣老汉家里最困难的时候，全家六口人，加上两个老人，每天饥一顿、饱一顿。白世荣老汉的婆姨没有奶水，家里实在没有多余的粮食喂养苦妞，白世荣老汉心一狠、牙一咬，决定不管苦妞的死活，不给她喂食，让她自生自灭。结果苦妞被整整饿了十天，到了第十天，苦妞还没有被饿死。白世荣的婆姨实在不忍心，号啕大哭地对白世荣说："不能造孽呀，我不吃饭也要把苦妞养大！"白世荣的婆姨就用谷子糊糊喂养活了她的二女儿。苦妞长大以后就成了一个半傻子，智力远低于同龄人，说话也含糊不清，嘴却停不下来，每天神神道道的。

十五岁时，苦妞和村里的小孩玩耍，右眼不小心被捅伤，就失明了。白世荣老汉穷了一辈子，恓惶了一辈子。为了撑起这个家，他受了一辈子罪，苦了一辈子，和婆姨一把屎一把尿地把四个孩子拉扯大，给儿子都娶了婆姨，大女儿也嫁出去了，他算是完成任务了，尽到了一个做父亲的责任。可唯独想起苦妞，他就愁得一晚上睡不着觉，即便有一天进了黄土洞，他也放不下心啊。找人说媒，没有一个人愿意娶苦妞，这不能怪人家，谁愿意娶苦妞这个“活死人”？他不怪苦妞，他觉得这是命。他命苦，苦妞命更苦，他只能认命。

不一会儿，铁生和父亲白志栓就将羊圈门锁好，先后朝着中间那孔窑洞走去。透过贴满窗花的窗户纸，昏暗的灯光下，锅台上热气腾腾。白志栓的婆姨赵兰萍已将热乎乎的饭菜端上了饭桌，白世荣老两口和手里玩着喇叭花的苦妞正盘腿坐在炕上准备吃饭。

二　雨蒙蒙

一个月就这样悄无声息地过去了，明天就是 2004 年全国高考成绩公布的日子。这一段时间对白铁生来说，是漫长而煎熬的。为了这一天，他付出了三年的青春时光。明天是个特殊的日子，是一个决定他命运的日子，他既激动又害怕。激动是因为这是他人生旅途中一个重大的转折点，害怕是怕高考落榜，上不了大学。铁生就在这种复杂、纠结、矛盾的心情中等待着。有时候他希望时间过得快些，有时候又希望时间过得慢些。有一次他梦到自己拿着大学录取通知书一口气从茂林县中学跑回了他家那孔烂窑洞，给爷爷白世荣和父亲白志栓看。正当这两位长辈喜极而泣时，他猛然发现，自己手里拿着的不是录取通知书，而是一把锋利的镰刀，而他正猫着腰割糜子呢！从装扮

上看，他已经成了一名庄稼汉。为了不让自己太操心这件事，他尽可能不去想，但明天就是揭榜日，无论结果好坏，他都要勇敢地去面对。

第二天一大早，外面下起了淅淅沥沥的小雨。放眼望去，远远近近的山峦、庄稼地一片雾蒙蒙的。庄稼尽情地伸展腰肢，吮吸来之不易的甘霖。整个神树墕村都处在一种水雾之中。位于神树墕村中间的喜鹊河，传来哗啦啦的流水声。

白铁生坐着神树墕村村支书白志平的拖拉机去县城，同行的还有柳花、山杏和白志平的儿子白宝生。白宝生身体微胖，单眼皮，小眼睛，红红的脸蛋，笑起来还有一对酒窝。铁生和宝生是堂兄弟，两人关系一直很好，但没有铁生和双喜那般亲密。宝生今天也是去看成绩的，宝生和铁生是同届毕业生，只不过宝生学的是理科。

茂林县中学的橱窗里贴满了文理科应届毕业生的各科成绩和总成绩。橱窗前人头攒动，挤满了前来看成绩的同学。铁生、柳花、山杏、宝生在人群中挤来挤去。铁生好不容易挤到前面，他看到了自己的名字和分数：白铁生，472 分。看到这个分数，铁生的脑袋“轰”地响了一声，一阵眩晕差点使他栽倒在地。他已经没有心思再细看各科的分数，便踉踉跄跄地挤出人群，失魂落魄地来到校园中。看到同学们脸上高兴的神情，他没有心情继续待在学校里，想快点逃离这个伤心的地方，便想起经常去的县城外面的黄河滩。

细细的雨滴打在河面上泛起层层涟漪，他怅然若失地站在河岸边，身体像一具没有灵魂的躯壳。雨水打湿了他的全身，他的心情如同外面的天气一样，灰蒙蒙的不见天日。这可怎么办啊?！离二本分数线就差 18 分，为什么啊？他的内心深处传来一阵阵撕心裂肺的叫喊声。脚下的黄河水缓缓地流淌着，他想让黄河水停下来，听听他内心的郁闷和惆怅。他双手掩面蹲下来，从指缝间看到脚下七彩斑斓的鹅卵石，想起了和双喜、柳花、山杏一块来河边踏青时的情景，想起和柳花一块散步，在河滩上追逐嬉戏……他看到了柳花在冲他笑，朝他喊，两行热泪不自觉地从眼里夺眶而出。

"怎么了，一个人跑到这里来干啥?"一个熟悉的声音从身后传来。

双喜看完自己的高考成绩后，从人群中挤出来，猛然瞥见好朋友铁生落寞地离开校园，不知道要去哪。他猜想，铁生最有可能去他们经常玩的黄河滩上，于是，跟着追来了。

铁生红着眼睛，站起来说："我落榜了，我落榜了!"

"落榜就落榜，天塌不下来，我也落榜了，你看我一点也不难过。"双喜笑嘻嘻地说。

"你和我的情况不一样。"铁生难过地说。

"上大学有啥好，我才不稀罕。"双喜一脸轻松的表情，"好了，不要难过了，条条大路通罗马，一切都会过去的。"

听到双喜宽解的话，白铁生憋了一肚子的委屈和难过再也忍不住了，他动情地伏在双喜的肩上大声地哭了起来……

在返回神树塬村的拖拉机上，只有铁生和宝生两人了。柳花和山杏没有随他们一起走，说晚上要和同学们聚餐告别。本来也叫铁生去，只是他没考好，碍于面子就没有去。在这之前，铁生还去学校收拾了行李，去图书馆把借的书还了，然后去看了看自己曾经学习生活过的地方，教室、宿舍、图书馆、实验室、操场，一处也没有落下。

回到家，白铁生垂头丧气地推开门，全家人都坐在炕上等着他的"好消息"，白志栓的婆姨赵兰萍看见小子回来了，高兴地从炕上跳下来，穿上布鞋，急切地问小子："考得怎么样?"

铁生抬起头，看见母亲脸上流露出来的高兴、关切的表情，心像刀割一样难受。他垂着头，从鼻腔里哼出一句话："不要问了，考砸了，没考上。"说完，就转身跑了出去，全家人惊愕地看着他离去的背影。

铁生跑到西边的这孔窑洞。这孔窑洞很小很旧，平日里用来放农具。上了高中，铁生主动提出要搬出去住，倒不是因为不想和父母住在一起，而是觉得自己不是小孩了，已经长大了，不方便和父母在一个床上睡觉了。现在，他趴在用木板支起来的床上哭着。白志栓推开门，走到小子面前，坐在床边，沉闷地抽着旱烟锅子，时不时发出几声叹息。

"考不上就回家种地吧！"白志栓说。

铁生听到父亲说话，坐起来反驳道："不！我要上大学。"

白志栓摇着头说："哎！不是家里不让你上，你看看家里的光景，能供得起你吗？现在，你妹妹蓝妮还在上高中呢！"

"那怨谁呢？还不是因为你没本事，日子过得烂包。"铁生生气地说。

"你……"白志栓瞪着眼睛，不知道说什么。

白志栓觉得和这小子理论不出个一二三，坐了一会儿，气愤地夹起旱烟锅子走了。

白铁生又趴在床上哭了起来，他想起自己三年的高中时光。从高一开始，他用功读书，上课专心听讲，可就是念不会，成绩总是上不去，得到的永远要比付出的少。他本想通过念书来改变自己的人生和命运，改变家里穷苦落后的面貌，这三年来，怀揣着这个目标，始终没放弃。当看书看累的时候，他就想起家里破败的样子，父母辛苦的模样，就激励自己不能停下来。就是这种精神鼓舞、激励着他前进，只要能考上大学，让他吃再多的苦，受多大的负累都愿意，可结果还是没考上。哎，这高中三年，还不得不提一个人，那就是和他同村的胡柳花。柳花是一个心地善良、善解人意的女孩子。从高一开始到高三毕业，他俩就是同桌。柳花的成绩很好，每次考试都是班里的前三名。功课上，他有什么不懂的地方，就问柳花，柳花也会耐心地给他讲解。下课后，两人结伴去图书馆看书。早晨起来一起背书，相互考对方。就这样，两人建立了深厚的感情，准确来说，应该是纯洁的友谊。有一段时间，班里的同学在私底下议论他俩，说他俩在谈恋爱呢，包括双喜和宝生也掺和了进来，更有人大胆地说，看见他俩牵手亲嘴了。班主任知道后，把他俩狠狠地训了一顿。从那以后，敏感害羞的柳花就不敢公开地和他在一起了，但这并没有影响两人的感情。寒暑假的时候，两人经常偷偷地跑到村外的山野上溜达。两人在深厚友情的基础上多了一份亲密和挂念。不过，在他们像花一样美好的青春期中，爱情还处在似懂非懂的阶段。

半个月后的一天晚上，睡不着觉的铁生一个人来到喜鹊河边散步。喜鹊河静谧地流淌着，河两岸传来一阵阵的蝉鸣和零星的蛙叫声。被炽热太阳烤了一天的神树塬村的温度渐渐降了下来，河岸边一阵凉凉的水汽扑面而来。

铁生静静地在河边走来走去，时而随手从柳树上摘下一片柳叶含在嘴里，时而捡起石头朝河里扔。这段时间，他的心情已经平复了很多，逐渐从高考失利的阴影中走了出来。冷静下来思考，他不能再为上不了大学而苦恼了，他不能活得那么自私，而不顾家里人的死活。现在，他决定要当农民了，和父母好好营务好地里的庄稼，盼望年年有个好收成，那样家里的日子也会越过越好。想到这些，白铁生嘴角浮起一丝浅浅的笑意。

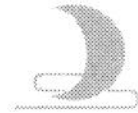

“铁生，你来河边干啥?”不知什么时候，柳花已经站在他身后了。

“柳花，你怎么在这?”铁生摸了摸后脑勺笑着说，“没事干，家里烦闷得待不住，就来河边走走。恭喜你呀，考上了名牌大学。不像我，得回家种地。”

柳花已经被本省的西北大学录取了。成绩公布后，柳花的父母很高兴，胡根根逢人就夸赞他的女儿。但柳花高兴几天后，竟发愁起来，因为她知道铁生现在的心情很不好，所以导致她的心情也不怎么好，好像她也高考落榜了似的。她一直想到铁生的家里看看铁生，但连着几次都扑了空，守家的苦妞说铁生出山劳动去了。

“铁生，你不要难过，人生的路有很多条，上不了大学我们可以干其他的。咱村的胡百福一天书也没念，现在是千万富翁。所以人有没有出息与上不上大学没有关系。”柳花关心地说。

“没事，我已经想开了，我打算就在农村发展，好好劳动。”

“不说这个了，我问你，你信佛不?”柳花问。

“我不信。”

“那为啥?”

“我只信你，相信我们前世今生都会在一搭里。”铁生笑着说。

“蜜罐子嘴，尽拣好听的说。”柳花害羞地转过身，向河边深处走去，铁生赶紧追了上去……

三　放羊汉的闹心事

黄土高原上有走不尽的蜿蜒沟壑，有看不完的连绵大山，有取之不尽的黄土。毛驴、黄牛、骡子、绵羊、猪儿子、筐、耧车、镰刀、鞭杆、连枷、箩、簸箕、木锨、玉米、苜蓿、洋芋……这些元素构成了这块土地的生活图画和劳作模式。神树塬村不过是这块广袤而古老土地上千千万万村子中的一个，因为有那条像母亲一样只懂得奉献的喜鹊河，所以神树塬村的历史可以与这块土地相媲美。整个村子被喜鹊河分割成东西两大片区。东片区住着有白姓大家族，白姓家族的族人依骆驼山而住；西片区的胡姓家族住在大华山的脚下。白姓家族的人比胡姓家族的人要多。白姓家族以村支书白志平为代表，胡姓家族以村主任胡根根和那位农民企业家胡百福为代表。喜鹊河上的喜鹊桥把东西两大家族连在了一起。

神树塬村是盘龙镇乃至茂林县有名的贫困村，虽然村里出了一位现在在县上开办企业、家业颇丰的农民企业家胡百福，但这并不能改变神树塬村整体贫穷落后的面貌。村里除了几名五保户外，大概就属白志栓家过得最烂包了。

白志栓是个放羊汉，放了半辈子羊，这是神树塬村人尽皆知的事情。一直以来，村里有关白志栓的传奇故事就像村口那棵老槐树一样，说不完道不尽。大都说他命硬，通神性。先从他出生说起。白志栓出生在20世纪60年代，白志栓出生的这天，正好是阴历的腊月二十三。坊间流传一句话：腊月二十三，灶马爷爷上了天。灶马爷爷要上天言好事，所以村民认为白志栓的生日很硬，命很硬。白志栓两个月大的时候，漫天飘着大雪，白世荣老汉的窑洞突发大火，危难中，白世荣老汉从窗户上把儿子抛给邻居，邻居却不慎将白志栓丢在了雪地里。就这样，没穿衣服的白志栓被冻了半个小时，才被村民发现。十五岁那年的除夕夜，贪玩的白志栓不听白世荣老汉的话，偷偷跑出去溜达。当他走在喜鹊河桥上的时候，听见喜鹊河对岸山上的庙附近发出巨大的石头滚落声，回到家的第二天，白志栓浑身发软，坐都坐

不起来。白世荣老汉请来村里的神婆，神婆说是魂被小鬼勾了去，需要作法还魂……有一天晚上，白志栓正在睡觉，突然眼睛一睁，看见墙上荧光闪闪，出现了一位胡子很长的老头，不停地冲他笑，他吓得赶紧用被子捂住了头。结果，离他很远的白志平出奇地从炕上掉了下去，一屁股坐在了尿盆上。

白志栓的命硬还体现在他的“三娶两丧”上。白志栓二十四岁时，白世荣老汉托媒人给寻了一门亲事。这位女子很漂亮，可以说是盘龙镇有名的俊女子。俊女子的辫子很长，辫梢已经越过腰，到了臀部。白志栓并不知道，这位刚过门的俊女子已经有了四个月的身孕，白志栓知道后很生气，这顶绿帽子顶在他胸中难受。俊女子临盆那天，白志栓既没有去请接生婆，也没有叫家里人来帮忙，而是躺在炕上佯装睡觉。俊女子疼得撕心裂肺地大喊大叫，白志栓有点心动了，可一想，肚里的骨肉不是自己的，便心一横继续睡觉。这俊女子是个性格刚烈的女人，她见白志栓这般绝情绝意，一把将头已经出来的婴儿从肚子里拉出来，顺势扔进了地上的尿盆里。没等到后半夜，这个俊女子就死了。不是自然死亡的女人，不能从院子大门走。白世荣老汉叫了本家几个人把这个俊女子从墙头上抬了出去，在村口神树旁搭了一个简易灵棚，放了三天三夜，一把火烧了。娶这个俊女子的时候，几乎花光了白世荣老汉所有的积蓄，他已经无力再给小子白志栓娶媳妇了，但又不能眼睁睁地看着小子打光棍，于是又托人给打问了一家。这家女子有肺结核，娶过门的第三天，脸色苍白，身体僵硬，已经没有了呼吸，结果也是被白世荣老汉一把火烧了。

这下，十里八村的庄稼人再也不敢把女子给白志栓了，这不是把自己女子往火坑里推么？哪怕他家是金窝窝、银窝窝，也不敢了，何况白世荣老汉已经穷得叮当响。过了三年，族中有一位婆姨说，她嫁到外县的一个姐姐的女子不怕白志栓命硬，也不嫌弃白世荣老汉家穷，愿意和白志栓一搭里过日子，这个外县的胆大女子就是铁生的母亲赵兰萍。赵兰萍嫁过来以后，到现在无病无灾，为白志栓生养了两个闺女、一个儿子，和白志栓一起把三个孩子拉扯大。大闺女兰心已经嫁到隔壁榆树湾村了，二女儿蓝妮在茂林县中学上高一。赵兰萍为人勤快朴实，把屋里屋外收拾得干净利索，在地里也同样是一把好手，不比自己的男人白志栓差。村里人感叹，志栓多亏有个好婆姨了，不然讨吃连棍都拉不起来。

白志栓活到现在，大半辈子都在神树墕村。二十二岁，白志栓跟着村里的一个伙计到河南金矿淘金。白志栓身体干瘦，干了两个多月就因为体力不行干不下去了。这时候，有工友对他说，进山偷矿石来钱快。于是，一天夜里，鼓足了劲的白志栓和二十多个工友相跟着进山去偷矿石。他们下午 4 点出发，翻了好几座山，越过好几条沟，在晚上 11 点到了金矿。偷矿石很顺利，白志栓和工友们心惊胆战地背着金矿石沿着原路返回，他们本想把偷来的金矿石背到山底下，就近卖给村里贩卖矿石的人，不料，他们躲过了荷枪实弹的护矿队的巡逻，却遭遇了山贼。山贼拿着明晃晃的刀子，腰里别着盒子枪，把他们押进一间茅草房，二十多个人手背着被绑在了一起，身上的衣服被扒光，山贼让他们相互扇耳光。耳光扇累的时候白志栓看见一个蒙面的匪徒拿着一把明晃晃的匕首向他刺来，他本能地一躲，匕首刺进大腿，血顺着裤子快速地往下流，白志栓晕了过去。他醒来的时候，已经被工友们背下了山，住在了山下村里的农户家。白志栓的大腿上至今都有道深深的疤痕，以至于走路时间长了，就感觉腿酸麻。遇到天阴下雨或潮湿天气，那里会隐隐作痛。从那以后，捡了一条命回来的白志栓就再也不敢出门了，老老实实跟着白世荣老汉在家里种地，后

来，就买了几头羊，开始了大半辈子的放羊生涯。

现在，放羊汉白志栓正在骆驼山上放羊。他坐在一块石头上，眼睛迷离地看着远处的喜鹊河，蜡黄的脸上写满了岁月的沧桑，那双无神的眼睛已经深深地陷了进去。他难受地抽着旱烟锅子，抽完一撮烟叶又从下面的口袋里捏出一撮烟叶继续抽。就在他身后的不远处，羊群悠闲地吃着草。哎！羊能悠闲地吃草，他白志栓能悠闲下来吗？他操心的事情太多了。

眼下，他难受倒不是因为儿女不孝顺或者和婆姨赵兰萍打架了。相反儿女们都很上进，也很孝顺。大女儿兰心逢年过节都来看他，两岁的外孙都会叫“姥爷，姥爷”了。二女儿蓝妮学习很好，不出意外，将来考个一本大学应该没问题。他现在唯一担心的就是小子铁生。那天小子给他提出要上大学，他不是不想让小子念这个大学，可实在是供不起啊。他一年放羊连带地里的收入也就一万来块钱。春上给地里买化肥，家里日常开支，蓝妮的学费，还要供养两个老人和一个妹妹，这些都需要钱。他不能让二女儿蓝妮辍学而让小子去念大学，这种丧良心的事情，他能在儿女们身上做出来吗？既然铁生没考上二本，干脆就不要念了，回来跟他一块出山劳动吧。劳动没有什么不好，一辈子穷苦命不是靠念书就能改变的。现在家里缺人，他每天放羊一走，地里的活都要靠婆姨一个人干了。这个女人跟了他一辈子，给他生儿育女，为他操心受累，可没有跟他享过一天的福。他实在是恨自己，恨自己没本事，窝窝囊囊。如果他是胡百福，眼前的愁苦事还有吗？还用拿着羊铲子放羊吗？可他不是胡百福啊，他是神树塬最穷的一个！一个放羊汉！铁生现在已经长大了，理应为家里承担更多的责任。但总归来说，谁愿意让孩子还像自己一样，世世代代在这个穷山圪塄地当个土农民，每天面朝黄土背朝天。想到这里，白志栓难受地咽了一口唾沫，站起来，拿起羊铲子，铲了一块土疙瘩朝那头准备吃庄稼的羊打了过去，就当是发泄心中的郁闷吧。

过了不久，坐不住的白志栓放开嗓子朝着对面的大山唱起了山曲。山曲在茂林县一带很流行，内容多为情歌，少部分内容为“走西口”。历史上的晋西北地贫民饥、灾荒频繁，农民迫于生计，走出山西与内蒙古交界处古长城的关口（即西口）逃荒，到河套一带打工谋生，谓之“走西口”。山曲的歌词表白直露，表达的情感真挚而粗犷，全无半点忸怩作态，也不似那种一片声的“爱你”“恨你”，无病呻吟，浅薄而俗气。

一根扁担软溜溜的溜，担上了扁担走绛州，
筐儿绳儿刺啦刺啦崩，路旁树儿柳叶子儿青，走绛州。
一辆小车吱扭吱扭吱，推上了小车走绛州，
轱辘辘儿咕噜噜噜转，树上的鸟儿喳喳喳喳唱，走绛州。
小小毛驴踢踏踢踏踢，赶上了毛驴走绛州，
驴儿驴儿踏踏踏踏跑，棒槌儿鼓儿咚咚咚咚敲，走绛州。
……

四　赶集场上

立秋过后，尤其是处暑以后，黄土高原的气候渐渐由暖转凉，人们脱去穿了一个夏天的短袖、短裤，换上了衬衣，长裤。地里的庄稼长势很好，绿油油的庄稼，沉甸甸的果实，一片丰收在望的景象。这段时间，第二十八届夏季奥运会正在希腊首都雅典如火如荼地进行着，全球共有三十九亿人通过电视收看了本次体育盛会，最令国人骄

傲的是：中国运动员刘翔以12.91秒打破奥运会纪录，并平了由英国选手科林·杰克逊创造的世界纪录，夺得了金牌，成为中国田径项目上的第一个男子奥运冠军，也创造了黄种人在男子110米栏项目上的神话！

这天，盘龙镇有集会，白铁生要去镇上赶集卖东西。这不是卖他们家躺柜里的糜子、玉米、谷子，而是卖一道在当地很有名的小吃——碗饦儿。碗饦儿是茂林县特色地方小吃，筋软耐嚼，香醇可口，人们百吃不厌，常吃常夸。就在几天前的农历七月十五，神树墕村村民过了一个热闹祥和的节日。七月十五俗称鬼节、七月半，官方称为中元节。不过官方是官方的说法，茂林县的人们只知道它叫七月十五。七月十五这天，神树墕村的村民翻箱倒柜，把好吃的统统拿出来，大人小孩面带微笑，全村一片欢声笑语，村民也不下地去了，而是盘算今天怎样吃好喝好。白志栓早早地将羊赶回了羊圈，和父亲白世荣老汉、儿子白铁生一起杀了两只山羊。羊刚杀完，村民就过来买羊肉了。中午这顿饭，村民们吃了一次难得的炖羊肉。白志栓的婆姨赵兰萍捏了各式各样的面人，有天上飞的燕子，有地上跑的猪羊。除了供奉神灵之外，她还把这些好看的面人送给前来串门的碎脑娃娃，保佑他们一辈子无病无灾。

天微微亮，铁生一家人就起来了。现在，赵兰萍在灶火上忙来忙去，苦妞在一旁拉着风箱，铁生和父亲白志栓在院子里给自行车打气。

赵兰萍是个手脚麻利、勤快的女人，除了把家里的营生和地里的农活收拾得井井有条外，一有时间，她就盘算怎样赚点家用的零花钱。后来，但凡有集，她就到镇上卖碗饦儿。每次鸡叫时起床，蒸上两锅碗饦儿，担进城里卖，寒来暑往，已经有五年的时光了，以至于经常用的那根扁担都磨得油光油光的。赵兰萍蒸的碗饦儿白净光亮，嚼劲十足，很受赶集的人喜爱。无论是那些开着汽车的城里人，还是那朴实的庄稼汉，都愿意蹲下来，蘸上油泼辣子和醋酸汤子吃上几个，有些人吃完还要带几个回去吃。

白铁生心疼母亲，这回自告奋勇，要进城卖碗饦儿，这真是大姑娘上轿头一遭啊。铁生将母亲蒸的五十个碗饦儿绑在自行车的后座上，骑着自行车向盘龙镇的方向骑去。一路上，他看见许多赶集的人，有骑自行车的，有坐拖拉机、三轮车的。许多农民拿着自家种的苹果、梨、海红果干等农副产品到镇上卖。

在茂林县所有的乡镇中，盘龙镇还算个富裕的镇子，这主要是由于镇南边的几个村子有煤矿，镇周边还有一些化工厂和加工厂，这些厂矿企业撑起了盘龙镇大半的财政收入。盘龙镇的面积不大，有两条步行街，中间是主干道。每逢有集的时候，镇上很热闹，街道两旁的商家都把商品摆出来，赶场子的小商小贩也跑来凑热闹。总之，镇上车水马龙，人山人海。

白铁生找了一个地方，将自行车停好，把碗饦儿取下来。铁生是生面孔，那些经常来的小商小贩都不认识他，以为是要抢他们的生意，都用一种很不友好的眼神看他。一路上，他心里很煎熬，他骑着自行车，很担心碰见熟人，尤其是怕碰见老师和同学。强烈的男子汉自尊心使他不敢揭开盖在碗饦儿上面的那块白布，更不敢扯开嗓子大声吆喝。这怎么能行？做买卖的人，不敢喊叫，就好比屠夫不敢拿刀子。倒不是因为他不敢，而是那自尊心在捣鬼，他白铁生一个念书娃娃，现在竟然跑到大街上号叫着做生意了。如果正吆喝着，突然碰到一个熟人，那会笑掉人家的大牙的，他的脸还往哪搁？看到身旁的商贩们吆五喝六，他只是焦急地看着眼前流动的人群，难受地垂下头。

接二连三的路人看见他，不知道他箩筐里面放的是什么，走近看一眼就走了。好不容易等到一个人，问他卖什么，他支支吾吾说是卖碗饦儿，那人听后摇摇头走了。眼看着一上午过去了，还没有卖出一个，他越想越着急，心也跟着狂跳起来，前心后背都渗出了汗。他想，不能站在这儿干着急，是不是因为附近还有两家卖碗饦儿的，妨碍了他的生意？想到这里，他赶紧换了一个地方，来到镇中心的菜市场门口。可是，两个小时过去了，碗饦儿还是无人问津。就在他焦头烂额的时候，他碰见了白山杏和她的母亲高爱爱。

“你这个没良心的，这一段时间连你的魂也见不着，怎么也不来看看我？你知道我过得好吗？早上吃了啥饭？你的良心让狗吃了。”山杏一见到铁生就劈头盖脸地把他数落了一顿。

“我为啥去看你？你是我啥人啊？我家的营生你帮我干啊！看你嘴嘛的，都能拴头小毛驴。”铁生卖不出去碗饦儿，心里憋着一口气，他冷冰冰地说。

“我是你婆姨啊，跟你一搭里过日子的人啊。人家都说咱俩好。”山杏叉着腰说。

“闪开，你挡着我了，不要妨碍我做生意。”铁生说。

“我就挡着，看你能把我怎样。”山杏不甘示弱地说。

铁生没有理会山杏，他知道这是山杏一贯的作风。山杏活泼好动，心灵聪慧，有点男孩子的性格，平时大大咧咧，给人一种不着调的感觉。虽然她单眼皮，小眼睛，鼻子也不高，但皮肤很白，因此整个人看上去还是很舒服。山杏家和铁生家挨得很近，两人还是娃娃的时候就在一搭里玩耍。山杏从小就表现出男孩子般的强势，当别的娃娃欺负铁生的时候，山杏就跳出来保护他。两人从学前班开始，就在一个班里念书。铁生是很用功念书，却不出成绩；而山杏不爱念书，上课总爱打打闹闹，常和其他调皮捣蛋鬼一起被老师罚站在红旗杆下面。在茂林县上高中的时候，山杏经常跑来问铁生作业题，即使铁生不会，她也死缠烂打让铁生解答。礼拜天的时候，她强硬地要求铁生和她一块出去逛街。有时候下了晚自习，山杏趁着看门的宿管老汉不注意，大胆地跑进铁生宿舍，吵着闹着要见铁生，这经常引来舍友对铁生的唏嘘。上体育课时，山杏也和别的女孩子不一样，其他女同学踢毽子、跑步，她不爱这种文雅的体育运动，她扎进男生堆，和男生一起打篮球、踢足球。有一次，学校举行男子篮球比赛，她居然要报名参加。

因为两家娃娃经常到对方家玩，所以两家的大人也经常往来并建立了深厚的感情，在生活中也相互帮忙。春耕的时候，失去丈夫的寡妇高爱爱就让铁生的父亲白志栓牵着牛，拉着犁耧，过来帮她家耕地；收秋碾场的时候，高爱爱也不叫其他人，就叫白志栓过来碾糜子、谷子、高粱等庄稼。

细细算来，山杏失去父亲已经八年了。在她十岁那年，她父亲在挖窑洞时，土窑塌下来把他压死了。关于山杏父亲的死因，还流传着另一个说法。山杏的奶奶是神树墕村有名的神婆，跳了一辈子，折腾了一辈子，没活到五十岁就死了。临死的时候，这位神婆子非要让山杏的母亲高爱爱“接替”她的神位，说这是神仙的指示，她如果不听神的指示，亲人都会遭遇大难。结果，不知道是不是巧合，第二年开年，山杏的父亲就被压死了；第三年，山杏的爷爷一口气没喘上来，也死了。高爱爱害怕了，觉得婆婆说的是真话，这或许就是神的指示，她再也不敢不听，不然山杏也会遭遇不测。出于对山杏人身安全的考虑，高爱爱就听从了婆婆的话，接替了神位，成了神婆。

山杏看出了铁生的难为情，她一把揭开白布，大声吆喝起来：

“碗饦儿，碗饦儿，可好吃的碗饦儿，赵兰萍家的碗饦儿，赶紧买喽！买喽!”赶集的人一听是赵兰萍家的碗饦儿，纷纷围过来，不到一炷香的工夫，五十个碗饦儿就剩下两个了。这时候，又过来一个人要买，铁生摇摇手说不卖了，他要把这两个碗饦儿送给山杏和她母亲以表达他的感激之情。

看着空空的箩筐，铁生心头涌上了一种苦涩感，他一个大男人，还不顶一个女人。他暗暗自嘲了几回，带着失落感和山杏她们相跟着走出了盘龙镇。

就在这时，白铁生看见大爹白志平开着拖拉机从身边疾驰而过，他的心里好像压了一块石头般难受起来。他大爹是神树墕村的村支书，是一位能人。神树墕村一百五十多户人家，比白志平光景好的除了在外办厂矿企业的胡百福，就属他家了。

看看白志平那副行头，就知道家底有多厚实。手上戴着金戒指，手腕上裹着一块明晃晃的手表，腰里别着时髦的“摩托罗拉”牌手机，嘴里那几颗大金牙在太阳的照射下，熠熠生辉。更重要的是，家里还有别人羡慕的存款。有村民说，白志平现在至少有二十万元的存款。这只是村民在私下乱嚼舌根，白志平到底有多少钱，只有他自己知道。早在1995年的时候，白志平已经盖起新房，不像他弟弟白志栓恓惶得住着窑洞。白志平家的院子也是全村修建得最漂亮的一个，院子都是用砖头砌起来的，里面栽种着鲜艳的盆景花卉，门口放着两只威武的石狮子，一条大黄狗面露凶光，像巡逻兵一样，拉着缰绳在门周围转悠着。

同样是一母同生，一家过得烂包，一家过得红火，白铁生难受。他不是羡慕大爹家光景好，大爹家就是搬到天上的凌霄宝殿住，跟他白铁生有啥关系？自己的日子还不是要自己经营着过。他是看不惯大爹那副自高自大、自以为是、六亲不认、自私自利的样子。

白志平看不起弟弟白志栓。白志栓家里遇到难处，找大哥帮忙，白志平非但不帮忙反而鼻子不是鼻子，脸不是脸，把弟弟数落一顿，还说志栓是个窝囊废，放了一辈子羊，只会跟羊较劲，没一点本事。每次志栓被大哥冷嘲热讽一番后回到家里，他也不生气，圪蹴在灶火旁，没完没了地抽着旱烟锅子。或许，对白志栓来说，在他的人生中，被大哥白志平蛮横地训斥已经成为一种习惯，不被大哥数落一番，反倒觉得生活中缺少点什么。但铁生不愿意看到父亲被大爹这样欺负。有钱有什么了不起？有钱就可以不尊重人吗？好几次，他都想找大爹理论一番，结果都被母亲赵兰萍拦下了。每当看见这位有钱的大爹时，白铁生就暗自下决心，一定要活出个人样来，让大爹白志平看看，放羊汉的儿子照样顶天立地，照样有出息。

还有一件事让铁生对大爹白志平很失望。白志平物质条件那么好，作为老党员，一个村的村支书竟然不赡养自己的父母，把年迈多病的父母和妹妹苦妞抛给弟弟。白世荣老汉厉害了一辈子，拄着拐棍，跑到大儿子家边儿上，哭一顿，喊一顿，要打死这个不孝子。白志平躲在家里不出来，那条大黄狗扑着要咬白世荣老汉，白世荣老汉气得没有办法，只能哭骂一顿了事。

作为老大的白志平不管老人，老二白志栓就要承担起全部的责任来。刚开始，赵兰萍不愿意，结果被丈夫臭骂了一顿，也就不敢闹腾了。赵兰萍的不愿意也非胡搅蛮缠，一直以来，公公和婆婆就偏爱大儿子志平。那时候，赵兰萍生下大女儿兰心，地里忙不过来，想让婆婆照看兰心，可婆婆不愿意，赵兰萍只能用麻绳子把兰心绑在身上出山劳动，可婆婆却跑到志平家，给志平家哄娃娃。为了讨个说法，这个倔强的婆姨气不过，就和志栓闹。两口子在年轻的时候经常打架，

可夫妻哪有隔夜的仇，床头打架床尾和，日子还得继续过。分家的时候，家里值钱的东西都分给了志平，志栓就分到了两组柜子、一顶竖柜、五只瓷瓮、六袋子糜子和三百块钱。赵兰萍很痛心，同样是儿子，老人怎么那么偏心眼？

所有的这些不公平，赵兰萍都隐忍着，她用自己的辛劳和贤惠经营着这个家，既然老人不管他们，等他们老了，就让大哥志平管吧。老天爷似乎和赵兰萍开了一个玩笑，没想到，到头来两个老人还得他们来管。这两年，这位精明能干的庄稼女人想通了，自己也会变老，如果将来自己的儿女们也不赡养自己，自己怎么办？所以她要为儿女们做个好榜样。话说回来，不赡养老人这件事传出去，村里村外的两旁世人也会笑话他们，她大哥志平能做到被唾沫星子淹死，耳不红，心不跳，可她做不到啊！她和丈夫压根儿就不是那样的人啊！直到现在她尽心尽力地照看两个老人，有好吃的，先让两个老人吃，嘘寒问暖，暑来寒往一直没有变过。

现在白志平给盘龙镇的一处工地拉沙子，拉水泥。白志平的小舅子是盘龙镇的镇党委副书记，所以镇里修建的活儿都给他干。白志平白天拉沙子，中午就在工地的大灶上吃一顿饭，晚上开着拖拉机回到村里。地里忙的时候，他就不在外面跑车干活了，回来和婆姨一块营务庄稼。

白铁生望着大爹的拖拉机消失在路的尽头，难受地抓了抓头发，骑着自行车钻进返乡的赶集人群中。时间已经不早了，落日的余晖把西边天际染成一片金黄色，夜幕像一张大网静静地罩在热闹了一天的盘龙镇上空。

五 支书一家

眼下，白志平没什么难事。他现在是腰里有钱，嘴里有酒，肚里有肉，真是掉进福堆里了。放眼整个神树墕村，哪个人不羡慕他白志平？白志平高傲有高傲的资本，他有时候会想，他虽然还是个农民，但经济上已经赶上了市民。儿子白宝生没考上大学，他也知道宝生不是念书的料，他也很少奢望小子在这方面有什么出息。话说回来，考不上就考不上么，就是不念那个大学，凭他白志平的本事和镇里领导的“特殊关系”，给小子找个好工作也不是什么难事。他不像弟弟志栓为了娃娃上大学愁苦成那样，感觉像是世界末日来临了一样。就是小子不找工作，他这殷实的家底也够小子花一辈子。他就宝生一个儿子，他辛苦挣下的一切将来都是小子的。大女儿白翠娟大学毕业后回到县里，在县邮政局工作，现在已经成了家，女婿和女儿是一个单位的，日子也过得红红火火。至于外界指责他不赡养老人，他从来不把那些流言蜚语放在心上。每次听到这些话，他就和自己的婆姨互相安慰。志栓说他没有人情味，他也有自己的一套心理疗法：他不是没有人情味，给弟弟借钱吧，不知道猴年马月才能还上，借了反而会增加弟弟的负担，哼！他这样做还是为志栓好呢。

是啊，白志平哪来这么足的底气？论实力，全村也只有走出去的胡百福跟他有一拼。白志平在新疆当兵期间入了党，复员后，就回到村里，成了农民。由于白志平和现任神树墕村村主任的胡根根是当年村里仅有的两个高中毕业生，已经离世的上任老支书白巨才老汉给上级镇党委和村委会建议，让白志平当村支书，胡根根当村主任。只能

说，已在九泉之下的老党员白巨才一只眼是雪亮的，一只眼是浑浊的，雪亮的眼睛选对了胡根根，浑浊的眼看错了白志平。新一届的镇党委和村委班子组建半年后，白志平和胡根根就闹出了一些不团结和不愉快的事情，这里面的主要问题出在白志平身上。胡根根上任以后，放下架子，给村里办了不少好事。胡根根是个热心肠，村里谁家有困难，就是耽误下自家的事也要先给村民办，以至于后来白志栓有困难都不愿意找他哥，而是跑来找村主任胡根根。村民们也都愿意麻烦他们这位热心的村干部。遇到村委会换届选举的时候，赢得百姓良好口碑的胡根根都是高票当选。而作为村里“一把手”的白志平却对支部的工作没有一点兴趣，对集体的事和村民的事情很少关心，只是涉及自身重大利益的事情，他那满腔热情才能显现出来。村民有困难上门来找这位“一把手”，常常是见不到人，即使见到人，他也找个借口推脱让找村主任胡根根解决。白志平常常想，能有什么大事？都是村民之间一些鸡毛蒜皮的小事，他聪明的大脑是留着办大事用的，哪有精力管这些闲事？白志平对支部工作不上心，但也不愿意从这个位置上退下来。村支书虽然官不大，但这是权力的象征，是一个家族兴旺发达的标志，绝对不能丢。况且政府每月还给几百块钱的补贴，也算是一笔收入。虽然他白志平不在乎那几百块钱，但谁会嫌钱烫手呢？有谁想当这个村支书，或者想把他从这个位置上挤下来，门都没有，除非他白志平死了。

一直以来，白志平就看不惯村主任胡根根的做法，看不惯胡根根一副殷勤的样子，看不惯胡根根把村里的事情办得井井有条。集体的事情都弄好了，他这个“一把手”还有存在感吗？还有威严感吗？所以只要逮着机会，白志平就给胡根根小鞋穿。白志平不希望村里平平静静的，他希望村里经常出事，最好是大事，让胡根根下不了台，甚至当不成这个村主任。

当下，最让白志平高兴的一件事是小子的工作已经找好了。半个月前，小子宝生已经走马上任，成了管辖榆树湾村、神树塬村两个村的驻村干部。不过宝生刚参加工作，对业务还不熟悉，前期都是由驻村老干部高清云带着熟悉工作流程。白志平知道，宝生能得到这么好的一份工作，高清云也帮了不少忙，正是由于高清云的“及时报信”和“穿针引线”，加上自己的上下打点，最后在小舅子的一锤定音下，办成了这件大事。

高清云过完年就退休了，这位从一线农林系统退下来的老干部在三年前成了榆树湾村、神树塬村两个村的驻村干部。在三年的任期里，高清云碌碌无为，平庸无能。不知道是年纪大跑不动，还是为了混日子等着退休，上面要求驻村干部一周至少三天在村里工作，倾听百姓的呼声，关心群众的疾苦，帮助困难群众解决生产生活中的问题。但这位老干部经常不在岗位上，两个村的村民一年也见不上他几回。即便有任务，他也是坐在镇机关大楼里，拿着电话，给两个村的村支书和村主任布置工作任务。仅有的下村的那几回，也是为了应付上级检查。高清云每次来神树塬村，最爱到白志平家坐坐，他知道，白志平家富裕，好吃好喝的都在柜子里藏着呢。每次这位上级领导上门，白志平两口子就翻箱倒柜，把好烟、好酒、好茶拿出来全力招待这位贵宾。农村最好的茶饭莫过于炖肉，白志平就割几斤肉招待高清云。高清云吃一顿、喝一顿就走了。

白志平给小子说，驻村干部是闲职，话难听一点就是拿着工资，不出力。可白宝生不这样想，他觉得这份工作很神圣，已经在心中绘制出一幅大干事业的宏伟蓝图。

白宝生知道，这份工作是靠父亲和舅舅的帮忙得来的，凭他自己

的才能，根本坐不到这宽敞明亮的镇机关大楼里。他不是一块念书的料，正因为这样，他才想在这个岗位上干出一番事业来，让老师同学们都知道，他白宝生念书不行，当官还是有一套哩。

这一段时间，他算开眼界了。走出校门，来到社会上工作，方方面面的东西需要学习。就单单这机关大楼里，很多干部都是年轻的大学生。他们知识丰富，见多识广，能说会道，业务能力强，需要向他们学习的东西很多。当然这些人不会像他一样去当一名和农民成天打交道的驻村干部。每次和这些富有活力的人打交道，他浑身就有一种莫名的紧张感和压迫感。他虽然已经成为一名干部，但实际上是刚刚走出农村这个小天地的农民的儿子。他二十二年的时光都在农村度过，在父母的悉心照顾下长大，从小到大，几乎没受什么罪。简直是衣来伸手，饭来张口。家里活儿，父母亲舍不得让他干，手里也不缺钱花，姐姐翠娟时不时还给他一些零花钱。在物质上，他是富裕的，但在精神上他是贫瘠的。由于父母的溺爱，生活中他几乎没有经历多大的困难。即便遇到困难，常常也是父母帮他解决，所以岁月没有在他脸上留下多少印记。不像堂弟铁生，受死受活，过早就接受了岁月的洗礼。

虽然白宝生可以坐父亲的拖拉机或者骑自行车回家，但为了尽快适应新角色，他干脆就吃住在镇机关里。现在，已经是晚上的六点钟了，办公室的灯还亮着，同事们下班都走了，空荡荡的办公室只有他一个人还坐着。这些时日，他在镇机关大楼里，虚心向老前辈高清云，向领导、同事请教，遇到不懂的地方，就耐心地询问。这几天，他相继学习了《村民自治章程》《村民代表会议章程》《村民代表会议村务监督小组工作规则》《村民代表会议民主理财小组规则》《村民会议和户代表会议议事规则》等几项制度，熟悉了驻村干部的岗位职责和任务，每周一按时参加镇机关例会，每周五参加镇机关集体学习。

由于他刚来，高清云就让他在办公室看看书、打打字，下乡驻村的工作暂时不让他参与。昨天，高清云才让他构思一下明年的驻村工作计划，尽快出一个材料，现在他正在思考这个问题。

白宝生一边构思着年度工作计划，一边回想着过去的那些事，突然一阵脚步声打断了他的思维，他看见舅舅走进了他的办公室。

“宝生，还没有回去?”舅舅走进来笑着问他。

“还没，赶着写个材料。”白宝生回答。

“不着急，慢慢写。你刚来，有些工作先不着急动手，先想好，列好计划，这样干起来比较容易些。”舅舅坐下对他说。

“嗯!”宝生一边答应，一边取出纸杯和茶叶，在饮水机上给舅舅接了一杯开水。

“这份工作来之不易，你要珍惜。你还年轻，好好干，将来肯定有个好前途。等我们老了，以后就是你们的天下。这叫先苦后甜。”

宝生一边认真听着，一边点头表示赞同舅舅的观点。

接下来，这位盘龙镇镇党委副书记又向外甥询问了一些家里的情况，安顿了一些工作上的事情，便下了楼，坐车离开了镇机关大楼。

送走舅舅，白宝生站在窗户旁，眺望着远处的一排排建筑。皎洁的月光洒进来，落满他的身上。他突然想起几个月前，同学们备战高考时的情景，现在这个时间应该在上晚自习。教室的墙上贴满“当你停下来的时候，不要忘了别人还在奔跑”“不比智力比努力，不比起点比进步”等加油鼓劲的标语，课桌上堆满了各种学习资料，同学们咬紧牙关，争分夺秒，全力冲刺高考最后一公里。同学们保持着亢奋的情绪，把所有的精力都放在了复习功课上。各科的辅导老师在教室里不停地转悠……

过了一会儿，白宝生熄了灯，下了楼，向镇政府的集体宿舍楼走去……

六　田园诗

对于黄土高原上的农民来说，他们世世代代耕种在这片贫瘠、荒凉的土地上，日复一日，年复一年，世代繁衍，生生不息。他们所处的村子，这个中国行政规划中最小的单元成了他们眼中的整个世界，他们热爱着这片土地，这片土地也见证着他们的喜怒哀乐和悲欢离合。每年一次的收秋对这里的农民来说，就是一场丰收的大会战。这场大会战，从过完中秋节之后就浩浩荡荡地开始了，如果赶上闰月的年头，就要推迟到农历九月初开始。

这段时间里的每一天，这里的农民就是再累，第二天鸡一叫过，他们都要拖着疲惫的身子从土炕上爬起来，摸着黑，扛着镰刀、锄头，赶着牛车，向田间地头出发了。为了赶时间，早上这顿饭一般不吃，如果饥渴难忍，他们就将提前熬煮的一罐子酸米汤带上喝。收秋虽然很辛苦，简直能脱一层皮，但他们的心情比打了大胜仗还高兴，精神上的亢奋直至这场会战结束才会慢慢消失。

这片土地的农作物主要有黄芥、糜子、谷子、稻黍、玉米、葵花、土豆、红薯、黑豆、黄豆、绿豆、豇豆等，这些农作物具有的共同特点是耐寒、耐高温、耐贫瘠，适合在山区及昼夜温差较大的地区种植，且产量较高。收秋最先收割的是绿豆和豇豆。绿豆和豇豆主要用来生豆芽菜吃，这两类植物种植面积少，因此没几天就收完了。接下来是收割黄芥。黄芥开花的时候，漫山遍野的黄芥花把大地渲染成一片金黄色，犹如掉入一片随风翻涌的黄色海洋中。那黄色像是画家用画笔蘸满黄色颜料后挥洒出的许多墨点，一朵朵，一簇簇，一片片，在风中昂首怒放，或招手，或点头，向世人展示它迷人的身段和笑容。黄芥粒可以作为榨油的原料，但是茂林县的农民日常做饭用的是猪油，打下的黄芥都卖了。在黄芥收割结束的二十多天后，农民开始收割糜子、谷子。糜穗、谷穗像一条条饱满的麻花辫，探出头在风中摇曳。庄稼人全家齐上阵，把镰刀在石磨上磨得锃光瓦亮，将一根根糜子、谷子从根部割倒，摆放成一堆一堆的。接着是刨土豆、红薯。一苗秧子下面最多结五六颗大小不同的土豆。庄稼人有时候中午懒得回家做饭，就在地里捡些干柴火，在自家自留地烧土豆吃。吃的时候就着用农家粪施肥种出来的大葱，那种味道只有在农村这个小天地才会有。紧接着农人开始收割黑豆、黄豆、玉米、葵花。毛茸茸粗壮的葵花茎，层层叠叠的叶子，翠绿欲滴，细长的花瓣像阳光般灿烂，颜色中沾满了阳光的味道。

这些农作物里，人们会把黄芥、糜子、谷子用牛车或者拖拉机拉回场里进行第二阶段的工作——碾场。农民将这些农作物排成圆形，套上牛、骡子进行碾场，家里有拖拉机的庄稼人开着拖拉机进行碾轧。碾轧结束后，进行最后一道工序，也是最有技术含量的一个活儿，就是扬场。村里的年轻人多半不会扬场，只有那些上了年纪的老人会，而且技术精湛。扬场开始了，一人拿着木锨将谷子、糜子高高抛起，残留的枝叶、黄土和灰尘随风飘走，一人用扫把将没有被风吹走的树叶从谷堆、糜堆上扫走，然后用耙将这些东西耙走。糜子、谷子碾完的秸秆，农人把它们叫谷草。谷草就堆放在场边的木架上，形成了草垛。之所以要堆成草垛，是因为这些东西是牛羊的好饲料。草垛不能见雨，一碰到雨水，谷草就发霉了，牛羊就不吃了。秋收结束

以后，这些大小不一的草垛成了农村一道特有的风景线。

这场大会战也在神树墕村上演着。神树墕村仅有的两个大场已经派上用场，白家用白家的场，胡家用胡家的场。胡根根正牵着自家的骡子在场上碾谷子，被蒙上眼睛的骡子拉着溜轴在场上打转转……这段时间，学校放半个月秋假，胡根根有时间帮婆姨收秋。

收秋以来，白铁生和母亲赵兰萍、妹妹蓝妮、姑姑苦妞从早到晚，忙得连个吃饭的时间都没有。铁生的奶奶年纪大了，帮不上忙，就在家里给他们做饭。白世荣老汉在院子里干些力所能及的活儿，喂牛、割羊草、垫羊圈……当然碾场的时候他肯定负责扬场。这位老农民，干了一辈子农活。在旧社会的时候，他就是一把扬木锨好手，这在神树墕及喜鹊河一带也是出了名的。苦妞虽然脑子不利索，但在大人们的指导下，干起农活来也很麻利。白志栓天天去骆驼山放羊，家里大部分的农活儿他都没有参与，如果家里实在忙不过来，他就把羊圈起来喂点草，腾出手帮家里人收秋。几天前，下了一场大雨。白志栓家窑洞外上面的土变得松软潮湿，时不时往下掉土疙瘩，苦妞就被砸中几回。白志栓就在窑上面建了一个屋檐，防止再有人被砸伤。有空的时候，铁生就套上牛车，坐在车辕上，到喜鹊河的泉眼旁拉一箱子水，或者拿上一个猪饲料袋子，提上一把镰刀，到地畔、荒地里给牛砍些野草，如果袋子装不下，就用麻绳捆好背回来。当然，遇到盘龙镇有集，他还会去卖碗饦儿。铁生现在敢放开声叫喊了，拿出来的碗饦儿几乎每次都能卖完。他已经彻底适应了农民的生活。

白志栓家的烂院子里是一片丰收的景象，打出来的糜子、谷子装满院子外的石仓和窑里的躺柜。灿黄如金的玉米棒子垒成堆，土豆快塞满地窖了。

白志栓放羊回来，圪蹴在院子里抽旱烟锅子，时不时将流下的鼻涕抹在鞋帮子上。脸上一道道的皱纹像黄土高原上的千沟万壑一样，经受着岁月的冲刷。他一辈子没有刷过牙，黄黄的大牙上还沾着碎烂的米粒。两只手磨出厚厚的茧子，手指头烂成一片，用白胶带缠着。今年风调雨顺，粮食比往年能多打一倍。看着这些收秋的果实，他心里说不出有多高兴。可高兴过后又开始犯愁，再多的粮食能怎样？再多的粮食也改变不了他们家恓惶的穷样子，粮食根本不值钱啊！他清楚地看到，现在国家政策好了，农民致富的手段越来越丰富。村里有些人买了拖拉机、三轮车，出门揽生意挣了不少钱，还有的赤手空拳跑出去打工，一年的收入是地里的几倍。像他这样，辛辛苦苦在地里劳苦一年，其实挣不到多少钱。他目前最大的希望就是盖一套现浇房。从某种意义上说，建房是农民脱贫致富的开始，绝对是一次历史性的转折。村里盖新房的人越来越多，什么时候才能轮到他白志栓啊？要不也学别人出去打工？那不是开玩笑么。那年从河南惊魂失魄地回来，发誓这辈子再也不出茂林县了。买个拖拉机揽生意吧，首先资金就是一个大问题，谁会轻易给他一个放羊汉借钱？哼！人家还怕嘴里闪进冷风了。即使借到钱，赔了怎么办？到时候还不是给家里添负担，给儿女们添负累了？他老了，绝对不能干这样愚蠢的事。想着想着，白志栓眼窝里挤下酸楚的老泪，看来他大哥志平说得对，他这辈子只会跟羊较劲。

七 爱人的信

前天，白铁生收到了胡柳花从省城寄回来的一封信，信封上面清楚地写着西北大学的字样，看来这封信应该是从她们的学校邮寄出去的。

现在胡柳花已经成为西北大学的一名大一新生了，她整个人发生

了较大的变化。首先表现在穿着打扮上，以前在茂林县中学的时候，她穿着校服，扎着辫子，穿一双花格子布鞋；进入大学后，她剪掉辫子，留了学生头，衣服换成了时髦的款式，脚上的鞋换成了那种平底的皮鞋。这样的打扮，使原本就长得清秀的她，气质一下子突显了出来，整个人看上去干净清爽。其次经过高考的紧张状态，一下子进入大学宽松的学习环境，胡柳花刚开始有点不适应。大学环境不像她在茂林县上高中那时候，有老师整天撵着学习。大学相对比较自由，上完课，一天大部分时间都是自学时间。不过她还和高中时候一样，每天都去图书馆看书。大学的图书馆很大，种类齐全，可供选择的余地很多。她偶尔会和舍友结伴到学校所在的城中村转转。使她感到惊讶的是，学校周围的一个城中村的繁华程度快赶上盘龙镇了。遇到礼拜天的时候，她就洗洗衣服，预习一下下个礼拜的功课。她所在班级的大学生都是全国各地高考的优秀生，她在这个班里并没有显得多么优秀，不过她还是像在高中念书的时候那样努力上进。同学们在一起交流的话题很多，范围也很广，她还加入了学生会。男女同学开始公开地相处，一起吃饭，一起看书，一起在花园里散步。上体育课玩游戏，男女同学也敢主动去拉对方的手。更有开放的男女同学已经开始谈恋爱，手拉着手一起走进教室听课。这些新思维、新现象都冲击着她的大脑。

这是柳花去省城念大学后，给他邮寄的第一封信。白铁生按捺不住激动的心情，迫不及待地撕开信封。现在，看见这封信，心里的思念之情也能暂时缓一缓。

在信中，柳花开门见山地问他，最近过得怎么样？家里人身体好不好？接着，说了一些她在省城的所见所闻。她说省城很大很繁华，就连她们学校都赶上神树墕村大了，光新校区就有一万多名学生，这些学生来自全国各地，有的还是少数民族。她吃到很多当地的美味小吃，很多事物她都是第一次见到。有时她会很想念家人，想念家乡，想念老师和同学们。最后，她说自己现在一切都好，让他不要操心。信的末尾，白铁生看见一个大大的心形图案，他知道，这图案代表的含义，那就是爱啊。此时，一股暖流在他全身蔓延开来。柳花走了以后，他心里一直空荡荡的，总感觉缺了点什么。那时候，在茂林县中学，他们天天都能见面，在村里，也是隔三岔五地见一回。

柳花走的前一天，他们相跟着爬了一次骆驼山。刚开始，他们只是慢慢地在原野中漫步，后来开始从缓坡上山，有时候他们不走上山的路，从荒地中走一会儿，再回来继续从缓坡上山。山越来越陡，在爬越一处高圪梁时，铁生抓住高处的尖草，身子一越，矫健地爬了上去，可柳花试爬了几回都没有爬上去，弄得衣服上面都是黄土。铁生站在高处，笑着伸出手想拉柳花上来，柳花顺势将手伸了出去，可伸到一半，那颗羞怯的少女之心使她把手又收了回来。她看着铁生，铁生也看着她，虽然两人谁都没有说话，但从眼睛里彼此都读懂了对方，铁生点点头，柳花勇敢地伸出手，拉住了他的手。

从骆驼山顶眺望，神树墕村一览无遗，喜鹊河、村小学，戏台子和村里几个标志性的建筑看得一清二楚。过了一会儿，两人头枕着手，躺在草丛中，谁也不说话。硕大的云彩像纱幔一样，盛开在蔚蓝色的天际。原野一片寂静，只有竖起耳朵，才能听到微风抚过树叶沙沙的响声。

“问你一个问题，你说天上有没有神仙？有没有观世音菩萨？”铁生突然开口问。

“不知道，那都是神话故事里面的人物。”柳花回答。

“如果有，菩萨是住在南海吗？”

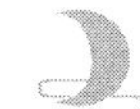

"应该是。"

"南海是在南边吗?"

"嗯!"

"那我朝着南边说话她能听懂不?"

"应该能。你想对她说啥?"

"不告诉你……"这时候，铁生坐起来，双手合拢，模仿成打坐的样子，一本正经地说："柳花，你本是我座下关门大弟子，只因为触犯了天条，才被贬下人间，成了凡人。如今功德圆满，为师要把你带回南海，天天让你陪着白铁生看海，不能反悔！阿弥陀佛!"

"哈哈……"柳花坐起来，捧腹大笑，"还看海，能看到喜鹊河就不错了。"

"哈哈……"铁生跟着也笑了起来。

良久，两人才站起来，相跟着下了骆驼山。

八　兄弟情

几天后的一个晌午，白志栓一家人正围坐在一起吃午饭，这时候，铁生的高中同学、最好的朋友高双喜突然找上了门。

高双喜经常来铁生家，因此，白志栓和婆姨赵兰萍对小子的朋友并不陌生，连苦妞都喊着："喜……喜……来……了。"铁生赶紧将好朋友迎着坐了下来。白志栓忙问小子的朋友吃饭没有，双喜笑着说："吃过了，吃过了。"

高双喜家在榆树湾村，尽管他家是农村户口，母亲还在村里营务庄稼，但双喜的父亲在关中一家国有煤矿上班，因此，双喜的家境比铁生家好很多。从上初中开始，双喜渐渐迷上了摇滚音乐，他最喜欢的摇滚乐队是英国的披头士乐队。家里的墙上、书本上贴满了披头士的海报。上初二的时候，家里给他买了一把吉他。尽管一开始双喜的父亲反对双喜搞音乐，但是出于对小子的爱，双喜的父亲还是给双喜买了一把吉他。有了吉他后，双喜天天抱着练。指头磨破了，就贴上胶带继续练，每天晚上睡觉都抱着那个心爱的家伙不松手。寒暑假的时候，双喜抱着吉他到村里脑畔上、碾场上弹。那段时间，他成为村里人茶余饭后的谈资。榆树湾村的人多半都没有见过这个稀奇古怪的东西。村里办红白喜事的时候，见过唢呐、锣、镲、小堂鼓、笙，就是没见过这个大家伙。尽管有些人在电视上看到过，但也不知道它怎么使用。每当双喜弹吉他的时候，村里的大人娃娃都围过来看稀罕，听他一边弹，一边唱。大多数村民听完不是夸他谈得多好，唱得多好，而是满脸的不理解，他们认为念书才是走正道，那类东西纯属歪门邪道。村里上了年纪的老人看后，说老高家生了一个不正经的二流子，真是让高家的祖先蒙羞了。

上了高中，双喜和铁生分在了一个班，还成了舍友。双喜经常在下课后，回到宿舍坐在架子床前，缓缓地弹着吉他。有时候怕影响同学休息，就关起门窗，弹一些舒缓低沉的调子。有一次学校举办元旦晚会，双喜找到会唱歌的山杏，希望能合作参加演出，山杏高兴地答应了，两人便加紧练习。没想到，那次合作很成功，校长亲自给他们颁发了奖状。后来，两人经常在一搭里弹唱。学校只要有文艺演出，他们肯定搭班子参加，而且每次都能拿奖。两人的关系越来越好，变得很亲密，但是，山杏总是有意无意地靠近铁生，这让双喜很苦恼。

几个月前，双喜和父亲大吵了一架。双喜没考上大学，想去正规的音乐学校学吉他。当他把这件事告诉父亲以后，这个下了二十年煤窑的老矿工重重地扇了小子一记耳光说：“你干啥不好，偏偏要干这

不着调的事，你把我的脸都丢尽了！”双喜不服气，捂着脸，大声质问父亲为啥不让他学吉他。双喜的举动更加惹恼了父亲，父亲捡起吉他，几下子摔了个稀巴烂。一直以来，双喜的父亲就反对儿子搞音乐，自从买了吉他，双喜对文化课就没了兴趣，使这个老矿工把所有的怒气都撒在了那把吉他上。以前他都隐忍着，以为小子就是玩玩，长大以后就懂事了，没想到小子竟然提出这么过分的要求，他实在是气不过，才打了小子。

双喜最终还是拗不过父亲，听从了父亲的话，跟着父亲到他所在的城市上了煤炭技术学校。双喜的父亲希望，将来小子和他一样，在煤矿当一名工人。虽然，煤矿工人的生活又苦又累，但有稳定的饭碗，名誉上也比当个农民好听。

父亲的责打并没有阻止双喜对吉他的执着和喜爱，他背着父亲，用零花钱又买了一把吉他，和学校的音乐爱好者组建了一个乐队。

这个礼拜，双喜的母亲突然晕倒在地里，被村民发现后送到了茂林县中医院。双喜和父亲连夜坐火车赶了回来。医院检查出双喜的母亲心脏上有问题，这次昏倒是因为劳累过度引发的。那天晚上回到村里，双喜躺在炕上，翻过来翻过去，一晚上没睡着，他怕母亲有什么闪失，想不明白善良的母亲怎么会得上这种病？老天真是不公平。他越想越难过，伤心的泪水把枕巾浸湿了一大片。

明天他就要一个人返回那个城市了，心里有太多解不开的愁绪想对好朋友铁生倾诉，走之前他打算见一见好朋友铁生。

见铁生前，双喜去了一趟山杏家。山杏的母亲高爱爱回娘家去了，山杏一个人在院子里划玉米粒。双喜的出现让山杏根本没想到。自从上次他们几个人在县中学分开后，山杏就再没有见过双喜。后来在大路上，山杏碰到榆树湾村的人一打听，才知道双喜去外地念煤炭技校了。

山杏给双喜递了一个板凳，双喜坐下来笑着说：“家里今年的收成怎样?”

山杏一边划着玉米，一边说：“够吃，饿不死。对了，你在那边怎样?”

“还行。”双喜本想把自己的事告诉山杏，但话到嘴边，又咽了回去，“你今后有啥打算?”

“我还能有啥打算，你有个好老子，能把你弄到大城市去享福，我白山杏这辈子就是受罪的命，只能待在穷山沟沟里遭罪。”山杏说。

两人又说了一会儿话，双喜就离开了。他并没有走远，他站在山杏家的边上，看着山杏的一举一动。他明天就要离开了，想多看几眼这位姑娘，至于为什么要多看，他也想不明白。在茂林县中学的时候，他俩是音乐上的最佳组合，他弹吉他，她唱歌。现在，他还在弹吉他，她却不能再陪他唱歌了。每次在台上演出的时候，他看到她唱歌投入的样子，都能超水平发挥。听着台下轰鸣的掌声，他想，虽然他的学习成绩不好，但他们一唱一和，感觉以前所有的付出是值得的。而有她的存在，他在这条路上并不孤单，因为她一直都是他心灵上的伙伴和归宿啊!

铁生陪着双喜在家里坐了一会儿，然后两人出了院子，沿着门前的大路，向白家碾场方向走去。他们一边走，一边拉话，谈论各种话题，有家里的事，有学校的事，有生活上的，有学习上的。多日不见，两个好朋友有说不完的话，不知不觉中两人已经走到碾场的一处草垛前了。在路上双喜把家里一前一后发生的事告诉了铁生，但并没有提之前找过山杏的事情。

“铁生，你说我该怎么办？我不想上学了，想留下来照顾我妈。”

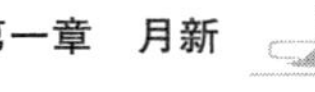

双喜说。

“你留下来能干啥？你妈肯定不同意你留下来。”铁生说。

“可是我很担心我妈的病，怕她有个闪失。”双喜仰面躺在草垛上。

“别着急，事情总有解决的办法。”铁生安慰道。

过了一会儿，双喜说：“你知道吗？我组建了一个乐队。”

“恭喜你，你有这方面的天赋。不要管别人怎么看你，做好自己应该做的事就可以了，我永远支持你。”铁生说。

“在这条路上，我承受了太多的指责和磨难，甚至是谩骂，我没有办法给其他人说，只能给你说。家里人反对我，可我始终坚信自己是对的，我绝不会轻易放弃。任何一个成功的人都会经历怀疑、否定、肯定的过程。有时候甚至会有人把你当成疯子。”双喜倔强地笑了笑。

“你是一个有理想抱负的人，以后有啥心里话都可以对我说，我永远是你坚强的后盾，我这里就是你的避风港湾。”铁生动情地说。

听完朋友鼓励的话，双喜很激动，紧紧地抱住铁生哭了起来。铁生在他背上拍了拍说：“不要难过了，一切都会过去的。”

白铁生抱着好朋友，慢慢抬起头，看见天空中已经出现了几颗星星，一闪一闪的，正用忧郁的眼神看着他。双喜的一番话触动了他内心深处的伤疤，他何尝心里好受。有时候，他替父亲出山放羊，一个人仰面躺在骆驼山的黄土地上，看着蔚蓝的天空，听着耳边虫鸟的叫声，他的眼眶渐渐湿润了。看看现在的自己是个啥样子！好朋友双喜已经上了煤炭技校，宝生在家里的帮助下成了一名驻村干部，柳花考进了省城名牌大学，前途一片光明，将来说不定会留在省城，再也不回这穷乡僻壤了。一起耍大的朋友都出去了，只有他还在农村受苦，难道他甘心一辈子当个农民？像父亲一样让世人瞧不起？连大爹都看不起他家。想到这些，他眼里噙满泪水。有时候他动摇了，他不甘心当一个农民，他要去外面的世界闯一闯，即使头破血流，也要试一试。可又一想，哎，算了吧！像他这样的家境不当农民还能干啥？他白铁生出去说不定饿死都不会有人知道，还是听从父亲的安排当好农民吧！农民也没有什么不好，自给自足。放眼全国，当农民当出名堂的人不在少数。有时候，他强制自己不要去想这些不着边际的事，用繁重的体力劳动来麻痹自己的大脑，他强令自己不要停下来，疯狂地把精力用在手里的农具上。有时候出山劳动，他就朝着骆驼山喊叫上几声，喊累了，然后瘫坐在地上，大口喘着气。有时候，他把气撒在羊身上，拿起羊鞭子抽打羊。生活啊！生活啊！有太多不如意的地方，可生活还得继续啊！我们有时候必须牺牲一些东西来成全另外一些东西，但无论如何，我们都不能失去对生活的希望和热情。当明天灿烂的阳光照耀大地的时候，我们仍然拍拍身上的尘土，昂首向前，投入到火热的生产生活实践中，并且永远相信，最美好的事情即将发生。这时候，他就把泪水一抹，开始心疼刚才被自己抽打的那只羊了。

想到这里，铁生双手紧紧抱住好朋友双喜，泪水从眼里夺眶而出。

九 打架风波

就在圣诞节的前一天，安达曼海发生了举世震惊的印度洋海啸，海啸共造成二十多万人死亡，这是世界近两百年来死伤最惨重的海啸灾难。尽管我们的科技发展日新月异，生产力得到了充足的发展和解

放，但人类在面对自然灾害的时候，生命还是那么脆弱。

明天就是元旦，也是阳历新年，神树墕村的人不过阳历新年，他们真正的过新年是在一个多月后的春节。就在几天前，中国人还过了一个洋节日——圣诞节。同样，这里的人们也不过这个节，对于庄稼人来说，他们只听过元旦，没有听过圣诞，不知道这两个“旦”有什么区别和联系，不过，他们也懒得去弄清楚这些事情。他们每天想的就是怎样将日子过得更好，但是家家有本难念的经，名人有名人的难处，伟人有伟人的忧愁，普通人有普通人的快乐。人们宁愿去关心一个蹩脚演员的吃喝拉撒和鸡毛蒜皮，也不愿意了解一个普通人波澜壮阔的内心世界。就在元旦到来的前几天，神树墕村的村主任胡根根和婆姨李冬平在自留地上打了一架。庄稼地里的男人和婆姨打架在农村是司空见惯的事情，床头打架床尾和，打架成为农村夫妻生活中的一部分，这引不起多少人关注，但胡根根和婆姨打架却在神树墕村引起了一阵骚动。一向温文尔雅、脾气和顺的胡根根自从结婚后，从来没有和婆姨打过架，这次打架还是第一次。

这天，胡根根正在地里给村里的来顺老汉帮忙割玉米秸秆。来顺老汉是个老绝户，一直吃着低保。收秋的时候，他只是将玉米棒子掰了回去，现在秸秆还在地里长着。天气越来越冷，来顺老汉打算将地里的秸秆拿回去，用来做饭烧火取暖。他年龄大了，干不了重活，上次在路上碰到胡根根就难为情地开了口，让他到地里帮忙收玉米秸秆。虽然村里还有村支书白志平和两个委员，但来顺老汉不情愿麻烦他们。五年前，来顺老汉的老伴死了以后，他就一个人孤苦伶仃地住在村头神树旁边的一处烂窑洞里。平日里，胡根根一有时间就跑来给他打扫院子、担水、劈柴，帮着耕地、锄地和收秋。老人如果缺少必需的生活用品，他就背着婆姨李冬平把自己的工资给老汉。老汉常常圪蹴在村口的神树下，哭着感叹根根真是一个好人啊！比亲儿子还亲，如果没有他，他早就进黄土洞了。

胡根根将砍倒的玉米秸秆绑在一起，准备背上往回走，这时候，他看见婆姨气势汹汹地朝他走了过来。

“胡根根，我看咱们的日子过不下去了，你看是今天去办离婚还是明天去？我一天也不想跟你过了！”李冬平怒气冲冲地说。

胡根根知道，婆姨是抱怨他给来顺老汉帮忙，他自己家里还有一大堆营生没有干呢，这几天都是婆姨一个人在干。他心里有愧疚，就没有说话。

“和你这个二百五真是没办法过了。”李冬平哭着说。

“你不要胡闹！”胡根根放下背上的玉米秸秆。

“我胡闹？你不心疼自己的婆姨娃娃，把一个烂村主任看得比老婆孩子都重要，村里就你一个村干部，那些干部都死完了?!”李冬平说。

“你越说越不像话了。”胡根根说。

“自己的屁股都没擦洗干净，还帮别人擦洗。胡根根，你长着几个脑袋?”李冬平走上前，指着胡根根说。

“家里的活儿我自己一个人干，不用你干。你赶紧回去，不要在这儿丢人！”胡根根有点生气地说。

“胡根根，你真是无药可救了。我还不如揪上一根尿毛吊死！遭逢上你这样的男人，我李冬平活着还不如死了！”李冬平拽住胡根根的衣领让男人跟她回去。

胡根根一把甩开婆姨，忙问道：“干啥，干啥？真是一个糊脑子婆姨！”

李冬平一个踉跄摔倒在地上，接着马上站起来，扑过去和丈夫厮

打开来。

这时候，来顺老汉疾走过去，想将两人拉扯开。来顺老汉越拉，两人打得越厉害。李冬平捡起地上的黄土疙瘩打胡根根，胡根根一跳一跳地躲闪。来顺老汉没有了办法，圪蹴在地上哭了起来。胡根根和李冬平两人抱着躺在地上，滚来滚去，胡根根的脸上已经有了几道血淋淋的伤口。

来顺老汉扑通一声跪倒在地上，哭喊着说："根根，冬平，求你们，不要再打了！都怪我，你不要怪根根。是我让他来的，要打你打我吧!"

胡根根和李冬平看见六十多岁的来顺老汉竟然给他们跪下了，都有点不知所措。胡根根一把挣脱婆姨的手站起来，顾不得擦脸上的血和拍打身上的黄土，跑过去扶起可怜的来顺老汉说："三大爷，您不要难过。冬平就是一个糊脑子，您老不要跟她一般见识。您放心，地里的玉米秸秆我帮你割。"胡根根说完后，扶起来顺老汉，白了婆姨一眼。

李冬平看见这情况，觉得没有办法再闹下去了，她顺着喜鹊河哭着跑回了家。

李冬平胡闹有她胡闹的道理，她不是那种不懂事理的女人，更不是那种心小血热的女人。她不是不愿意自己的男人去地里帮来顺老汉做营生，她家里的营生都没做完，自己的男人竟跑去给别人干，她是憋屈、窝心、难受啊!

自从男人根根当了这个村主任以后，他就不是她的男人了。她有男人和没男人是一回事。胡根根白天去隔壁榆树湾村教书，下午回来，屁股还没有坐热，找他帮忙的人就上门了。一天到晚，不是学校的事情，就是村里的事情；不是这个老人生病，让他背着去看病，就是谁家的牲口把庄稼糟蹋了，让他去处理。一天到晚，村民那些家长里短他怎么也处理不完，家里家外都得自己一个人操心。李冬平常想，自己比那“方四姐”还忙，男人比那包青天都积极。他真是有了官瘾了，为了这个烂村主任，他连家也不管不顾了，连婆姨娃娃的死活都不放在心上。人家当官是越当越发，她家根根是越当越穷，越当越恓惶。看人家支书志平，房子建得比村里的庙都漂亮，婆姨娃娃跟着吃香的、喝辣的，在村里走路都是昂首挺胸。她不是不心疼丈夫，不是那种不讲理的女人。有时候，丈夫处理完村里的事，回到家已经很晚了，她就赶紧把后锅里热着的饭菜端出来，伺候男人吃喝。根根吃饭的时候爱喝点酒，她就到镇上给丈夫买几瓶白酒准备着。吃完饭，丈夫还得备明天的教案。看着他劳累的样子，她的心里像被鞭子抽了一样难受，她深爱着这个男人啊！有一次，她就直截了当地对丈夫说，把那个烂摊子放下吧，这个村主任咱不当了！可丈夫却对她说，大伙信任他，他不能辜负大伙的一片深情厚谊，他是身不由己！

一直到了晚上，胡根根才回到家里。

李冬平哭着走了以后，来顺老汉说什么也不让他干了，让他赶紧回去劝劝冬平。可胡根根不听，一直把那五分地的玉米秸秆割完他才回去。

胡根根走到家门前，敲了敲门，里面静悄悄的。他不耐烦地喊着：“开门，开门！”这时候，婆姨李冬平在里面说道：“你看见来顺老汉亲，晚上就不要回来了，跟他一搭里过去，我权当男人已经死了！”

胡根根不想再跟婆姨纠缠，他索性走出院子，向村委会走去。

一路上，他心烦意乱。虽然晚上寒意逼人，但他丝毫没觉得冷。

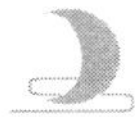

神树塬的村委会没有单独的办公地方，村小学就是村委会。白天，神树塬的娃娃们来这里上课，如果“两委”有会议就放在双休日开。村小学由一间办公室和一间教室组成，有学前班、一年级、二年级三个年级，现在总共有二十六个学生娃娃在这里上课，由快退休的老公办教师胡水成教这群娃娃的语文、数学。这群娃娃二年级过后就要到隔壁榆树湾村小学上学。榆树湾村小学规模大，有三到六年级，胡根根正是那所学校的校长。胡根根的父亲和老教师胡水成是亲兄弟，胡根根见到胡水成还得叫二爸。村小学的门钥匙总共有三把，支书白志平有一把，胡根根有一把，老教师胡水成有一把。

胡根根从裤带上拔下钥匙，打开教室门，瞬间一阵寒意扑面而来。他拉亮灯，用地上的柴火烧着洋炉子。他坐下来在炉子上点了一根烟抽起来。过了一会儿，他站起来，环顾了一周，看见讲台上贴着一张入党宣誓词。

“我志愿加入中国共产党，拥护党的纲领，遵守党的章程，履行党员义务，执行党的决定，严守党的纪律，保守党的秘密，对党忠诚，积极工作，为共产主义奋斗终身，随时准备为党和人民牺牲一切，永不叛党…… ”

胡根根突然想起自己当年握拳入党宣誓时候的情景，上一任老支书白巨才带着他宣誓，一字一顿地念着入党宣誓词；想起就在学校的院子里，他在村民的掌声中高票当选村主任。他看着那些血红的大字，顿时泪流满面，他扔掉烟头，仰面躺在办公室的木架床上。

他现在真的不想再当这个村主任了，后年的换届选举，他说什么也不干了，就是抬着八抬大轿来接他，他也不去。他如果再当下去，就成孤家寡人了。

至今他已经干了四届村主任了。上任以来，他一直牢记着上一任老支书给他反反复复交代的那句话："你是老百姓的村主任。"多年来，他始终没有忘记这句话，尽自己最大的努力践行着这句话，没有忘记自己作为共产党员的基本操守和准则。只要村民找上门，他都怀着满腔热情为村民排忧解难，当好老百姓的父母官。单说今年收秋，他们家是全村最晚的一家。别的人家都把粮食装进粮仓了，他们家才开始哩。冬平一个人哪能干得过来？他本想趁着放秋假这段时间帮婆姨收秋，但村里几个低保户老人的庄稼，他不能不管不顾吧？他要是不管不顾，入冬他们也收不完。几年来，他为村民办了不少好事，他的尽职努力得到了神树塬村老老小小的认可。每年村主任换届选举的时候，就他一个候选人，而且每次他都是毫无悬念地留任。他为集体的事情，倾注了太多的精力和热情，尽到了一个村主任应尽的责任和义务。但是，作为丈夫，他没有做到对妻子应有的情爱和体贴，作为父亲，他没有做到父亲对女儿的疼爱和照顾。他心里很乱，内心充满内疚和自责。看看全村，日子比他过得好的人家有的是，日子比他过得恓惶的除了村里几个低保户老人，放羊汉白志栓和寡妇高爱爱，也就数他们家穷了。当然有夸奖声就有骂声，说不定也有一些人会指着脊梁骨骂他。骂就骂吧，干这营生不冤枉受气怎么能行？去年村口神树下的"闲话中心"就传出他贪污集体钱的话。去说吧，他胡根根问心无愧。

几个月前，女儿柳花考上了大学，他高兴得好几个晚上都睡不着觉。高兴劲过后，他为女儿的学费犯愁了。马上就到开学的日子了，他只能硬着头皮问亲戚们借了一些钱。有个亲戚直接问他，你的钱去哪了？你看别人当村主任，日子哪像你过成这样？

他的钱去哪了？他是榆树湾小学的校长。说是校长，也就比普通的教师一个月多拿四五百块钱，一年的收入也就万八千。当村主任，

镇政府一年给补贴三千块钱，这些钱也就凑合着够家里日常开支。家里现在没有一件拿得出手的摆设。有时候，他很羡慕支书白志平，人家门前那两只威武的大石狮子就是他当村主任一年的工资了。他心里不平衡，同样是村干部，他白志平为什么老躲起来不干事？自己为什么那么积极？他白志平是白志平，他白志平不把村民的死活放在眼里，他胡根根做不到啊！抛开组织这么多年来的培养不说，他压根儿就不是那样的人。就是一个讨吃要饭的上门，他也会把这个可怜人好好招待一顿。

多少次，婆姨冬平和女儿柳花对他说，让他不要再当这个村主任了，一心一意当好校长就行了，他也满口答应老婆和孩子，下届他肯定主动退出。可每次到了选举的时候，他看着乡亲们那期盼的眼神，他就于心不忍啊。

今天，婆姨跟他在地里打架，是他事前没有想到的。对于今天冬平的行为，他心里理解，冬平不是那种胡搅蛮缠的女人。从 1983 年结婚到现在，这个女人跟着他没过上几天好日子。现在他已经过了不惑之年，再不能像以前那样对家里的事不管不顾了。等到下次换届选举，他就主动退出，让乡亲们另择贤能吧。他要腾出手好好将自家的日子过好，那样，他也没有什么遗憾了。他胡根根不是圣人贤士，他也是个普通人。

当晚，胡根根就在学校睡了一觉，第二天天不明就回到了家里，婆姨冬平已经给他留了门。现在这个女人正一边流着泪，一边给一夜未归的丈夫做饭呢。她心疼这个男人，她那是说的气头上的话。这个女人自责得一晚上没睡觉，几次想跑出去叫丈夫回来。后来，她还是狠下心没有叫，她是强逼着丈夫明白一个道理：她这回是下狠心了，如果丈夫还当这个村主任，以后打架是家常便饭，这日子也没办法过了。可丈夫不听她的话怎么办呢？此刻的李冬平犯糊涂了。她见丈夫推开门走了进来，忙用围裙擦掉眼角的泪，笑着对丈夫说：“回来了……”

五天后，关于胡根根将卸任村主任的消息在神树塄村及喜鹊河一带像瘟疫一样疯狂地散布开来。人们纷纷惊奇，当了十多年村主任的胡根根怎么突然不当了？还没有任何征兆？支书白志平听到这个消息后，高兴了好一阵。那天他在盘龙镇拉完沙子，专门到集市上割了五斤黑猪肉，让婆姨第二天炖了，以此来庆祝老对手胡根根的“主动让贤”。他已经盘算好了，后年的换届选举，他要当这个村主任。到时候，他就大权在握，成为村里独一无二的人了，从此再也没有人能威胁到他的位置了。

十　红火的腊月

不知不觉中已经到了冬天，大地一片萧条，原野上没有一点活色，层层叠叠的山峦无声地躺在这片古老的土地上。相比较南方那些风景秀丽的地方，入冬的黄土高原就是荒凉的代名词。或许正是因为这特有的景象，使这里多了一份历史的厚重感和沧桑感。立冬以后没过几天，黄土高原便下了一场大雪，纷纷扬扬的大雪给这片土地穿上了一件白色的衣裳，整个大地都沉浸在了一片深沉的白色中。

入冬前，这里的人们还有几件事必须要干。首先是在农历的九月，庄稼人要为漫长而寒冷的冬天储备菜食，这就是一年一度的“腌菜”。腌菜就是腌白菜。每年的这个时候，神树塄村乃至整个茂林县的村庄将自家种起来的白菜修整后，切成瓣，放在大瓷瓮里，然后撒上几袋子盐，压上从喜鹊河拉回来的大青石进行腌制。一般情况下，

一户人家按照人头数，腌制五至十五瓮不等。这些新鲜的白菜经过二十天左右的发酵后就变成了口感爽滑、开胃消食的酸白菜，神树墕村的村民整个冬天的菜食主要靠它。

第二件事就是杀猪羊，时令小雪过了以后，天气冷了，肉能存放住了，猪羊也长得膘肥体壮了。庄户人地里没活儿了，这里的农民就开始杀猪羊，犒劳一下家人和自己。养羊的人家相对较少，因此构不成一定的屠宰规模和场面。大雪过后的杀猪场面，那可谓是大场面。“侉子人再穷也要念书，村里人再穷也要喂口猪”，家家户户养着猪，有的人家甚至养了两三头不等。大雪一过，杀猪就开始了。在农村，杀猪是一件大事，相当于办个小事宴。主家往往要把自家亲戚叫来帮忙。村里健壮的年轻人把猪拉出猪圈，摁在杀猪案板上，村里有名的杀猪手拿着杀猪刀，看准部位，将杀猪刀深深扎进猪脖子，鲜血像溪水一样从刀口上流出。杀猪的第二步是煺猪毛。把已经断气的猪吊在架子上，架子下面挖一个大坑，里面放一个大铁桶，铁桶里倒满滚烫的开水，在人的操作下，猪就在桶里上下做着往复运动。等到猪毛完全被热水烫松动的时候，将猪拉上案板，用手快速将猪毛拔掉。相对来说，猪头、猪蹄的毛最难拔，需要拿着镊子仔细地寻找拔掉。杀猪的第三步就是开膛剖内脏。内脏就是猪下水。在开膛之前，需要把猪头先割掉，再将猪脖子肉割下，妇女婆姨们赶紧把这块肉拿回去清洗，把上面的血洗掉，把那些不能吃的东西割掉，中午就吃猪肉炖粉条和杀猪菜款待今天来帮忙杀猪的人。剖内脏也是有讲究的，一般是刀功比较过硬的人把持。如果刀功不好，就会将内部器官割破，猪大便、尿水会玷污五脏六腑。首先要把附在内脏器官上的油脂剔除下来，这些油脂经过大火炼后，就成为茂林县农民的日用油。所有的内脏剖完后，杀猪人会及时将内脏里面的粪便倒掉。有时候，需要注水处理或人工吹气才能将这些垃圾清理完。猪杀完后，农家人用斧头将整扇猪身劈成很多块，然后在院子里选择一个阴凉的地方，把猪肉包裹起来，外面用泥裹住，静静地等待冬天的到来。到了腊月快过年的时候再打开，留一部分自已吃，剩余的全部卖了，包括猪头、猪蹄、猪下水。

喜鹊河上已经结了冰，村里那些调皮捣蛋的娃娃们坐着冰车在上面滑来滑去，欢乐的笑声荡漾在冰面上。黄土高原上的冬天非常寒冷，最冷的时候能到零下三十多摄氏度，直逼零下四十摄氏度。整个冬天，这里的人们几乎不出山，躲在自家的窑洞里，守在热烘烘的炉子边温暖地过冬。婆姨在家里织毛衣、纳鞋底，庄稼汉子们就是相互串门拉话，打牌找乐子。

村里其他庄稼汉可以短暂地休息一个冬天，但白志栓父子俩还享受不了这个待遇。整个冬天，无论外面刮风还是下雪，每天出山放羊照常不误。白铁生的脸又黑了一圈。嘿！让外人看哪是一个刚出学校的年轻人，以为是干了十几年农活的老庄稼人。白天，他穿着羊皮袄，戴着大毡帽，提着羊铲子，赶着羊群到骆驼山放羊。虽然他带着水，但有时候他更愿意抓起两把雪吃上几口。如果实在闷得慌，他就跟羊群拉拉话，没有什么隐瞒和避讳，它们又听不懂。晚上回来他简单地洗刷一下就回那个破窑洞睡了。他现在已经学会了抽烟，不过他不抽父亲的旱烟锅子，旱烟锅子劲太大，他受不了。每次，他到盘龙镇卖完碗饦儿就买几盒“黄公主”牌香烟。出山放羊，他就揣上一盒，一边抽着烟，一边思考问题。

腊月二十，整个茂林县沉浸在节日喜庆的氛围中，人们所有的心思都放在了如何过年上。外出打工的人回来了，流浪汉也准备挤上最后一趟班车回家过年。春节对于中国人来说，不仅仅是民俗生活的传

承，更是以记忆的形式保存了这个民族几乎全部的文化生活内容。它传承了老祖宗的习俗，让忙碌了一年的人们歇一歇，过最温暖的几天。在对年的理解中，对岁的理解中，我们形成了自己的审美方式、思维方式和信仰方式。

黄土高原上的人们过春节基本遵照以下习俗：二十三过小年，二十四扫屋子，二十五磨麦豆，二十六割猪肉，二十七赶大集，二十八贴窗花，二十九蒸馒头，除夕夜里把岁守，大年初一叩爷娘，大年初二回门走，初三初四忌刀剪，破五穷神送出门，初十夜里鼠嫁女，十五花灯元宵煮。

神树塬村的过年也从腊月二十拉开了大幕，其实准备工作早在刚进入腊月就开始了。这十天时间里，各家的婆姨汉子齐上阵，整天围着锅台转，炸油糕，轧粉条，蒸馍馍，煎麻花，卤猪羊下水……娃娃们跳皮筋，打四角，滚铁环，和尿稀泥……人们一年四季就盼望着过年这几天，男人喝一点酒，女人添件首饰，小孩子穿件花衣服，一家人在一起共叙天伦。应该说年味在小孩子身上体现得最明显，他们不仅能吃上一年吃不上几回的好吃的，还能穿新衣服，收到亲戚们给的压岁钱。随着除夕夜的临近，神树塬村的各家各户都张灯结彩，糊窗户，贴窗花，贴对联，贴年画，打扫院子，打扫窑洞……冷冻了一个冬天的猪羊肉在这个时间也要拿出来，送到集市上卖。过年这几天，镇里、县里的集市上都是买卖年货的人。

这几天，铁生家也是忙成了一团。腊月二十五以后，白志栓就不让小子跟着出去放羊了，他每天一个人出去，下午前半晌就回来了。铁生帮忙给屋里置办年货，他骑着自行车到盘龙镇采购。他先是将自家冻了一冬天的猪羊肉解冻后拉到盘龙镇卖了，接着买了烟酒、饮料和蔬菜。柳花已经从省城念书回来了，他是从信中知道了她回家的日期。直到现在，他已经收到柳花的五封信了，几乎每个月都能收到一封。他把所有的信都小心翼翼地保存起来，压在箱子底下。同样柳花也收到了他回复的五封信。柳花的变化很大，他在茂林县汽车站见到她的时候，差点认不出来了。她的穿着打扮已经完全脱离了高中时候的稚嫩和青涩，谈吐也变得文雅得体，看起来更像一个城里人。这让他这个农村粗野人感到自惭形秽。好在柳花还像以前那样对他好，她还在省城给他买了一条围巾。他很高兴，以后每天出山放羊都能戴着那条围巾。

大年三十这天终于到了，一大早神树墕村就响起了零星的鞭炮声。早饭吃大烩菜，中午饭庄稼人几乎不吃，他们要腾出肚子吃除夕夜那顿美味大餐。黄昏刚落，村里各家各户的红灯笼就亮起来了。各家门前还放着一把菜刀和一根擀面杖，锅灶上再次热闹起来。煮、煎、蒸、炒、炖，不一会儿，一盘盘、一碗碗的美味就端上饭桌。一家人围在一起一边吃喝，一边看春节联欢晚会。大人娃娃的手上、嘴上、脸上抹的都是油，肚皮涨得圆圆的。吃完饭后，一家人就打牌熬夜，熬到越晚越好，最好能熬到第二天早上。

第二天是初一，早上睡起来，大人娃娃们穿上新衣服开始走亲访友。娃娃们给长辈们磕头拜年，长辈们拿出早已经准备好的压岁钱给娃娃们，摸着头说又长了一岁。初二，大人们带着子女们回姥爷姥姥家拜年……一直到了初十以后，人们吃好了，玩够了，才开始谋划新的一年的事情。

放羊汉白志栓只是在初一短暂地休息了一天。这个瘦干老人好像对过年没有多大的兴趣，实在是家里有娃娃们，不然，他连年也不过。初一这天，他哪也没去，在家里足足睡了一天。初二起来就去放羊了。到了骆驼山，又开始唱起了山曲。不过，当大女儿兰心带着两

个外孙来的时候，他高兴地将两个碎娃娃揽入怀中，在脑门上亲个不停，还给了每人五十元的压岁钱。赵兰萍带着儿女们回了一趟娘家，看望了自己的哥哥和弟弟。

十一　意外收获

就在神树墕全村沉浸在一片喜悦的氛围中时，喜鹊河上传来的阵阵惨叫声给正在红火热闹的人们浇了一瓢凉水。在村小学教书的老教师胡水成的孙子壮壮沿着喜鹊河一边跑，一边哭着喊："爷爷伤了，爷爷伤了……"

胡水成受伤了？村民前天还看到他好好的，怎么突然就受伤了？发生了什么事？

第一个赶到事发现场的是村主任胡根根。

原来，初十过罢的第二天，胡水成套上骡子，带着孙子到喜鹊河上拉吃水。胡水成正在泉眼旁往桶里装水，不知道怎么，骡子受到剧烈惊吓，突然原地大跳起来。胡水成放下桶，拉住缰绳，试图将受到惊吓的骡子降伏。

不料，受到惊吓的骡子一反常态，根本不听主人的话，抬起蹄子狠狠地踢了主人一脚。胡水成应声倒下，脑袋正好磕在一块石头上，昏迷了过去，而牲口拉着车不知了去向。不一会儿，闻讯赶来的人就围住了那口泉眼。胡水成的大儿子背起父亲时，已经有人将拖拉机开了过来，众人帮忙将受伤的老教师抬上了车。胡水成的二儿子已经去追赶骡子了。据说，那天晚上回来，这头骡子差点被胡水成脾气火爆的二儿子打死。

村主任胡根根也跟着去了医院。一来胡水成和他是本家亲戚，二来他是村主任，于情于理他都应该去。

一个礼拜后，胡水成出了医院。尽管人已经出了医院，但他的伤怕是好不利索了。医院给出的诊断结果和医嘱是：软组织被骡子严重踢伤，需要在家好好静养，以后走路都需要拐杖帮忙。如果换成身强力壮的年轻小伙子，这伤养半年就好了，但胡水成已经上了年纪，没有要了他的命，已经算不幸中的万幸了。

胡水成的意外出事让他提前退了休，村上二十六个学生将面临没有老师的尴尬局面。

接下来的好几天，村主任胡根根都在为这事情犯难，这关乎村里孩子的教育问题，他有责任考虑这件事情。现在，全县的师资力量紧张，这下胡水成教不了书，村小学面临着瘫痪，孩子们去哪上学？这是核心问题，也是亟待解决的问题。喜鹊河一带只有榆树湾村有一所小学，但榆树湾小学没有学前班、一二年级啊！从榆树湾小学抽调一名老师过来？榆树湾小学六个年级也只有七位老师，每位老师至少要带两门课，任务很重。七位老师只有他胡根根和另外一位数学老师是公办教师，剩下的都是民办教师，这个想法不现实。再说，即使有老师，谁愿意到这穷乡僻壤来教书？他就是找到镇里也想不出什么好办法。现在唯一的办法是在村里选一个民办老师，每年由村上给点补助，这算是最好的结果了。

“爸爸，你觉得铁生这后生怎样？”当胡根根一脸犯愁地给女儿柳花说了以后，柳花对他说。

“铁生？”胡根根突然想起这个人，他是放羊汉白志栓的儿子，每天放羊都要路过他家门口呢，他几乎天天都能见到。

就是那个放羊汉！他不能小看这个放羊汉，这半年多来，他一直观察着这个放羊汉，这小子身上表现出来的吃苦精神和坚毅的性格是

他没有想到的。他教完书骑车回村偶尔在路上也能碰到，这小子会主动迎上来很有礼貌地叫他一声“胡老师”。不过，他对这小子的了解还仅仅停留在铁生还是学生的时候。他教了他两年的语文课。他不是那种调皮捣蛋的学生娃娃，尽管他学习很用功，但成绩一般。村小学老师不就是要这种吃苦耐劳的人吗？如果挑肥拣瘦，怎能干下去？他又是本村人，各方面的条件都合适，虽然文化程度是高中毕业，但教小学娃娃应该不成问题，他胡根根不也是个高中毕业生么？再说村里就这么个条件，他胡根根还想请大学教授来呢，人家愿意吗？他要专门腾出时间，找白志栓说说这件事。

对于老教师胡水成拉水被骡子踢伤的事件，支书白志平是从丈人家回来后知道的。他从正月初二出了门，到十三才回来，志平没有开拖拉机，在县邮政局上班的女婿开着小车把他们一家人接来送去。

这些年，虽然他对集体的事没有多大的热情，很少操心，但他一直关注着事态的发展。村主任胡根根能想到的事情，他白志平早想到了。眼看今年开学胡水成教不成书了，招募新老师是今年村里的大事。他想让儿子干，可儿子已经成了驻村干部。他思来想去，只有弟弟志栓家的小子铁生最合适。和胡根根有着惊人相似看法的是，白志平对侄子的评价也很高。从他半年多的观察来看，这后生在为人处世、说话办事方面已经超出了村里的同龄人，比同龄人多了一份稳重和坚毅，可以说是佼佼者。他虽然和志栓一家没有多大的来往，但对侄子有时候会另眼相看，这主要源于侄子平时的表现。说实话，铁生甚至超过了他的儿子宝生，如果有好的平台，说不定这小子真的能干出一番大事业来。这小子是没有好的家庭，没有遇到一个好老子。如果遇到他白志平，他会把这小子培养成在整个盘龙镇都出类拔萃的一个。可惜，他遇到了一个恓惶了半辈子的放羊汉，命运只能靠他自己改变了。不过，这个事情不是他一个人说了算的，这要上会研究决定才行。对！过一段时间，他就以村里“一把手”的名义主持召开这个表决大会。

十二　庙会酸歌

元宵节过后，人们渐渐从喜悦的氛围中解脱出来，开始谋划今年的生计。农民思考的问题还是地里的事，商人们思考怎样赚到更多的利润，学生娃娃思考今年的学业成绩有没有进步，每个人都有每个人的事要计划和实施。眼下，神树塬村的庄稼人在投入农业生产实践之前，还有一件大事要做，那就是每年红火热闹的庙会。

庙会在唐朝已经存在，是中国民间广为流传的一种传统民俗活动，一般设在庙内及其附近，进行祭神、娱乐和购物等活动。在神树塬村村民看来，庙会就是唱戏，红火，准确地说就是给庙里的各路神仙唱戏。对于庙会这样的大事，支书白志平会亲自出马组织，他叫上村里的干部，到县上联系唱戏的班子。这片土地上的庄稼人只喜欢听山西的晋剧和内蒙古的二人台。

订二人台要比订晋剧便宜，神树塬村是一个穷村子，他们只能订二人台。前两天，支书白志平和村主任胡根根已经到县里和“内蒙古宏腾二人台艺术团”签了合同，三天的演出费用是六千元。

五天后，戏团就要到村里演出，胡根根急忙在村里的大喇叭上通知村民下午三点到村委会开会。其实村民不去也知道开会的内容：演出费用和戏子的食宿问题。

通常情况下，演出费用采取按人头均摊的方式进行，不论是大人还是娃娃，有一个算一份钱，摊多少拿多少。戏子的食宿每家每

户轮流转，轮到谁家，谁家负责食宿。白志栓出山放羊还没有回来，白铁生就到村小学代替父亲参加会议。不大的村小学教室里，挤满了人，有站的，有倚的，有圪蹴在地上的，有抄手站着的，有坐在凳子上的，有坐在课桌上的，烟气缭绕，乌七杂八。在这里，讲究组织纪律和原则往往是行不通的，庄稼人随意劳动惯了，他们不爱被管束。

白铁生在会上得知，每人均摊下来是三十块钱，他们家目前总共有七口人，需要掏二百一十块钱。这段时间，他的精神是愉悦和幸福的。他和柳花隔三岔五就见一次，他们在喜鹊河边散步或者到骆驼山看日出日落，他们谈天论地，想到什么说什么，没有任何拘束。有时候，柳花偷偷跑出来，和他到骆驼山、大华山上放羊。

这天，胡根根和驻村干部白宝生一块相跟着到城里接戏班子。现在，胡根根和比他小二十多岁的宝生成了亲密的工作伙伴，工作上他们相互支持、相互帮助，私底下彼此经常嘘寒问暖，两人像是成了一对忘年交。驻村以来，宝生经常去胡根根家。宝生和柳花虽然不是同学，但是一届学生，属于校友，两个年轻人见了面也有很多共同的话题。从表象上看，宝生和柳花更般配，更像一对恋人，无论在物质条件上，还是两人的自身条件，他俩或许是最合适的。胡根根的婆姨李冬平也很喜欢宝生，宝生一来，她就要把这个后生留下在家里吃一顿饭。胡根根常想，如果他还年轻，说不定要和宝生拜把子哩。在宝生刚当驻队干部的时候，他对这个年轻人还抱有一种怀疑的态度，他想，镇里派一个黄毛小子来驻村，那不是瞎弄么？甚至有一段时间，他见到这个小子都有一种厌恶的情绪。哼！你就是挂个虚名到村里混日子挣钱来了，还想领导我，你还嫩点，我胡根根好歹也是有十几年工龄的老村干部了。可是，后来他发现自己的判断是主观狭隘的。这个小子每周至少有四五天待在村里，他挨家挨户上门调研，了解村民的实际困难，虚心向他这位老村主任请教问题，没有一点上级领导的排场和架子。他被这个小子的敬业精神和朴实的情怀深深打动了。

他们把戏班子接回来的这天晚上，按照村里往年留下的习俗，要招待戏班子的全体演职人员吃喝。村里没钱，胡根根就自掏腰包请大家吃饭。好在花销不大，都是自家种起来的东西，烟酒肉都有，他买点蔬菜就可以了。到胡根根家吃饭的除了演职人员，还有支书白志平、驻村干部白宝生、村里的两个支委。

酒过三巡以后，戏班主为了感谢村主任胡根根的招待之情，让戏班子中两个唱酒曲最好的女戏子给胡根根唱酒曲敬酒。

茂林县受蒙古族风俗影响，款待喝酒时，有唱酒曲助兴的习惯。酒曲形式多样，一般二句或四句为一段，内容多是见景生情，临场恣意发挥，视喝酒人身份即兴编词。曲调自由、活泼、优美，朗朗上口，动听悦耳。唱一曲敬酒，喝酒人应一饮而尽，如有会唱者也唱一曲回敬，不会唱曲的客人可选择划拳、猜火柴、打棒子（筷子）等伴酒，渲染红火气氛。

其间，支书白志平和两个支委借故走了。白志平坐得难受啊，他是村里最富有的村干部，请戏子吃饭竟然让穷村主任胡根根掏钱！他不是没有胡根根觉悟高，如果是他家办事，他舍得花钱，但这是集体的事，他不愿意自己掏钱来办集体的事情。看来，他还真没有人家胡根根思想觉悟高啊。

现在，主桌上就留下胡根根和白宝生了，只见两名三十岁左右的女戏子站起来，端起酒杯。唱道：

“姐妹呀们两个人，站呀么那站起来，再把咱们那三曲呀，给朋友们唱开来，肯定咱的那个胡村主任呀，他也爱女人……”

在座的人哄堂大笑起来。胡根根笑着接过酒盅一饮而尽。

“头一声声高来，姊妹你就二一声低，问一问那个这位人家你就爱不爱这打伙计……”

胡根根又喝了一杯。

“一句话那说的，你看胡村主任就笑嘻嘻，肯定他做那个营生呀，肯定他就没问题。”

胡根根笑着喝了第三杯。胡根根老婆李冬平站在灶台前红着脸白了男人一眼，说了句：“不要耍二杆子劲，你那肚子这几天不疼了？”

“你看那白老板笑嘻嘻，大腿跷在二腿上高，鬼眉溜眼和妹妹吊线线。”

显然这是唱给驻村干部白宝生的。半年多来，他的酒量大有长进。由于他年龄还小，听了这些酸话，既尴尬又害羞，他站起来喝了一杯酒。

“你看那白老板，假装他抽的一根烟，你有情妹子也有意，来到你们神树墕，我找不到那个好伙计，打定主意不回那萨拉齐。”

白宝生红着脸，站起来说：“唱得好，唱得好！”说完又喝了一杯。

“姐妹那两个人，唱三曲咱们继续往下转，再给咱们最漂亮的胡村主任好好来唱几段……”

胡根根又喝了一杯……这一晚，这群人闹到深夜十二点才散去。

第二天，庄稼人怀着各种各样的心情关注着今年的庙会。

中午吃完饭以后，全村人都开始向戏台方向移动。戏台位于村小学的左边，不远处就是祖师庙。现在，庙门前已经响起炮声。

在这之前，胡根根已经带领村里的年轻后生帮着戏班子的人将戏台搭好了，妇女们提前将戏台打扫了个遍。

全村人有点激动不安地等待这一热闹时刻，尤其是那些碎脑娃娃们。他们是最高兴的，庙会成了他们吃喝的场所，拿上正月亲戚们给的压岁钱，想吃什么就吃什么，想喝什么就喝什么。人们都穿上新衣服，带着娃娃亲戚们来看戏。喜鹊河一带村庄的人也赶来凑红火来了。

瞧！现在，戏台上敲锣打鼓声已经响起来了，戏台下面挤满了黑压压的人群，小商小贩已经开始给大人娃娃兜售商品了。

村小学的外墙上贴着几张大红纸，红纸上用毛笔写着各家各户的布施钱。人们定睛一看，全村就属本村首富、农民企业家胡百福上的布施最多了，他除了掏了自家人的布施钱，在此基础上，又掏了一千块钱。围观的人们惊奇的同时，更多的是羡慕，村里出了一位大财主，他们跟着也光荣。有村民看见，胡百福今天中午开车回到了村里，这位大富翁去胡根根家坐了一会儿就走了。

在另外一边，前去祖师庙磕头、上香的人络绎不绝。庙门前，炮声震天响，一声接着一声，声音穿过喜鹊河，在骆驼山上传来阵阵回音。白志栓今天没出山放羊，他佝偻着背，拿着旱烟锅子，坐在人群当中，眼睛迷离着准备看戏。他是个戏迷，在村里看了半辈子戏。有时候，别的村子唱戏，他也跑去看，很多戏词他能都背下来。白铁生拿着炮仗到庙上放炮，上香敬神。白世荣老汉带着老伴和傻女子苦妞也挤进了人群中。苦妞今天穿了一身花衣服，她和那些碎脑娃娃们一样高兴，不停地指着戏台对白世荣老汉说："戏……戏……"山杏和母亲高爱爱也来到了戏场，看了一会儿，山杏就去庙上找铁生了。

在开戏之前，村支书白志平发表了热情洋溢的讲话。他号召全体村民在国家好政策的引领下，在镇党委、政府的正确领导下，在村两委班子成员的支持下，搞好全村经济和农业发展工作。他也要做一名

"想群众所想，急群众所急"的合格村干部，为家乡的小康建设做出新的更大的贡献。

白志平足足讲了半个小时。

戏终于开始了，下午唱的是《光棍哭泣》。下午唱完，还有夜戏，夜戏是《挂红灯》。第二天依次是《王二疤说媒》《方四姐》。第三天是《二后生》《顶灯》。不料，这台戏唱到第三天头上，从中午开始，天空突然乌云密布，一会儿就下开了雪。在骆驼山上放羊的白志栓激动地说："没白唱啊，祖师爷开眼了，开眼了……"

十三　激动的前夜

惊蛰过后，实际上早已进入春季，但黄土高原漫长而寒冷的冬天远没有结束。庄稼人已经开始套上牛骡车开始往地里送粪，有赶早的，腊月就开始送了。人们仍然是棉衣棉裤、毛衣毛裤裹身。外面尽管春寒料峭，但这一段时间白铁生心里却暖流如注。

对他来说，这或许是人生中里程碑式的转折点。经过村委会推荐，茂林县教育局的审查，他现在已经正式成为一名民办教师了，那种高兴之情是不言而喻的。他大爹白志平和村主任胡根根到他们家说明来意后，白铁生既激动又高兴。胡根根对他说，民办教师是临时工，每个月补贴二百六十块钱，吃住自己负责。他已经很满足了，抛开挣钱多少不说，首先是身份和地位上的变化，他从一个放羊汉一下子变成教师了。可以说，这是人生质的飞跃，这是一份光荣体面的职业，从此两旁世人及亲戚朋友对他本人及整个家庭的看法都会发生很大的变化。以前他出山放羊，虽然人们当面不说，但敏感的他从别人异样的眼光和神态中观察到，这份职业既卑微又低贱。"你就是个放羊汉，老子是放羊汉，儿子也是放羊汉，一辈子穷光蛋”，他耳畔似乎经常能响起这样的话。尽管柳花并没有因为他身份的转变而减弱对他的感情，但他心里已经开始痛恨自己了。“你，白铁生，你一个放羊汉怎能配上人家大学生，简直是癞蛤蟆想吃天鹅肉想疯了。”的确，在老实的庄稼人看来，放羊就是一个被人瞧不起的营生，没人愿意干那营生，只有最没本事的人才会无奈选择这个行业。看看首富胡百福，每次来到村里，村民都是笑脸相迎，前呼后拥。村主任和村支书都要给他面子到村口迎接。每当白铁生想到这些事情的时候，他的自尊心就会被深深地伤害。他坐在骆驼山上，抽着烟，眼底噙满委屈的泪水。他看天上飞的各种鸟，看蓝天，看白云，伤心的泪水不停地往肚子里咽……现在他已经是小学老师了，体面的职业，可以昂首挺胸地站在世人面前了。当然，刚开始他有点担心自己能不能胜任这份工作，在开学临近的时候，他把箱底的书都翻了出来，每天晚上，翻翻看看，开始上课前的预习。

每天早上吃过饭做完营生，白志栓就圪蹴在墙头圪塄晒太阳。这是他几十年来养成的习惯。他一边抽着旱烟锅子，一边想着里里外外的事情。在他看来，儿子成了教师，他比谁都高兴，那高兴劲好像他自己成了人民教师一样。几天来，他竟然好几个晚上激动兴奋得睡不着觉。他表面上还像以前那样死气沉沉，脸上没有一点儿光泽，一双无光的眼睛掉进眼窝里，但心里却很高兴。实际上，这半年来，受煎熬的不仅是儿子，还有他自己。他压根儿不愿意儿子每天跟着他出山放羊。当看到儿子愁苦的样子，他恨透了自己。铁生年纪轻轻，就让他放羊被世人耻笑，村里的年轻人有谁像他家铁生一样不幸？他很庆幸儿子能摊上这么一份好工作。他相信，是白家祖坟上冒烟了，或者是他那死了的两个老婆显灵了，不愿意娃娃

们跟着他遭罪。他的心情突然敞亮了很多，走在路上步子也变轻盈了，整个人也突然变年轻了。现在他是多么春风得意，每次路过村口的“闲话中心”，他故意往人群中凑，他依稀听到，村民在夸奖他家铁生。是啊，儿子有出息，父母脸上就有光啊！他这辈子做梦都想不到自己活得这么潇洒和痛快，他感到每天出去放羊或下地干活都有使不完的力气，从此日子有盼头了。每天晚上，和婆姨睡之前，都要乐和一阵子。

铁生明天就要登台讲课了。前天他和村主任胡根根相跟着到榆树湾村，把孩子们的课本领了回来。昨天早上刚吃罢饭，他就在村广播上喊让娃娃们来报名、领书。学生娃娃们在家长的带领下，兴高采烈地来学校领书，他们也想见见这位新老师。白铁生一直忙到下午 5 点才结束，他把教室和办公室打扫了一遍，等洋炉子灭了后，才从学校离开。

今天白天，他把新课本认认真真地看了一遍，做了教案，又把自己穿了一个正月的新衣服拿了出来，明天他要穿上，体面地站在讲台上讲课。晚上吃过饭，他躺下后，没有一点睡意，心里一直在盘算明天讲课的事。明天是他生命中最重要的日子，他做了最坏的打算，即使遇到再大的困难，他都要坚持下去。

他穿上衣服，合上门，拿着手电筒，轻手轻脚地走出院子。他不想让家里人知道，他大晚上不睡觉出门。他蹚过喜鹊河，来到村小学。上头人家院子传来阵阵狗叫声。他利索地打开教室门，老教师胡水成的那把钥匙现在已经属于他了。他摸着黑拉亮灯，这真是一间破烂不堪的教室啊！

这是一间用木料和砖头砌成的老房子，从 1992 年建成已经风雨飘摇地度过十三年了。由于长期雨淋潮湿的原因，部分白灰墙面已经脱离了墙体。课桌和长条板凳掉了很多漆，老鼠已经在地上打了几个洞。在未建村小学之前，这里曾是人民公社神树墕村生产小队的饲养院。当时的饲养院有会议室、办公室、库房、碾坊和圈棚。库房用来放集体粮食，放生产队的耧、犁、耙等农具；碾坊用来碾糜子；还有生产队的牛、骡、驴圈养在棚里。每天晚上，曾当过饲养员的白世荣老汉提着煤油灯，起来给牲畜添草料。冬天昼短夜长，社员们为了打发漫长的黑夜，便朝饲养院拥来，谈天说地拉家常。饲养员天天开会，生产安排会、学大寨动员会、忆苦思甜会……每天人声鼎沸，社员们从这里聚集，从这里出发。记工分、盖手掌，一天的劳动便结束了。20 世纪 80 年代实行包产到户后，饲养院的牲畜都分到了家家户户，土房也被拆了，只有那几堵烂土墙还在岁月的风尘中，见证着那段岁月。

白铁生站在讲台上，眼睛注视着前方，想象着他明天教书的样子，学生娃娃正坐在凳子上，戴着鲜艳的红领巾，认真地听着他讲课。好在这些娃娃都是村里的，他都认识，没有太多的陌生感和紧张感。

这时候，房门被推开，白志栓走进来问小子：“来这儿做啥?”

“没事，睡不着，过来看看。”铁生不好意思地回答。

“这有啥好看的！一间破屋子！”白志栓不屑地说。

“爸，你怎知道我来了?”铁生笑着问。

“我听见门响了。”白志栓抽了一口烟。

“我走得那么轻，你也能听见哩?”白铁生追问。

“怎么听不到，啥也能听到，院外面只要有个风吹草动，我就能听到。”白志栓说。

其实，白铁生前脚到了学校，白志栓后脚就到了。他没打手电筒，这条路，他这辈子不知道走了多少回，闭着眼他都能走去走回。刚才，他透过玻璃窗看见儿子在讲台上的试讲，他流下了眼泪。这是高兴的眼泪，他替儿子高兴。

“走，不看了，赶紧回去睡觉。”

白志栓领着儿子，走出学校，向骆驼山上那口最破烂的窑洞走去……

第二章　月　　晴

一　驻村干部的幸福路

这是2005年农历五月上旬的一天，白宝生当驻村干部马上快一年了。前任驻村干部高清云已经退休了，现在他全权担负起了神树墕村和榆树湾村的驻村工作。

这一年来，白宝生尝尽了这份工作的酸甜苦辣。俗话说，万事开头难，在他刚进村了解各家情况时，是最困难的一段时间。为了尽快掌握每村每户的实情，他天天往两个村子跑，到村民家摸底，与他们面对面地谈心。有时候，他会把村里“两委”的“一把手”叫上，这样更利于开展工作。当他敲响庄稼人的门，坐下来与他们深入交流时，才知道他们的实际困难太多了。虽然他也在农村长大，对农村和农民的生活情况有所了解，但他看到更多的是表象上的一些东西，那些藏在内心深处的东西只有深挖时才能知道。尤其是那些低收入或没有收入的孤寡老人，他们一边流着泪，一边给他讲那些心酸的生活史，除了物质上的贫困，精神上的贫困更让人担心。还有些农户见他上门，没有表现出多大的热情。他们抱着一副无所谓的态度，认为他一个年轻娃娃，能为村民解决什么困难呢？和高清云还不是一个样

子？可无论是热情的还是冷淡的，他们打心里还是盼望他这个新驻村干部能有所作为，不要像高清云一样庸庸碌碌。

对！他白宝生从上班的第一天起，就没有打算在这里混日子。他要对得起老百姓的信任，他想好好干出一番事业，实现自己的人生价值。要在村两委会及全体村民的大力支持下，大力发展农村经济，带领乡亲们走上脱贫致富的道路。

但是说起来容易做起来难。他一边用笔记下农户们的一些实际情况，一边又给他们宣讲今年县里和镇里惠农、涉农的好方针和好政策，他要把党和政府的关怀送到每一位农户的手中。他给这些生活困难的人打气，让他们一方面不要失去对美好生活的热情和希望，一方面鼓励他们积极从事农业生产。他每天晚上回去，填写民情日记和工作日志，将了解到的村情民意及时汇报给镇里，多方协调，看镇里能解决多少，并及时反馈给群众。半年下来，他深深明白了一个道理，农村工作不好做，农民的工作更不好做，它的复杂性和长期性是他刚开始没有想到的。不过，他的努力和付出没有白费，村民们渐渐认可了这个新驻村干部，镇里领导也认可了他的工作，去年年底驻村干部年度总结大会上，他的舅舅——盘龙镇党委副书记还表扬了他。

还有一个棘手问题是怎样取得村干部对他的信任。他到神树塬后，村主任胡根根态度冷淡，根本不支持他的工作，村里的事情也不找他沟通商量。他就主动找上门，找这些村干部谈心拉话，表明自己的态度和立场。后来，经过慢慢地相处，这些村干部知道了他的为人处世。现在，他们已经成为很好的工作伙伴了。他还与村主任和支书建立了比较深厚的个人感情。但说起自己的父亲，白宝生一肚子苦水。父亲对于集体的事没有兴趣。他曾经找父亲谈过，但是父亲根本不听，还把他骂了一顿。这让他很苦恼，因为是父亲，他也不能多说什么。一直以来，他希望父亲和他一起，在农村干出一番天地，而不是现在这种事不关己高高挂起的样子。最近他有了一个新想法，想开展一个有关科学发展观论述的学习活动，目的是让更多的人知道科学发展观的内涵是什么，怎样运用科学发展观的新思路、新办法解决农村生产生活中的实际问题。计划活动让每个村的支部牵头，参加人员是村两委会全体成员和全村所有党员及村民代表。

现在，地里的活儿已经不多了，经过前段时间紧张激烈的忙碌，所有的庄稼都已经点种在地里了。农闲的时候，村支书白志平就出来跑运输。这天，他在盘龙镇的一处工地拉完水泥，已快到午饭时间，他就给小子宝生打了电话，让小子跟他一块去吃饭。宝生在镇机关大楼内培训，接到父亲的电话，就出来了。

两人来到一家烩菜馆，点了一份大烩菜。

其间，宝生向父亲说了想办科学发展观学习班的想法。

"现在工地上工期紧张，我这营生一天也不能停，爸没时间学习。你们去学习就可以了，爸就不去了。"宝生说完后，白志平一脸平静地说。

"爸，你是支书，是村里的一把手，应该给大伙做出个表率。你不参加学习，肯定不合适。"

"有啥不合适么！学习重要还是挣钱重要？你说得轻巧，你来工地上干活，我去学习？"

"那怎么行！这也不是每天都学习。再说，一个礼拜学习两次，都是晚上学，每次一个小时，时间不长。"

"晚上我也没时间，我跑一天的拖拉机，回去背都挺不起来了，你还让我学习？"

"我根根叔教一天的书，人家不累？人家参加学习的热情可比

你高。”

“你这个吃里爬外的东西，胳膊肘往外拐。没有老子，你现在还不是在家种地？现在还教育起我了！”

“简直没办法和你这种人沟通！”白宝生连饭也没吃，就气冲冲地走了。

饭菜早已经端上了桌子，白志平也气得没心情吃饭，他坐在餐桌上，失落地抽着烟。自从小子当了这个驻村干部，他们父子关系就出现了危机。让白志平感到最苦恼的是现在小子和自己的死对头胡根根打成了一片，关系越来越好，而跟他的关系却越来越紧张。每当他大老远看见小子和胡根根相跟着出现在村里的时候，他气得连话都说不出来。他不是不支持小子的工作，相反，小子的变化使他惊讶得张大了嘴巴。他原以为小子会舒适地坐在镇政府的机关大楼上，体面舒服地工作、上班、领工资。没想到，小子对这份工作很上心，似乎有不干出个名堂不收工的意愿。看到小子努力上进，他很高兴。他和驻村干部打交道的时间也不短，在他的印象里，驻村干部就是拿着钱不干事的人。从来没有见过哪个驻村干部像他这样对工作用心。他支持儿子这样干工作，年轻人就应该敢打敢拼，但他不能容忍小子和死敌胡根根纠缠在一块。

白宝生走出饭店，没有回镇机关大楼，他打算回村里找铁生。他找铁生的目的是想让铁生也参加这次学习活动。虽然铁生不是党员也不是村民代表，但他愿意破格让他参加这次学习。在他的潜意识中，尽管他和铁生的家境悬殊，但他们实际上是同一类人。铁生是个有能力的年轻人，以后他的工作离不开铁生的支持。他把铁生拉进来，青年人在一起好交流，在一些事情上，能给他出谋划策，农村经济建设也离不开像铁生这种吃苦耐劳的人。

他到了二爸白志栓家时，二爸白志栓和铁生做营生还没有回来。

白志栓的婆姨赵兰萍看见侄子上了门，很高兴，赶忙将家里的好吃好喝的拿出来招待这位“贵宾”，在赵兰萍看来，侄儿子白宝生就是她认为的贵宾。一来，他们家的家境太好了，使她从心底产生了一种卑微感，人家是有钱人；二来，侄儿子现在是国家干部，那就是大官了。

和二妈拉了一会儿话，白宝生过来看了看白世荣两口子和傻姑姑苦妞。白世荣老汉亲热地握住宝生的手，摸来摸去，问长问短。宝生是个好后生，逢年过节，都过来看他爷爷和奶奶，比他那个不孝顺的大儿子志平强多了。白世荣老汉很庆幸自己的两个孙子都有了出息，大孙子宝生已经是干部了，这是他们白家一门里最大的官了，他心情欢喜着紧呢，二孙子铁生现在成教师了，也是个理想的工作，以后不用跟黄土地打交道了。虽然大小子志平不孝顺，二小子志栓一辈子没出息，放了一辈子羊，现在家里还养着一个傻女子，他心里还有很多的不痛快和遗憾，但每当他听见两个孙子在世人嘴里好评如潮时，心中的自豪感一浪高过一浪。

苦妞因为见宝生的次数比较少，她看见这个侄儿子，吓得赶紧躲在了白世荣老汉的身后说：“怕……怕……”

这时候，白铁生和父亲白志栓赶着羊群回来了。白铁生现在虽然成了教师，但教完书回到家里，还像往常那样帮家里做营生。今天放学后，他出去给牛割草。割完草往回走的路上，碰见了父亲，就相跟着回来了。宝生和爷爷白世荣也出来帮他们饮羊、圈羊。

晚上，一大家人坐在炕上，宝生把自己的工作计划说了一遍。

“铁生，我想让你也参加。不知道你愿意不?”宝生说。

“愿意，晚上回来也没事干，还能学点东西。”铁生抽了一口

烟说。

“宝生，学习这有啥用?”圪蹴在地上的白志栓突然冒出一句。

“肯定有用啊，现在全国都在学习贯彻科学发展观，我们学理论知识，教给我们的是一种方法和思维，有了好的思维和办法，我们才能更好地实践，把我们的日子过好。”宝生激动地说。

“我同意宝生的观点，没有好想法，那是蛮干。”铁生看了一眼宝生。

“我也同意宝生的说法，年轻人就应该多学点东西，不管是啥，有了总比没有强么。”赵兰萍跳下炕沿，笑嘻嘻地说。

五天后，神树墕村学习科学发展观活动开始了。每天晚上，在神树墕的村小学里，二十个党员干部在驻村干部白宝生的带领下学习科学发展观的相关书籍和文字。只有一个座位上的人，几天下来，始终没有来，那就是村支书白志平。

二　闹心的省城之旅

时间大踏步地来到了农历的六月份，明天就是二十四节气中的小暑了。小暑一过，黄土高原上真正的酷暑即将来临，现在白天已经变得越来越长，黑夜变得越来越短。此刻神树墕村村小学的灯还亮着，小学教师白铁生正俯身收拾办公桌上的东西。学生娃娃下午 3 点放学后都回去了，学校明天正式放假，意味着他也要回家休整两个月。两天前，村主任胡根根对他说，五天后，茂林县教育局要组织一个骨干教师培训班，地点在省城，他是盘龙镇选送的八个教师代表里面唯一的民办教师。

是啊，这样的待遇是一般老师享受不到的，作为一名民办教师参加全县的骨干教师培训班，这是一种荣誉，也是一种幸运，这说明上级领导对他白铁生近半年来的教学工作是满意的。两天前，他带着学生们到榆树湾小学参加了镇上统一组织的期末考试，结果他的学生表现很优秀：三个年级语文和数学两门课的平均成绩都超过了九十分，没有一个不及格的；二年级的九个学生全部考进了榆树湾小学，这在老教师胡水成代课的时候是没有出现过的。可以说，他完成了一个质的飞跃。现在，全村无论大人还是娃娃都在夸赞他们的这位好老师。就在一个月前，他作为盘龙镇教师代表队的一员，还参加了全县教育系统的主题辩论赛。比赛中，他用机智的头脑和善变的口才征服了现场的评委们，最后，盘龙镇教师代表队获得了那次比赛的第一名，他还获得了荣誉证书和五百元的奖金。回来以后，宝生的舅舅、盘龙镇党委副书记还亲自接见了他。当然，他是和驻村干部宝生一起到镇政府见的这位大领导。

从第一天参加工作到现在，他一直兢兢业业。村小学只有他一个老师，他既要带三个年级的语文课，还要带三个年级的数学课。今年，他大胆进行了尝试，每个礼拜增加一节体育课和一节音乐课。没想到，这样一来，效果很明显，那些经常在课堂上淘气或者打瞌睡的娃娃们听说有体育课，很高兴，专心地听起了课。他还让宝生联系镇里，给娃娃们买了一些简单的体育器材，比如篮球、足球、跳绳、毽子。每天中午 12 点，他嘴里喊着拍子带领孩子们做广播体操。在课堂上，他一改以前那样一味地说教式的教学方式，做一些小游戏，和娃娃们互动，一边娱乐，一边学习，娃娃们在轻松愉快的课堂氛围中就听完了一节课。他还报了成人高考，买了一大堆的学习资料。他打算第一步考个高升专，然后再从专科升到本科。每天晚上，他在睡觉前，总要在灯下，拿出书来看一看，写一写。

老师爱学生，学生也会爱老师。放学后，他和娃娃们一块相跟着回家。在村里碰见，这些娃娃们大老远看见，就跑过来，扑进他怀里，一声声喊着，白老师，白老师。在这群娃娃的眼里，他不仅仅是老师，还是他们一位亲爱的大哥哥。

前不久，他收到柳花从省城邮寄回来的一封信。他清楚地记得，这已经是柳花给他邮寄的第九封信了。柳花在信中说她最近交了一个男性朋友，还说这个朋友跟她有很多共同的话题，他们相跟着一起去上课，一起去食堂打饭，一起去图书馆看书，有时候，还到操场或者附近的城中村散散步。她说，生活中，这个人对她无微不至，嘘寒问暖，甚至还给她买了些小礼物，但她没有收，而这个男生对她所做的一切，她也并不反感，只是默默地接受着。

当铁生逐字逐句看完这封内容很短、“意思”却很长的信时，他紧张得出了一身汗。难道柳花心里已经有了别人？柳花不要他了？他们当初的约定难道不算了？他疯狂地乱想着……当时他就想给柳花打个电话，质问她为什么对他虚情假意，为什么要骗他？但当他冷静下来后分析：他不能冲动得失去理智，如果柳花谈了男朋友，怎么会在信中对他说？他知道柳花的性格，如果她喜欢上了别人，会当面给他说清楚，而不是在信中用些含蓄的语言来折磨他。再说在信中，柳花并没有说他们是男女朋友关系，说不定只是关系要好的朋友而已，是不是他想多了？当他动笔准备给她回信的时候，却不知道该说什么，他陷入了极大的痛苦中……好在五天后，他要去省城参加培训，趁着这个机会，他可以当面问一下柳花。

铁生回到家中，他母亲赵兰萍已经将饭菜做好热在了后锅里。这半年，赵兰萍脸上的笑容多了起来。在以前，繁重的体力劳动已经把她折磨得麻木了，她都顾不得梳洗打扮。现在，她和以前已经有了明显的变化，她隔三岔五地换一身衣服，倒不能说她显摆，而是她活得有精气神了。在村里，碰到婆姨女子们，这个农村妇女的话题也多了起来，而不像以前，只是简单地寒暄几句。儿子已经没时间到镇上卖碗饦儿了，赶集的时候，她一个人担着担子去卖。有时候她还想托人给儿子说一门亲事，让儿子早点成家，她也能早点抱孙子。不过，这只是她的想法，还没有对小子说。

晚上，皎洁的月光像水一样洒下来，浇在大地上。远处喜鹊河上传来的涓涓流水声格外清晰。白铁生又返回教室将东西收拾齐整后，走到学校院子。他一边抽着烟，一边转着圈子，黑暗处嘴上的火苗若隐若现。他抬头看看悬挂在夜色中的月亮，柳花的影子突然闪现在月光中。一股难受的情绪瞬间漫上他心头，他将烟头扔在地上，一脚踩灭。正当他为这事情陷入百般矛盾中难以自拔时，山杏突然过来找他。

山杏大晚上来找她，肯定有什么事，白铁生心里想。

“你是不是过几天要去省城呀？”山杏走进院子，背抄着手，眨巴着眼睛问道。

“县教育局有一个培训，我去参加。”铁生回答。

“我也要去。能不能带我去？”山杏绕在他身后，调皮地说。

“人家那是正规的培训，你以为是去旅游啊。”白铁生说。

“我就知道，你个没良心的会这么说。”山杏站在白铁生面前，生气地说，“这回去了省城可一解你的相思之苦啊，快说，是不是要去见柳花？”

“我见她，跟你有啥关系？你管不着。”铁生说。

“怎么跟我没关系？你将来是我的男人，怎么能背着我偷见别的女人？”山杏问。

“你不要胡说！谁是你男人？就你这副样子，我才看不上你。”铁生毫不客气地说。

“你这个陈世美，枉费了姑奶奶对你的一番好，你的心让野狗吃了！”山杏扑过来，在白铁生的身上抓来抓去。

铁生一把将山杏推倒，骂道：“你这个疯女人回家去，不要在这丢人败兴了。”

“白铁生，姑奶奶永远跟你没完，你等着！”山杏坐在地上一边哭，一边说。

铁生回身关上教室门，快步出了院子，向喜鹊河走去。

当他下了一道坡，来到喜鹊桥上时，心中顿生悔意。他不应该那样对待山杏，用那种粗鲁不堪的语言侮辱她。从小学到高中毕业，他们一直都是关系很好的朋友和伙伴。山杏比他小一岁，他一直对她像自己的亲妹妹蓝妮一样疼爱，从来没有用恋人的眼光来看待他们之间的感情。他教书的半年来，山杏有空就跑来教室，和他的那些学生娃娃们坐在一起，听他讲课，或者下课后，跟孩子们一块玩耍。中午的时候，把家里做的好吃的拿过来让他吃，这是多么深厚的情意。他白铁生有什么理由对她发火？他不该把对柳花的气撒在山杏身上，她是无辜的。想到这里，他扭转身子，原路折回，当他走到学校院子的时候，山杏已经不知去向，空荡荡的院子里没有一个人，他悔恨得直跺脚。

五天后，白铁生坐上了从茂林县开往省城的长途汽车。在上车之前，他已经给柳花和好朋友高双喜打了电话。本想在双喜所在的城市停一晚上，看看好朋友，和好朋友叙叙旧。可双喜在电话中告诉他，自己正在省城参加一档选秀节目。

汽车穿过广袤的黄土高原，缓慢地驶入了一望无尽的关中平原，绿油油的庄稼被分割成一块一块的四方形。白铁生坐在车上，思绪万千。想起那一夜他和山杏吵架，想起自己半年时间教书的感受和体会，想起自己的家庭和亲人，但想得最多的还是现在他和柳花的“感情危机”。

经过八个多小时的行驶，汽车稳稳停在了城北客运站的大院子里。相比较黄土高原干燥酷热的气候，省城的天气是湿润和闷热的。白铁生提着行李，随着蜂拥的人群挤出了客运站的出口，他远远就看见柳花已经站在了门口不停地向他招手。

他也放下行李向她招手。柳花的热情问候和脸上所展现出来的高兴之色使他一下子忘记了一路的疲劳，也暂时化解了几天来的心里纠结。

三　一场猜想一场梦

任何一个首次踏入大城市的人都会在这高楼林立、绿树成荫、鲜花簇放、车流不息的城市中迷失方向，如果没有柳花，白铁生真的需要花费一番工夫才能找到目的地。

白铁生随柳花上了开往西北大学的公交车。一路上，柳花不断给他介绍省城的一些名胜古迹和标志性建筑，他一边听，一边朝窗外目不暇接地看着。

到了西北大学后，铁生把行李放在了柳花的宿舍。宽阔的林荫大道，整齐的法国梧桐，一排排的教学楼，三五成群的大学生……铁生一下子感慨起来，如果他能过几天大学生活，那该多好！每个人心中都有一个大学梦，这和知识、学历、经历、成长无关，更多的是情感上的需要和心灵上的慰藉。

柳花带着铁生去学校附近的城中村吃了一顿饭。以前柳花在信中所说的，现在都展现在了他的眼前。省城的一个城中村比盘龙镇还大，很多吃的他都没有见过，更谈不上品尝了。他跟着柳花一路走，一路新奇地看着。转完城中村，两人相跟着又到校园内转了一圈。校园真大啊，比十个茂林中学还大。当他看见穿着时尚、阳光自信的男女大学生从他身边有说有笑地走过时，他突然意识到自己穿的衣服是不是有点不协调，他这副行头让这些大学生们一看就知道，这个穿着老气、一脸菜色的年轻人就不是他们西北大学的学生，不知道是从哪里来的揽工汉。白铁生心热得直挠头发。

最后，他们在林荫下一处石凳上坐了下来。现在，该是时候问一问柳花信中的那个男性朋友和她的关系了，要不然即使今天见到柳花，他晚上也不能睡个安稳觉。

"柳花，我问你一个问题，你不要多想，我就是简单一问。"铁生说。

"啥事?"柳花奇怪地问道。

"上次信中你提到的那个男性朋友是谁?你们是同学吗?"铁生说。

"既是同学，又是朋友，他怎么了?"柳花说。

"你们关系有多好?"铁生不解地问道。

柳花似乎看出了他的担心和忧虑，朝他咧嘴一笑，便把她和那位男性朋友的故事给他细说了一遍。

这位男性朋友和柳花是同班同学，是柳花所在班的班长。柳花不仅人长得好看，现在学习成绩在他们整个系里也是名列前茅，可以说是他们系的"系花"。这位男性朋友学习成绩也很好，他想追求柳花，让柳花做他的女朋友，总是有意无意就靠近她，所以才有了信中所说的一起吃饭，一起上课……但是，柳花一直把他当作是好朋友来看待，从来没有想过和他之间能发生什么。后来，这位男生委婉地向她表达了想法，结果被柳花拒绝了。柳花告诉他，她心里已经有了心仪的对象。这位男生惊讶地问他，她的意中人是不是名牌大学生？成绩是不是也很好？柳花告诉他，她的意中人不是大学生，他高考落榜，回村种地，以前是个放羊汉，现在是个农村的民办教师。她还向他说了他们以前上学时候的一些事，无论他是放羊汉还是民办教师，他在她心里的位置从来都没有改变过……

当柳花说完这些话时，她的眼眶里闪烁着泪光。

“他还想见见你呢!”柳花擦干眼泪，转过身笑着对他说。

此刻，铁生的眼里含满感动的泪水，他深情地看着柳花，嘴唇颤抖着说：“柳花……”

巨大的感情潮水漫过干涸的土地。

两人紧紧地拥抱在一起……

第二天，白铁生背着行李搭乘公交车去培训的地方，好在西北大学到那，坐公交车可以直达，不需要再花时间倒车。昨晚，他在学校附近的小旅馆将就睡了一晚。他原打算昨天下午就去报到，但柳花把他挽留了下来，让他晚上见见她的舍友。几个人又在学校附近的城中村吃了一顿饭。

培训地点是个风景如画的地方，这里是温泉之都，地里冒出来的水可以直接用来泡个舒服的澡，水热的地方，甚至可以将一颗生鸡蛋煮熟。

五天内，白铁生在这个地方学习、吃饭、睡觉，与这些优秀的教师一块交流、探讨。而聘请的培训老师是省城重点大学的教授，课堂上，他认真听讲，做笔记，积极参加问答互动，五天的培训开阔了他

的眼界，丰富了他的知识，他收获很多。

培训结束后，他打算去找一下好朋友高双喜。双喜和自己的乐队为参加一档全国性的歌手选拔赛正在进行紧张的排练，他到了双喜住的地方，见到了双喜。

现在，双喜烫了蓬松的头发，留着很有个性的胡茬，人看上去消瘦了一圈。双喜的吉他上贴着一张约翰·列侬的黑白照片，他的乐队朋友们都留着潮流个性的发型，穿着时尚前卫的衣服。其中一个年龄较大的架子鼓手，留着一个大辫子，脸上的一道疤痕很显眼，这是他们学校的音乐老师。乐队的四个人都来自双喜所在的煤炭学校，他们是半个月前一块来到省城的，目的就是参加这次选秀活动。他们租住在一间阴暗潮湿、不足十五平方米的小房子里。为了不打扰别人休息，他们特意在一处在建工地的旁边寻租了这间房子。他们没日没夜地练，希望在比赛的舞台上把那首披头士乐队的经典歌曲《挪威的森林》发挥到最佳水平。

白铁生见到双喜很高兴，他真心希望好朋友和他的伙伴们在这次比赛中取得一个好成绩，以后在音乐的道路上越走越远。当双喜知道铁生已经在他们村当了民办教师后，也很高兴。虽然他们经常不在一起，但他们心里的想法是相同的。

到了下午的时候，柳花也赶来了。西北大学已经放假了，她打算和铁生一搭里回茂林县。三个好朋友在这个陌生而熟悉的异乡大城市相遇，真是一种别样的感触和体验。一年前，当他们三人还在茂林县中学念高中的时候，怎么能想到今天会在异乡重聚？生活啊，有时候是充满戏剧性和诗意的。那时候，他们是一个班的学生，起点一样。现在，他们一个是名牌大学生，一个是临时的民办教师，另一个是音乐的追梦人。

两天后，一场声势浩大的歌手选秀活动在省城如期上演，本市是作为全国海选的一个分赛场。铁生、柳花、双喜和他的乐队朋友来到了选秀现场。现场人头攒动，掌声不断。双喜的乐队是第二十三个登场的。双喜作为乐队的主唱及吉他手，在队友们的配合下，四个人完美演唱了披头士乐队的歌曲《挪威的森林》，赢得了现场评委的一致通过，拿到了进入复赛的资格。一个月后，双喜和他的乐队将去北京参加复赛。

那天晚上，他们忘我地庆祝，三个人拉了很多话，各种话题。白铁生和高双喜两个人都喝醉了，他们唱着歌，流着泪，相互述说着两个人各自艰辛的人生经历……

四　农村刮起改革风

2005 年农历九月初六，是二十四节气中的寒露，党的十六届五中全会在北京召开。会议通过了《中共中央关于制定国民经济和社会发展第十一个五年规划的建议》，提出了建设社会主义新农村的重大历史任务，明确了今后五年中国经济社会发展的奋斗目标和行动纲领，为做好当前和今后一个时期的“三农”工作指明了方向。这一年年底召开的第十届全国人大常委会第十九次会议通过了《关于废止中华人民共和国农业税条例的决定》，新中国实施了近五十年的农业税条例被依法废止，一个在中国延续两千多年的税种宣告终结。

这一系列的大事件在中国广袤的土地上，在大中小城市，尤其是落后的农村地区犹如一块巨石掉入平静的湖面。广播、电视、报纸、网络等媒体轮番播报，人们奔走呼告，热议纷纷，看党的好政策、好方针怎样在农村开花结果。

接下来的几个月里，从中央到省里，从市县到乡镇，都在宣传贯彻建设新农村的系列政策，红头文件一个个接着往下发，会议开完一个接着开另一个。

第二年的5月份，盘龙镇党委召开了建设社会主义新农村动员会，这个会是从省上、市上、县上，一直开到乡镇上的。盘龙镇所辖二十一个村的村主任、支书和各村的驻村干部都参加了会议。白宝生的舅舅，现在已经由镇党委副书记升任党委书记了，他在会上做了动员讲话，要求各村全面贯彻落实社会主义新农村建设的战略部署，积聚力量，真抓实干，因地制宜地开展社会主义新农村建设工作。既要全面铺开，又要突出特色，抓住关键，确保重点，努力为实现新农村建设开好局、起好步。

会场大礼堂里，主席台下面还坐着神树塬村的支部书记白志平，村主任胡根根，驻村干部白宝生。

白志平一边听着会议，一边若有所思地想着什么。尽管他的小舅子在台上讲得热火朝天，但似乎勾不起这个村支书的兴趣。

村主任胡根根坐在支书白志平的身后，心理状态和精神状态跟白志平形成了强烈的反差。胡根根尽管也是老资历了，但他听得很认真，一边记着笔记，一边仔细听会上的有关情况介绍，一个字也不想漏掉。这一段时间，他从报纸、书刊、电视上一直关注关于新农村建设的热点新闻。看来，大到中央，小到镇里，对建设新农村这项工作很重视。现在，国家把农业税也免了，农民的积极性将大幅度地提高，这样一来，农民对红火的日子又有了新的盼头。这场会，就像专门为他开的庆功表彰会，胡根根听得心潮澎湃。

驻村干部白宝生坐在第一排，他和胡根根的看法大致是一样的。他现在干驻村工作已经两年了，尽管国家对农民的政策是越来越好，但还是有很多农民生活在水深火热中，这些事都是他亲身经历，亲眼所见，他比任何一个人都感受深切。每天与农民接触，他知道农民最需要的是什么，心里期盼什么。现在建设社会主义新农村马上就要拉开大幕，说实话，他已经按捺不住激动的心情了。国家这么好的政策扶持，农村工作大有作为，他可以在农村进一步一展身手。白宝生的大脑里已迫不及待地开始憧憬未来新农村的样子了，穷山恶水将换成风景如画的美丽村貌，家家户户都能过上幸福安康的日子。

在乡镇开完会的当天晚上，驻村干部白宝生就把村里的党员干部和农民代表叫到了一起，准备连夜开个会，研究部署一下，接下来的工作该怎么搞。他主要是想听听大家的意见，听听大伙是怎么想的。铁生现在是村会计，这个会议他也参加了。

晚上，村小学里灯火通明。这个会议由支书白志平主持，他大致讲了几句，讲的都是浮在表面上的话。村主任胡根根传达了一下镇里会议精神，说了他参会的亲身感受，讲到动情处，他流下了眼泪。最后，驻村干部白宝生谈了自己的看法，他要求在座的人将今天会议的内容传达到每家农户，准备好参加社会主义新农村的建设。这个会议从晚上的 7 点一直开到晚上 11 点才结束。

一个月后，新农村建设的第一个项目就在神树塄村展开了。镇里出资要为每家每户安装自来水，解决农民长期以来吃水难的问题。盘龙镇的新任镇党委书记、白宝生的舅舅还专门到村里实地了解了一下情况。这个项目本来是要在别的村子试点实施，镇里主要是考虑到水塔建设难、建设工期长的问题，要把喜鹊河上的水抽到骆驼山的半崖上，是相当困难的一件事，需要投入大量的人力、物力和财力。镇里通盘考虑后，决定将神树塄村推后，找一个自然条件好的村子先试点，再总结经验，逐步推广。驻村干部白宝生知道后，很不情愿，如

果这回争取不到，他们村不知道要拖到什么时候。那几天，他天天和村主任胡根根往镇里跑，协调解决看能不能先在神树墕村建设。他舅舅听完他的一番良苦用心后，勉为其难地同意了。

开工的前一天，神树墕村在外打工的揽工汉都回了家。原则上，每家每户无论男人女人都要出一名劳力，像胡百福这种有钱的农民企业家当然不会回村参加劳动，他在几天前已经开车回到村里找到村主任胡根根，说他出钱不出人。不过，绝大多数的农民都愿意动手干，这片穷山圪塄是他们世世代代赖以生存的家，这块贫瘠的土地给了他们生命和成长，他们一辈子与之有着剪不断的感情纽带。即使有一天，他们富裕了，或者成为名人、领袖，住在舒适的大城市，过着别人羡慕的生活，他们也会隔三岔五地回来看一下他们世世代代居住过的地方。说不定，还会怀念地哭一顿，因为，他们的根在那，深深地扎在那。

开完村民大会，不出意料，宣布要建设自来水的几天后，除了胡百福以外，所有的庄稼人都愿意参与。而没有劳动力的老人，被安排在工地看设备。每天吃过早饭 8 点开工，中午 12 点吃饭，下午 1 点开工，6 点收工。参加劳动的所有人员要听从队里的安排和号令。

这段时间，白铁生白天教书，有时候他作为村里的临时会计，参与商议集体的事情。从某种意义上讲，他也成为村领导班子中的一员了，在村里有一定的话语权。他这个会计是顶替老教师胡水成的，胡水成以前也是村会计。去年冬天到喜鹊河上拉水，被骡子踢伤后，队里出于他身体和年龄两方面的考虑，暂时让铁生临时担负起这项工作，等到今年的村民大会选举出新的会计人选。

对于这次新农村建设和修自来水，铁生举双手赞成，他和家里人不知道有多高兴。以前没有喂养牲口的时候，村里人都是用扁担去担水，他父亲白志栓每隔三四天就要到喜鹊河上的泉眼担水，有了牲口以后，人们就用牲口拉吃水，一年到头，不知道要往返喜鹊河多少次。在他十五六岁的时候，每天放学回到家，别的娃娃可以一搭里要，他家里还有一大堆营生等着他呢，担水就是其中的一项。最开始的时候，他个子低，担不起扁担钩子，两只水桶拖在地上走都走不动，父亲白志栓就给他做了一副特制的扁担，这样担起来不至于把水桶磕碰在地上，把水洒漏出去。在白铁生看来，担水是一件辛苦的事，比垫羊圈、打牛羊草辛苦得多。从他们家到喜鹊河有三四里地呢，往返一个来回就是六七里地，因此，担水给他肉体上带来的疼痛使他现在都记忆犹新。现在，镇上出资为全村修自来水，他再也不用到喜鹊河担水了。过不了多久，喜鹊河上的水可以直接流到他家的前锅或者后锅里了，全家人再也不用为吃水而发愁了。全家经过商量，前半晌白志栓出去干活，后半晌铁生教完书替父亲出去劳动。

神树墕村自来水工程分两部分进行，一部分是在喜鹊河上打水井，由村主任胡根根负责。镇里派出的钻井队和技术人员先前已经将设备设施拉到喜鹊河畔上，技术类的工作都是靠镇里派来的技术人员，胡根根主要是组织村民干些体力活，同时还要照顾好村民的安全。建造水塔由支书白志平负责，分别要在骆驼山和大华山的半崖上建造两个水塔。这个工程有一定的危险性，对白志平来说，他头上的担子不轻啊。这段时间，他心里一直有抵触的情绪，原因在于他不能开上拖拉机到镇工地上干活了。但是这项工程是镇里领导督办，因此尽管他心里有一万个不愿意，甚至在背地咒骂了几回，他也只能硬着头皮去干。

高爱爱家只有她和女子白山杏两个人，她出去参加集体劳动时，家里做饭、喂猪、打羊草都要山杏一个人干。山杏从父亲走了以后，

就和母亲相依为命。她和铁生一样，在心智尚未成熟的时候，已经担负起了家庭的重担。相比较，柳花、宝生和双喜的童年及少年生活是无忧无虑的，他们都是在父母的百般疼爱和呵护下长大的。

那次和铁生吵架以后，这个大大咧咧的女子把自己关在家里，生了几天闷气。等铁生从省城回来以后，她到铁生家找到铁生，要求铁生给她赔礼道歉。当然，铁生也知道自己做得不对，就给她道了歉，山杏听后就哈哈大笑了起来。这段时间，她不仅给她母亲做饭。还给铁生做饭。每天中午 12 点，她就把做好的饭给铁生端到学校里。有时候，她把自己都不舍得吃的东西，都给铁生放到碗里，让他吃。她经常趴在办公桌上，看着铁生吃她做的饭。有时，看铁生批改作业。有一次，她竟然拿出了一双布鞋，一针针、一线线，密密麻麻的，里面缝了多少柔情蜜意。在她心里，她看见铁生比看见妈还亲。

眼看着工期就快结束了，村民的干劲是越来越足。可就在这个节骨眼上，由支书白志平负责的水塔工地上，有人哭叫着说，来顺老汉从斜坡上掉下去了，生死不明。有人跑到白志平家里报告，正躺在炕上睡大觉的白志平听了，吓得脸色苍白，连跑带跳地赶到了出事地方。

胡根根已经从他负责的打井工地骑自行车赶到了出事地点，这位村干部总能在第一时间就赶到需要他的地方。此时胡根根已经将受伤的来顺老汉从坡地的玉米林中背了出来。

白志平跑过去，神色慌张地问道："根根，来顺大爷不要紧吧?"

胡根根看了他一眼，低下头，用抱怨的口吻说："现在还不清楚，人已经昏迷了过去，听说人跌倒后从坡上滚到了坡地……应该问题不大……来顺大爷那么大的年纪了，你怎么能……"

"哎！都怨我，我不应该让来顺大爷在坡上干活，是我的疏忽。"

白志平垂着头，有气无力地说。

“赶紧送医院吧，但愿人没事，如果有事，那事就大了。”胡根根瞥了一眼这位村里的一把手，背着受伤的来顺老汉向坡上走去。

白志平跟在后面喊道：“根根，坐我的拖拉机到县上吧……”

经医生检查后，来顺老汉只是身上有几处擦伤，当天下午就坐白志平的拖拉机回到了村里。

两天以后，随着喜鹊河边上机房内的闸合上，水井内的大功率水泵开始将喜鹊河底下甘甜的泉水抽到了两座水塔上，然后经过管路，流进了家家户户的水瓮、前锅、后锅。人们笑着、说着、舀着、喝着，这水似乎比以前更甜了。其实，水还是原来的水，变的是人们的心情，神树墕村的人们从此不再为吃水而犯难了。

五　高兴的眼泪

“志栓……志栓……”胡根根跳下车，还没将自行车停稳，就三步并两步地朝放羊汉白志栓家破烂的院子里走了进来。这里的人们碰面不握手，不行礼，只是以笑脸相迎。问语多为“可哪来了?”“庄户好不好?”有亲戚朋友串门，端水递烟殷勤备至。即使求人帮忙，事前既不说“请”，事后也不说“谢”，他们往往以物质上的实际行动来表达他们心中火热的情感。

白志栓正在拿铁丝和钳子修补羊圈门子，他担心晚上羊会从已经破烂的羊圈门子钻出去。他看见村主任胡根根急急忙忙地向他走来，忙起身迎了上去：“咋了，根根?”

“哎呀，你家蓝妮被西安外国语大学录取了，这是录取通知书，我今天到镇里办事，顺便捎回来的。这可是天大的喜事啊!”胡根根

笑着说。

白志栓僵硬的灰色脸上掠过一丝丝微笑和惊喜，他双手微颤地接过录取通知书，拧过头，朝窑洞里喊道：“铁生他妈，蓝妮，你们快出来，根根把蓝妮的录取通知书拿回来了！”

赵兰萍和女子蓝妮走出窑洞，蓝妮看见录取通知书，高兴地跳了起来：“爸，妈，我考上大学了，我考上大学了……”

赵兰萍揉着眼窝，笑着说：“好，好，考上好么，念这么多年的书不就是为考个好大学，就像你根根伯家的柳花一样，将来有个好出息。”

“我还听说，你是全镇的第一名，你为家争了光，为全村，也为镇里争了光啊。”胡根根说。

一股巨大的热浪在放羊汉白志栓的全身翻滚着。

送走了村主任胡根根，白志栓怅然若失地立在院子里，不知道做什么。过了好久，他才机械地来到墙头下，圪蹴在墙根下，一边晒着太阳，一边抽着旱烟锅子。幸福和惊喜来得太突然了，他有点反应不过来！哎呀，真好，二女儿蓝妮为这个穷苦破烂的家争了一口气。蓝妮不像铁生，这个女子从小学开始念书一直好。都说男娃娃后劲比女娃娃强，不见得，他家蓝妮学习成绩是越来越好，现在在整个神树墕村，除了根根家的女子柳花，就数蓝妮的大学好了。想想当初，他对铁生抱了很大的希望，希望他能考上一个好大学，将来出人头地，扬眉吐气，光宗耀祖，让他这个恓惶了一辈子的放羊汉也能在村里体面地活上几天。结果，铁生没考上大学，回了村，现在当了教师。虽说没有像他期盼的那样好，但还可以。现在，二女儿蓝妮帮他完成了这个心愿，他心里真的很高兴，说不出的高兴，他不知道怎样用语言和行动表达此时内心的激动……至于学费，他没有想太多，大不了他问亲戚朋友借，就是砸锅卖铁也要供出来。蓝妮参加高考的那几天，他专门到了县上，陪女儿考试。蓝妮不让他来，最后他还是去了。他去了，给女儿心里是一种安慰。考试那天，几乎所有的考生都有家长陪同，他怎能忍心让女子一个人孤零零地参加考试。

儿女们都很孝顺，很上进，是他这个父亲没有本事，不能让儿女们跟他过几天舒服日子。哎，说到底，家里还是亏了子女们，三个儿女没有过一天好日子，就连娃娃们的学费，他每年都要犯愁。想到这里，白志栓的心像猫抓了一般难受，他一边抽着旱烟锅子，一边将从鼻孔里流出的鼻涕抹在鞋帮子上，想着想着，流下了眼泪。他现在不应该圪蹴在这儿像个女人一样哭哭啼啼，他应该到村口，到神树下，到村民的“闲话中心”去，让村里的人都知道他白志栓养了一个好女子，考上了名牌大学。

喜极而泣的不只是白志栓，还有他的婆姨赵兰萍。这个穷苦女人在灶火上忙来忙去，时不时扯起围裙将眼角流下来的眼泪擦干。她即使心里再高兴，也不在儿女面前哭，她觉得自己再苦再累，只要儿女们有出息，她吃糠咽菜都可以。现在看来以前所有的付出都是值得的。生活在任何时候都是有盼头的，现在女子考上了大学，她对将来的生活更加充满了希望和热情，生活中的任何磨难在任何时候都打不倒她，苦难的生活只能使她的性子越来越坚强。

蓝妮是个懂事、孝顺的孩子。她和哥哥铁生一样，从小就要分担家里的负担。贫穷给她身体和心灵上带来的影响是永远抹不掉的。她有时候也会抱怨：她为什么不能像其他人一样，过得好一点？倒不是希望家里多富裕，只要像普通人那样就可以了，自己也像普通人家的孩子一样，吃穿都体面，可就这些都很难实现。就拿高中这三年来说吧，她省吃俭用，每顿饭只能吃个半饱。有时，晚上那顿饭干脆就不

吃了，回宿舍泡一袋方便面。不是因为没有钱吃饭，每个礼拜回到家里，家里给她足够的钱，只是她舍不得花，她知道父母挣钱不容易，她是心疼父母亲，不想再让父母吃苦了。每年寒暑假回去，她就像一个男人一样做营生，不管在家里还是地里，都是一把好手。如果她是男儿身，说不定也会赶着羊群到骆驼山上放羊。

下午，铁生从县上回来听说妹妹考上大学也很高兴。说实话，他当年没考上大学，一直是他心里一块无法愈合的伤疤，家里含辛茹苦地供他上学，结果他没考上大学，让家里人的希望落了空。去年他参加全县骨干教师培训班，有机会到柳花所在的西北大学看一看，当时他是多么想上大学啊！心里是多么苦涩和压抑。现在，妹妹考上了大学，在一定程度上，弥补了他没上大学的遗憾，他心里的压抑感也能得到些许解脱。

第二天上午，白志栓的大女儿兰心和女婿带着两个外孙从隔壁榆树湾村回到了娘家，他们是来为妹妹庆贺的。来的时候，还在集市上买了一些水果和牛奶。

放羊汉志栓还到志平家喊哥哥嫂子中午过来吃饭。结果，到了中午志平两口子谁也没来，只有宝生来了，宝生还给了妹妹蓝妮二百块钱。志栓还请了村主任胡根根一家，村主任对他们家很照顾，对他们家有恩情，铁生能教书多亏胡根根帮忙。志栓还叫了邻居寡妇高爱爱和女儿白山杏。

中午，铁生帮着父亲杀了一只羊，在白志栓家的烂窑洞里，一大家人围坐在一起吃了一顿美滋滋的羊肉炖土豆。

这天，白志栓家的院子里就像过年一样红火热闹。

六 “逼迫”当选

处暑过后，进入 2006 年的闰七月。炎热即将过去，阵阵秋风，绵绵秋雨，送走了黄土高原炎热的夏天。秋在枝头，如同少女红红的脸蛋，在她嫣然一笑间闪现。秋风吹到田野，老天赐给的美景尽收眼底。美丽的秋意似乎把人带到人间天堂，这就是秋天的诗意，秋的性格。若在田间劳作，微风吹来尽是荞麦花香，让人沉浸在无限的丰收喜悦之中。

初秋的黄土高原早晚温差很大，这个季节既不燥热也没有蚊虫的叮咬。农谚说：“立秋一十八，百草结疙瘩。”现在农作物都已灌好浆，各种草木也结好了籽粒，即将成熟。不过现在，人们可以吃到自己种植的蔬菜，或是煮上一锅玉米、土豆、毛豆等。

现在正是农人营务庄稼的好时机。前几天，刚下过一场小雨，村民们利用刚下过雨地皮松软的时机，给玉米、谷子、土豆等农作物追肥。

一个风和日丽的上午，村主任胡根根和婆姨李冬平到喜鹊河畔自留水地里给白菜施肥。胡根根担着茅粪往返于两地间，李冬平在地里等着。放眼望去，田间地头尽是欢乐的号子和节拍，人们在土地上劳作，忘记了辛苦，忘记了吃饭，与这片贫瘠的土地结下了深厚的感情。下午，李冬平没有出去，胡根根一个人到地里把做好的“吓雀老汉”插到了地里。

晚上回来，胡根根吃完饭，来到院子，坐在水泥台上，一边抽着烟，一边思考几天后的村民选举大会。一个礼拜前，女儿柳花已经到

省城上大学了，这一段时间，学校放暑假，他可以帮婆姨干地里的活。

现在，流传在村里及喜鹊河一带的一个事实是，已经干了十多年村主任的胡根根即将卸任，不参加本届的村主任选举。按道理说，这个消息在两年前已经传开了，只不过是随着这次选举的临近，这个事情又重新发酵，成为很多村民茶余饭后的谈资。

不错，他胡根根已经决定了，退出本届村主任选举，今天在地里，他婆姨还时不时地提醒他不要忘记当初的承诺，他怎能不知道婆姨的暗示？他心里跟明镜似的！他知道婆姨的良苦用心，为了自己的那个家，他真的不当村主任了。主要也是因为他精力有限，他现在既要教书，又要管村里的事情，况且没一个村干部对村里的事情上心，全村几乎所有的事都是他一个人管。打心里说，他很感激组织几十年来的培养，没有组织，也没有他胡根根的今天。当初他是靠组织的力荐才成为了榆树湾村小学校长，他不是一个不懂得感恩的人。几十年来，他把集体的事当作自家的事一样看待，奉献了自己的青春，甚至拿出自己的钱物来救济村民。他现在干村主任一个月的补贴是八百元钱，相比较村里外出打工的村民，实在太少了，他用自己的实际行动回报了集体。现在，家里婆姨女子都跟他闹，如果他继续当下去，这个家就要因为他支离破碎了。

胡根根抽完烟，烦躁地坐不住。一个月前，他到镇里提出了自己不想当村主任的想法。镇里的领导很纳闷，所有的人都知道他是个好村主任，现在他提出这样的要求，镇里也不能不考虑。最后镇里给出的意见是：在这次选举会上，让选民投票决定他的去留。如果村民没选上他，那他可以卸任；如果选上他，他无论如何也要继续干下去。

从镇里回来以后，他一直没敢把这个事告诉冬平。如果婆姨知道了，说不定又要跟他打一架。

现在，如果他退出，候选人只剩下胡百福和支书白志平了。早在半个月前，大富翁胡百福已经在村里放出风声，他要参加本届村主任的竞选，如果他成功当选这届村主任，他要兑现之前的承诺，投资重盖村小学。

这个消息一经流出，就在村民中间炸开了锅。人们首先竖起大拇指佩服胡百福的魄力，重新盖小学，这不是一般人能办到的，没有一定经济实力的人，想都不敢想。胡百福这几年在外面办企业挣了不少钱，这个时候不忘回报家乡，这是一种做人的担当和勇气。但如果胡百福当不了这个村主任，那他也不会兑现自己的承诺。所有的人都明白这个道理，如果他们不选胡百福，一切都是白搭。

我们再来说说另一位候选人白志平吧。两年前，他就知道村主任胡根根将不再参选，那时候他认为这个村主任非他莫属了，现在没有想到半路杀出一个程咬金。胡百福这一搅和，打乱了他所有的计划。两个月前，他就在村里挨家挨户串门做起了村民的“思想工作”，让村民投他的票，有时候他甚至将真金白银塞到部分选民手中。志平在这方面，表现出了非凡的热情和力量。他还跑到了弟弟志栓家进行游说，要知道，这个村干部一般不会上弟弟家的门。总之，为了这次选举，他是下了血本的。不过这些都是秘密进行的，他做得神不知鬼不觉，一切就等选举那天。

鹿死谁手还不知道呢，白志平常常这样想。

一个礼拜后，神树墕村新一届村民委员会选举大会在村小学召开了，选举会场就设在了村小学的院子里。今天是个热闹的日子，也是个十分重要的日子，村里男、女、老、少都来了，那场面和规模堪比每年的庙会。村小学大门外的两棵杨树之间拉着一条横幅，横幅上面

写着：神树墕村第八届村民委员会选举大会。

在投票开始前，主持人在主席台上交代了选举前期的准备工作以及投票时的注意事项。随着主持人宣布投票开始，台下黑压压的人群拿着手里的选票向投票箱拥去。

15分钟后，计票工作开始，一个人念，一个人在黑板上写“正”字。

“胡根根、胡根根、胡百福、胡百福、胡根根、白志平……”

投票结果出来了，胡根根总票数为一百四十二，胡百福为一百，白志平为五十八票，胡根根毫无悬念地再次当选。台下的人群已经情不自禁地鼓起了掌。胡根根走到主席台前，声音颤抖地说：“乡亲们，我很感谢你们对我长期以来的信任和支持，不过我已经决定了，我放弃自己所有的选票。”胡根根说完，跳下主席台，消失在了人群尽头。人们脸上写满诧异和无奈，他们不明白心中敬重的好村主任为什么要放弃选票，所有选民的心情跌到了谷底。

在此期间，志平看见自己已经没有任何希望了，在众人的掌声中灰溜溜地走出了会场。临走的时候，他还泄愤地朝会场吐了一口唾沫，便背抄着手，头也没拧，向喜鹊河畔走去。

晚上，胡根根早早就躺下了，婆姨李冬平好几次喊他起来吃饭，他都没有理会。他抱怨道：“这回遂了你的愿了。”这时候，驻村干部白宝生来到胡根根家问他退选的原因。胡根根脸色憔悴，嘴唇干裂，头发像一窝茅草，仿佛得了一场大病似的。他抽了一根烟，平静地说：“村里的事我实在没有精力再管了，再说我也上年纪了，思想落伍了，应该让年轻有魄力的人来干，百福是一个不错的人选。”宝生坐在炕沿上，打断胡根根的话说：“他干不了这个营生，他早把农民忘了。”说话期间，李冬平火急火燎地跑进来说：“根根，大伙把院子围满了。”

“啥?”胡根根傻了眼，他一把掀起被子，慌张地跳下炕，连鞋也顾不得穿，急忙冲了出去。

胡根根的院子被村民围得水泄不通。人们打着手电，不约而同来到这里，想让胡根根继续当他们的村主任。

“根根，你可一定要当这个村主任，你对我们家有恩，你是个好干部。”站在最前面的放羊汉白志栓说。

“村主任，你是俺们的主心骨，我们不能没有你。”人群中响起另一个声音。

“你不当了，我们怎么办?”

“村主任，我有什么麻烦再也不找你了。”

“我们对不住你，我们再也不给你添麻烦了。”

胡根根听着乡亲们的你一言，我一语，感动的泪水夺眶而出，这是一个多么温馨感人的场面。他是个从不轻易流泪的人。刚结婚，婆姨李冬平生了一个儿子，可出生没几天就因为肺部严重感染夭折了，当时全家人都哭死过去了。胡根根把牛车一套，心一横，拉着婆姨回到了村里，他心里虽怀着巨大的悲愤，但自始至终都没有流过一滴泪。今天他流泪了，这感人的场面绝对是他生平的第一次，他突然觉得以前所有的委屈很值得，所有的付出换来了百姓的一片深情厚谊。这群人里面，既有当面夸赞他的，也有背后骂他的，他觉得即使自己有一天死了，神树塄村的大大小小都会记住他的名字，记住他曾为百姓做了一些微不足道的实事，这是他活着价值的体现，也是他人生中浓墨重彩的一笔。不过，他现在还不能死去，神树塄村的百姓需要他，他也需要他们，他要带领乡亲们继续前进，让大家过上幸福的日子。倒不是说他思想觉悟有多高，或者品德多高尚，在神树塄村这个

不大的地方，他只是尽了一个村主任该尽的责任和义务。人活一辈子，有很多应尽的责任，做父亲的责任，当儿子的责任等，每个责任我们都应该尽到。

胡根根眼里含着泪说："人生在世，不怕人欺人，就怕人抬举人哩，做人要识抬举，要有自知之明。神树墕村的老老少少都来挽留我，让我继续当这个村主任，我觉得很长脸，我就是死了，也瞑目了。冬平，你看看，看看，有我这样的男人，你应该感到自豪和骄傲哩。乡亲们，你们放心吧，这个村主任我要继续当下去，你们都回去吧。"

站在胡根根身边的李冬平眼圈湿润，她没想到乡亲们能来挽留他们家根根。她大字不识一个，但她明白人情事理，如果她继续阻拦下去，她真成一个糊脑子女人了。她心头一热："乡亲们，都回去吧，你们放心，根根还是咱们村的村主任，他不干，我不轻饶他。"

胡根根回头看了一看婆姨，眼泪再次夺眶而出。

七　强奸事件

白世荣老汉的傻女子苦妞被人强奸了。

强奸她的人是谁？

谁干下这猪狗不如的事情？

连一个傻女人都不放过？

第一个发现苦妞异常的是白世荣老两口。

那天清早，苦妞像往常一样，早早起来，在灶台上帮嫂子赵兰萍做饭。苦妞虽然精神异常，但做饭很仔细，很用心，味道没得挑剔。吃罢早饭，不到半炷香的工夫，苦妞几乎把吃进肚子里的东西都吐了出来，人像被抽了筋一样，绵软无力，虚弱地躺在炕上，只想睡觉。白世荣老两口刚开始没太在意，以为女儿吃坏了肚子，过几天就没事了。不料情况变得越发严重。接下来的几天，苦妞一吃就吐，吃完就睡，体温也越来越高，身子越发沉重。白世荣老两口让女儿吃了一些拉肚子药，接着吃了几片感冒药，在指头上扎针放血，拢着被子出汗，想让女儿赶快好起来。直到有一天下午，苦妞躺下后再也从炕上爬不起来时，白世荣老两口害怕了，他们跑出院子大声呼叫。小子白志栓放羊走了，孙子白铁生还在喜鹊河对岸村小学教书，儿媳赵兰萍出山去地里了。当一个家庭出事的时候，村民们即使再忙，也会暂时放下手中的活儿去帮忙的。这时候，听到呼叫的人们已经赶到了白志栓的烂院子里，有人已经将苦妞抱在了车上，有人蹚过喜鹊河将白铁生叫了回来。

铁生将姑姑苦妞抱在怀里，看见她像极了一个即将死去的人，口鼻里传来微弱的呼吸声。白铁生着急地喊了几声姑姑的名字，苦妞没有一点回应，此刻他也害怕了，来不及多想，跳上三轮车就往县城的方向去……

到了医院，诊断出的结果是苦妞已经有了三个月的身孕，出现昏厥是因为家人不正确的处理方式造成的，不过，经过医院的及时抢救，苦妞已经醒过来了，还要在医院观察几天。

一个还未出嫁的大姑娘怎么会有了身孕？

从医院回来的那几天，白志栓一家人百思不得其解：苦妞怎么会有了身孕，而且已经三个月了，肚子里娃娃的父亲是谁？这一连串的疑问让白家人陷入了无尽的痛苦之中。随之而来的是神树下“闲话中心”传出来的种种流言蜚语，以及村民在背后的指指点点。白世荣老汉家的傻闺女竟然在外面鬼混下了私生子；一个傻子还不规规矩矩，

竟做一些见不得人的事；白世荣老汉厉害了一辈子，怎能容女子干伤风败俗的事。总之，村里说什么的都有。

白世荣老汉很生气，他把苦妞连哭带骂地打了一顿，婆姨哭喊着不让打，铁生回来才拦了下来。

打骂解决不了问题，现在最关键是找出孩子的父亲，不能让这个禽兽逍遥法外。

全家人都把这个问题抛给了苦妞。苦妞根本回想不起来，她手指着村口的方向，含糊不清地说："钱……钱……"说完后，从自己的裤子里翻出几张十块和二十块钱。全家人看傻眼了，平时家里人不会给苦妞钱，现在苦妞身上的钱从哪来的？全家人还想从苦妞身上问出更多的有价值的线索，可苦妞只是一味地摇头。白世荣老汉问急了，脱下鞋要打苦妞，众人连忙喊住。苦妞哭成了一个泪人。白世荣老汉气得没有办法，被众人搀扶着坐在凳子上，大口地喘着气，最近因为女子的事情，这个厉害了一辈子的倔强老头的老毛病肺气肿又犯了。

苦妞指着村口方向，村口有什么？除了那棵神树外就住着几户人家。

第二天起来，白世荣老汉拄着拐棍来到村口，瞧瞧到底有什么。他转了一晌午，什么异常情况也没发现，白世荣老汉只能羞愧地回到家里，慢慢接受这个无头案。

铁生教完书，晚上回到窑洞里，反反复复想着经常与苦妞在一搭里的那些人，着实理不出任何头绪。大人们很少和苦妞打交道，有时候只是路上碰见戏耍一番，问苦妞要不要女婿？苦妞咧嘴笑着，无辜的眼神中闪烁着异样的光彩，说："不……不……要。"众人在一片哈哈大笑中离去，留苦妞立在原地一个劲地傻笑。苦妞一般和村里的那群娃娃们一起耍，跟他们滚铁环、打四角、跳皮筋。

白铁生躺在铺盖卷上想不出是谁干下这禽兽不如的事。上午，山杏到了村小学，他把自己的忧虑告诉了山杏。山杏听后说，苦妞指的是村口的方向，那个人肯定住在村口。白铁生回想起山杏白天对他说过的那些话，突然恍然大悟，他简单地想了一下住在村口的几家人。高爱爱母女首先应该排除，大爹白志平一家人也应该排除，那就剩下老绝户来顺老汉了。难道是他？不可能！来顺老汉已经快六十岁的人了，再说，来顺老汉是村里公认的善人，他绝对不会干出这种事。不过，最近他听村口“闲话中心”传出来的话是，苦妞从医院回来的第二天，有人看见来顺老汉把门一锁，挎了一个包，猫着腰离开了村子，不知道去哪了，直到现在还没回来。

几经打听，白家人才知道老绝户来顺老汉到榆树湾村妹妹家走亲戚去了，铁生骑着自行车赶到榆树湾村，找到了来顺老汉。没想到，来顺老汉一见白家人上门，两条腿软得像没了骨头一样，站都站不住。他扑通一声，跪倒在白铁生面前，老泪长流，嘴里呢喃道：“是我，是我，我诱骗了苦妞，导致苦妞怀上了娃娃。”

来顺老汉第一次性侵苦妞发生在去年农历的八月份。这天，苦妞和村里的几个娃娃在神树下玩跳皮筋，来顺老汉出山回来后，就在灶火上做起了饭。吃完饭，来顺老汉打开电视机。电视里正播放一段火辣辣的色情戏，来顺老汉坐在炕沿上看得浑身燥热，身体像是在水里煮过一样，变得僵硬起来。不一会儿，他口干舌燥，趴到水瓮上，舀着喝了几瓢凉水。他突然想到二十年前就已经死去的婆姨，想到婆姨柔软的身体和肥大的屁股蛋子在他面前晃来晃去，他婆姨的屁股蛋子很大，全村及沿河一带的人都知道。来顺老汉一边难受地看着电视，一边艰难地咽着唾沫。这时候，苦妞闯了进来，说她渴了，要喝水。来顺老汉不耐烦地往水瓮的方向指了指，苦妞拿着瓢往喉咙深处灌凉

水，吞咽动作带动身体颤抖起来，肥实的奶子挺得更高了，来顺老汉看见喝水的苦妞像极了死去的婆姨。生活中的很多事情往往都是在一种无意识的状态下发生的，来顺老汉的眼睛里冒出了绿光，脑海中出现晚上经常在做的一个梦：神树下，若干年前的书生和青楼女子说着、抱着、蠕动着身体……渐渐地，他的脸部肌肉严重抽搐，手心沁出很多冷汗，他走到苦妞身边，细声细气地说："苦妞，来顺大叔要跟你'打伙计'了。"

"啥……啥……是……火机?"苦妞端着水的手停在空中。

"你不要给你大你妈说，来顺叔要好好亲你了。要听话，这二十块钱你拿上。"来顺老汉说完后，已经将苦妞拉在了炕上。

苦妞半推半走地到了炕上，她看见二十块钱很高兴，翻过来倒过去，爱不释手。苦妞的鞋子和下身的裤子被来顺老汉扒了去，来顺老汉攥住苦妞肥实的奶子，竟不自觉地叫了起来……殷红的血染在了床单上，一阵强烈的喊叫声过后，来顺老汉瘫倒在苦妞身上。二十多年的火气像山洪一样爆发出来了，差一点要了他的老命。他好像看见黑白无常拉着他正在向奈何桥走去，似乎对他说着什么。这时候，他的魂魄被神树下那个书生叫了回来。现在来顺老汉只剩下一点悠悠气了。

苦妞只是感觉到下体疼痛，像被鞭子抽了一般。过了一会儿，她推开压在身上的来顺老汉，紧好裤子，穿上布鞋，抓起那二十块钱，一瘸一拐地朝门口走去。临走的时候，来顺老汉挣着半条命说："不要给你大你妈说，是叔亲你了。"

五天后，来顺老汉再次在那口烂窑洞里诱奸了低智商的苦妞。其间，来顺老汉一次次升腾，一次次降落，一次次品尝人间的欢乐，一次次痛恨自己的行径。他的气色越来越好，皮肤也变得越来越光滑。

不是在自家那口烂窑洞里，就是在他家后面那块玉米地里，一直到苦妞怀孕，他那种矛盾复杂的心理才得以解脱。

来顺老汉像个罪犯一样，圪蹴在白志栓家的窑洞里，他一前一后交代了自己的禽兽行为。铁生跑过去要打来顺老汉，被众人拉开来。

把来顺老汉扣到家里之前，铁生把村主任胡根根叫了过来。他本来要去叫大爹白志平，可志平对侄儿子说他不去，他不想参与这些丢人败兴的事，白铁生一咬牙才去喜鹊河上请到村主任白根根，看这事情怎么处理。

来顺老汉本人希望白家人不要经公，一经公，他就会坐牢，将来说不定会死在黑牢里了，他愿意补贴苦妞。厉害的老汉白世荣听后，大声骂道："你个狗日的，我们的黄花女子让你糟蹋了，你赔个㞞，把你的命拿来！"

"只要不送官，啥都能行。"来顺老汉搓着手回答。

最后，当事两家人经过村主任胡根根的调解，达成了协议：来顺老汉在村委会上做检查，赔偿白家人五千块钱。

可事情远远没有结束，那几日，白铁生心情烦躁，已经对大爹白志平的做法忍无可忍了，亲妹妹出了那么大的事情，他竟然像个外人一样看笑话。就是两旁外人，也不会冷眼旁观。从小到大，他家受了太多的排挤和白眼。一天晚上，白铁生喝了半瓶烧酒，想着平时姑姑对她的百般恩情，想着姑姑的命苦，越想越来气。借着酒劲，他踉踉跄跄地来到白志平家的院子前，要讨个说法。志平家门前那条大黄狗面露凶光，一个劲地向他扑来，仿佛在向他宣战。烧酒在白铁生的肚子里燃烧着，火焰一直燃烧到他的眼睛里。巨大的能量突破了理智的防线。他抓起立在大门外的锄头，向那条狂吠的大黄狗刨去，大黄狗吱吱哑哑地叫着，血染满了锄头，溅到了他的衣服上和眼睛里，白铁

生一边砸一边喊道："你不是人啊，不是人啊，畜生都干不下你这号事啊。"

志平两口子闻声赶来，看见自家的黄狗已经躺在地上，没有了气息。白志平看了看浑身是血的侄儿子，马上明白了一切。他暴跳如雷，要扑过来打侄儿子，白铁生本能地将锄头横在胸前。这时候，放羊汉白志栓不知道什么时候从黑暗中跳出来，一把夺下小子手上的锄头，狠狠地给了小子两记耳光："喝上几口猫尿，连自己是谁都不晓得了。"转身又对大哥说，"狗死就死了，狗就是狗，他永远也成不了人，有啥事，明天再说。"说完后，拉扯着小子向黑暗深处走去。

酒醉的教书先生白铁生没有想到，他去找大爹白志平讨个说法，不料却打死了他们家的狗。

八　街头艺人

时间像一匹骏马，不知疲倦地奔跑。又是一年万家灯火亲人相聚时。临近过年这几天，神树墕村的老老少少和亲人们团聚在一起，置办年货，准备年夜饭，急切地盼望大年三十这天。临近春节这几天，所有的人都会坐着各式交通工具回家和家人团聚，但很多人想不到，就在他们与家人围在炕头一起说笑，吃着年夜饭时，在省城的地下通道口，有人还在卖唱。

这人不是别人，正是榆树湾村的高双喜。

让我们先从那次省城选秀说起。通过首轮选拔后，双喜和他的乐队马不停蹄赶到了北京，准备参加复赛。在复赛开始前的一个礼拜，他们几个人像在省城时候那样，每天加紧练习，希望比赛那天能拿到一个好成绩。复赛那天，他们演唱了披头士乐队的《昨天》，三位评委老师只给他们亮了一盏灯，他们没有通过复赛。

那天晚上，双喜大哭了一场，失望的泪水像决堤的洪水一样，怎么挡都挡不住。他原以为能很顺利地通过复赛，最终能拿到一个好名次，这样一来，他之前所有的忍辱负重都是值得的。现在冷冰冰的现实再次摆在了面前，一切又回到了从前，现实给了他重重的一拳，差点把他打倒在地，他耳边响起了亲人们的不理解和谩骂声。

从北京回来以后，他像得了一场大病，干什么都无精打采。他闷着头一个人在宿舍睡了三天三夜，抽了很多烟，喝了很多酒，房子里面到处弥漫着烟味和酒味，人瘦了一圈，胡子在下巴疯长。他听着歌，流着泪，听完歌，继续流泪，然后从被子里面爬出来，盯着一处死死看。外人认为这个人精神肯定不正常了。他那些朋友轮番过来安慰他，似乎作用都不大。

黑暗中，有一个声音在心里响起：你不应该这样颓废，实际上你已经证明了自己，你的音乐才华已经得到了展示，你的歌声已经有那么多人听到了，在选秀现场有人找你签名合影，在学校你也已经小有名气了，你应该感到满足和荣耀，不应该为此而黯然神伤。擦干泪水，振作起来吧！脚下的路才刚刚开始，未来的路还等你去闯呢。理想不是随随便便就能实现的。对！我不该这样，我应该昂着头继续前进。现在他有了一个新的想法：等学校放假后，他打算一个人到省城的街头卖唱，让更多的人听到他的歌声，实现自己的音乐抱负。他不怕别人笑话，不怕别人把他当作乞丐那样来看待。实际上，他这几年早就感受到了。

学校放假以后，当同学们坐着舒服的大巴车或火车去和家人团聚的时候，高双喜却背上吉他，坐上了南去省城的火车。他给他父母亲撒谎说，他要到省城打工。

刚开始，他就在城市中央的地下通道里唱。每天晚上6点钟，他会准时出现在过道里。一把吉他，一对音响，一个麦克风，这是他的全部道具。他一边弹着吉他，一边深情地演唱每一首歌。都市里来来往往的人看见这个长相秀气的后生，被他美妙的歌声打动了，纷纷掏出零钱放到他眼前的纸箱里。到后来，他结识了一些同样是在这个城市卖唱的街头艺人，他们和他一样，怀揣着对音乐的热爱和执着。于是，他就和他们搬到一起住。那段时间，他过得很快乐、很充实。他始终不觉得在街头卖唱是一件丢人的事情，反而觉得很荣幸。每当华灯初上，各种霓虹灯开始照亮都市的每一条街道时，他那深沉忧伤且有力的音符就会响起。

他并不是因为家里缺钱而去卖唱，恰恰相反。他家里比较富裕。他只想通过自己的双手赚钱，来实现自己的价值。让都市的人们在下班之后偶遇一段旋律，让匆匆过路的人暂时忘记身边熙熙攘攘的人群和来来往往的车辆，一心专注于那寂寞的声音带来的心灵上的洗涤。

每天他用生命歌唱，期望能够用灵魂里的深情唤醒人们心里沉睡的悸动。他不是乞丐，他总是有骨气地昂着高贵的头颅拨动手里的琴弦，唱自己的歌曲。几个月下来，他的听众越来越多，台阶上每晚都坐满了人。有老板，有都市白领，有超市员工，有建筑工人，甚至是这个城市里的流浪汉和破烂王。他的歌声打动了他们内心深处那根脆弱的弦，一些人，听着听着就哭了。

他用心唱，别人也用心听，很多歌迷成了他的朋友。一天晚上，他正忘情地唱着，一个面容姣好的女孩突然上来打断他。女孩拿出一件衣服，轻轻地披在了他的肩上，帮他拉平衣服，拉上拉链，那一刻他心里暖流如注。还有一次正在唱歌，天空突然下起了暴雨，而他并没有因为大雨的到来而停止，周围的歌迷也没有因为下雨而离开，所有的人打着伞沉浸在歌声中，他一边卖力地唱，一边流着泪。这是他夜夜坚持唱歌的理由，不是因为别人可怜的施舍，而是内心对音乐的喜欢和执着。每天他唱到深夜，直到把每一位听众送走，他才收拾行囊离开。

一次，一个女孩竟然找到他的住处，拿着玫瑰，向他表白，希望他们能做男女朋友。那个女孩说，每天下班以后，她都会准点赶到他唱歌的地方，听他唱歌，一首歌都不想错过，其间从来没有中断过，她深深地被他的气质迷住了。双喜委婉地谢绝了那个女孩的好意。从那以后，那个女孩还是像往常一样每天来听他唱歌，有时候，给他买一些好吃的，有时候，他们还会拉话。其实，每当那个女孩出现的时候，双喜心里就想起了远在神树墕村的白山杏，想起他们在高中时候，搭伙同台唱歌。一直以来，他都忘不了山杏，她的身影总会出现在他的脑海，这大概是他拒绝那个女孩的原因吧。

过几天就是除夕夜了，高双喜给他爸妈说，春节他不回家了。随着过年的临近，他越来越想家，跟他住在一起的许多流浪歌手都回去了。

大年三十这天，他和另外一个没有回家的流浪歌手相跟着去市场上买了一些菜，晚上，他们炒了几个菜，看了一会儿春晚，算是过了一个年。9 点钟，两个人拿着吉他、音箱和麦克风来到最繁华的商业街开始唱歌。

晚上，省城的街道上灯火通明，人来人往，川流不息。城市人和农村人不一样，他们会选择一家离家较近的饭店，订一桌年夜饭，和家人们共享天伦之乐。吃完饭后，他们来到街道上，一边散步，一边欣赏夜景。

今晚，双喜弹吉他，他的伙伴唱歌。越来越多的人聚到他们这

里。他们调好音、试好弦，一切都已经准备就绪。

今天我寒夜里看雪飘过
怀着冷却了的心窝飘远方
风雨里追赶雾里分不清影踪
天空海阔你与我可会变
多少次迎着冷眼与嘲笑
从没有放弃过心中的理想
一刹那恍惚若有所失的感觉
不知不觉已变淡心里爱
原谅我这一生不羁放纵爱自由
也会怕有一天会跌倒
背弃了理想谁人都可以
哪会怕有一天只你共我
今天我寒夜里看雪飘过
怀着冷却了的心窝飘远方
风雨里追赶雾里分不清影踪
天空海阔你与我可会变
原谅我这一生不羁放纵爱自由
走遍千里
……

他们一直唱到深夜 12 点，街上的人渐渐稀少下来，听他们唱歌的人相继都散去了，他们才收拾东西，准备回家。

双喜打开手机，寒风吹过他尖瘦的脸颊，他看了看表，时间刚好划过2007年。一束束烟花从他的头顶升起，他找到山杏的电话，拨了下去……

他想对她说的话太多了……

九　事业不等于爱情

元宵节过后，人们的生活秩序逐渐恢复。新农村建设的劲风在茂林县各大乡镇、农村猛烈地刮着，老百姓纷纷拍手叫好，感谢党的好政策。神树塝村新农村建设工作在驻村干部白宝生的带领下，正热火朝天地进行着。

白宝生现在在事业上是春风得意。在刚刚结束的盘龙镇年度表彰大会上，他获得了“最美基层干部”和“新农村建设先进个人”两项荣誉。白宝生的舅舅、盘龙镇党委书记还在会上表扬了神树塝村新农村建设的先进经验，要求镇里推广。白宝生的父亲、神树塝村的支部书记白志平还在会上做了交流发言。

现在，白宝生是盘龙镇机关大楼里年轻人中的佼佼者，那些他曾经羡慕的对象反而把羡慕的目光投在了他的身上。他用了仅仅两年多的时间，就赢得了领导和同事的一致好评，印证了他的那句话：“我不是念书的材料，当官还是有一套的。”

神树塝村的面貌发生了较大的变化，村路两旁已经栽种上四百多株樟子松，每家每户配送了垃圾桶，每十户人家有个定点的垃圾箱，镇上每周都会派车到村上处理垃圾。村小学院子里装上了各式的体育运动器材，墙体也被粉刷了一遍，写上了红色的新农村建设标语。

最近，盘龙镇党委根据县上的指示精神，决定要给符合条件的村子建设沼气池和厕所。综合利用好沼气池不仅可以节约能源、改善和

保护环境，还可以节约化肥和农药，提高庄稼的产量和质量，促进和带动饲养业的发展。一户家庭建造一个沼气池，只要原料充足，一年可提供九到十一个月做饭和点灯的燃料，沼液还可以做农药、肥料、饲料，使农民大大减少对化肥和农药的使用量，从而减少农民的经济负担。

这几天，白铁生又和村主任胡根根到镇里争取这个项目，几天下来，他们和其他五个村子拿到了这个项目。

神树塬村的沼气池将和厕所、猪圈建在一起，这样一来不易滋生蚊虫，没有臭味，在消灭血吸虫病和钩虫病等传染病方面会起到重要的作用。二来可以最大限度地利用一切资源，产生沼气。

在开完村民动员大会的两天后，又一场大的战役在神树塬村拉响了。像去年建造自来水工程一样，镇里派出了技术人员到各家各户指导开展工作，具体的体力活都是自家负责。这些天，放羊汉白志栓家的院子里忙得不可开交。由于志栓和小子铁生都有各自的事情要做，因此，他们家建造沼气池、猪圈和厕所的体力活就落在了婆姨和女子的身上了。

苦妞肚子里的娃娃已经打掉了，但人变得不爱说话了，路上碰见人跟她开玩笑，她老远就躲开了。因为身子骨虚弱，刚开始白世荣老两口不敢让女子干活，直到一个月后，才让女子适当干些家务活。现在，家里要建沼气池，白世荣老两口自然干不动，所以只能靠像土地一样朴实的赵兰萍和任劳任怨的苦妞两个人干了。白铁生等放学后就帮着两个女人干活。

一个月后，沼气池建成了，家家户户都用上了沼气，用它来做饭、烧水。白宝生看到家家户户都用上了沼气，心里很高兴。实际上，论头功，非他莫属，如果不是靠他在镇里的关系和在工作中的良好表现，这个项目是轮不到他们村的。但是，他白宝生作为神树墕村的一员和驻村干部，应该给家乡人们干一些实事，这是他一直以来信奉的处世哲学和为人原则。他常常想，就算将来不干这份工作了，他依然是神树墕村的人。是喜鹊河上像母乳一样甘甜的泉水哺育了他，他不能忘记自己是谁。

这天午后，白宝生开着车来到镇里汇报工作。汇报完工作，他一个人来到办公室，想起了最近他父母给他说的一件头疼事。

他父母给他说了一门亲事，准确来讲，是他舅舅给他介绍的。女方是县里主管安全的乔副县长家的千金。乔副县长是他舅舅的朋友，因此才有了这门亲事。按道理说，副县长的女儿嫁给他，他磕头拜佛都不为过。但白宝生对这门亲事没有多大的兴趣，这非但没有给他带来多少欢愉，反而成了心里沉重的负担。倒是白志平很高兴，笑容天天挂在脸上，来到村口的“闲话中心”，时不时炫耀自己的小子马上就要飞黄腾达了，他恨不得请上一班吹鼓手吹上三天三夜。

白宝生今年已经二十四了，按照茂林县的习俗，他这个年龄已经到了娶妻生子的年纪了，父母给他操办婚事，这本来无可厚非。他现在在事业上已经小有成绩，无论从哪方面讲，这件事都不能继续拖了。可他心里一直装着一个人——柳花，在一定程度上，他和柳花可以说是郎才女貌，门当户对。从小他们在一个班上念书，上高中后，柳花选择了文科，他选择了理科。周末的时候，他们几个人一块到县城外的黄河滩上耍。柳花上大学走了以后，整个人的气质发生了很大的变化，使他更加倾心了。直到现在，他都没有对柳花说出心里话。他想，柳花他父母肯定同意。这几年，他几乎每隔几天就要到“准丈人”胡根根家坐一会儿，有时候是为了村里集体上的事情，有时候也没有什么工作，只是习惯性地到他家坐坐，拉拉家常。胡根根两口子

总是热情地接待这后生，好茶好烟统统拿了出来，招待他们心中的“准女婿”，他们早已经不把他当外人看待了。李冬平几次在私底下给丈夫胡根根说，让他找个时机，找支书志平说说，看两家能不能结个亲家？胡根根不知道怎么办，一来不知道女子柳花心里的想法。二来他和志平工作上有误会，直爽的性格使他认为，如果他主动找上门，会让这个死敌认为他是服软，求和了，胡根根不愿意那样做。可是话反过来说，他倒是不担心志平的态度，两家如果成了儿女亲家，他和志平还有什么不愉快的？他现在主要考虑女子柳花的态度，看她愿不愿意。

当宝生把想娶柳花的打算告诉白志平两口子时，白志平气得肺都要炸了。他当面把小子训斥了一番，认为小子是瞎了眼，看不上副县长家的金窝窝，瞅上了胡根根家的穷酸窝窝。实际上，白志平心里更多的是对村主任胡根根的怨恨，本来小子和他整天搅在一起，他就很反感。就是因为胡根根的老谋深算，使得他们父子关系一度拉起了警报，他骨子里面恨胡根根。有时候，两个人见了面，也拉话，工作上也时有往来，但人和人的斗争更多的是心计的较量，那种无言的对抗才是最可怕的。现在，他胡根根竟然迷惑小子找他们家柳花，他白志平说什么也不会同意。

“哼！就他们家那个烂包光景，我根本看不上，他胡根根不就是想攀金枝么，休想。”白志平自言自语地说。

白宝生巧妙地应付着他父母亲，他既没有答应，也没有拒绝，只是说他要考虑一段时间。实际上他在等柳花，他要当着柳花的面把这件事情说清楚，那样他也没有什么遗憾了。

终于等到柳花从省城回来了，这天，白宝生把柳花约出来。两人沿着喜鹊河畔走，刚开始他们只是相互问候了对方学习、生活的情况。

现在，胡柳花已经完全脱离了高中时候那种稚嫩的样子，完全没有了农村人那种举止习惯和动作，整个人显得落落大方。说起话来也是一套一套的，遇到问题不是以前那种单一片面的思维习惯，她会理性地去思考，不盲目地给出结果。她真是所有人梦寐以求的对象。

他们又谈论了最近流行的一些电视剧或网络上的段子。柳花在大学涉猎很广，几乎每天都要去图书馆看书，因此，很多方面的知识都有所了解。他们谈天说地，有啥说啥，彼此的拘谨感渐渐放了下来。宝生摘下一片柳枝叶，含在嘴里。过了一会儿，他停下脚步，转过身，对柳花说："柳花，我有句心里话想对你说，但我不知道怎么开口……"

胡柳花看见白宝生脸色唰地变红了，扑哧笑出声来："你个大老爷们儿，说个话还害羞了……有啥话你就说呗。"

听到柳花宽心的话，白宝生低着头说："家里面给我说了一门亲事……"

"好事么，有啥难为情的了？"柳花笑着说。

"可是我心里不愿意。"白宝生将含在嘴里的枝叶扔掉说。

"你心里是不是已经有了意中人了？还不老实交代。"柳花走过来，拿着柳枝条在宝生头上扫来扫去，希望他赶快说出来。

宝生一把抱住柳花，痛苦地说："是你，我的意中人是你。"

血一下子从全身涌到了脸上，柳花的脸唰地红透了，她心跳耳热，拼命挣脱开宝生，立在原地，大声地喘着气。

两人沉默了好一会儿，她才说："你不要胡说。"

宝生点了一根烟，难受地抽了起来："这就是我对你说的心里话，一直以来，都没有人能替代你在我心中的位置。"

柳花仰起头，看了一眼宝生说："我心里已经有别人了。"

"是谁?"宝生惊讶地看着柳花。

"你不知道！和你没关系!"柳花不耐烦地说。

"是不是铁生？你告诉我……是不是他?!"宝生扔掉烟头，大声喊道。

"你不要说了，是他又怎么了?"柳花说。

"是他！……是他……"宝生走到柳树跟前，手搭在柳树上，长吁短叹。

生活跟他开了一个天大的玩笑，他和弟弟铁生竟然同时爱上了一个人。他早就应该看出柳花和铁生的关系了。好几次他在村里看见两个人进进出出，只是当时他心里抱有一丝幻想，不愿意接受这个事实。

过了一会儿，柳花走过来安慰宝生："你不要难过，你这么好的条件，一定能找到比我好的女孩子，我们还像从前那样好不好?"

白宝生眼泪汪汪地抬起头，看着柳花，不知道说什么。他无法从心里马上接受这个现实，感情的挫伤使他不知道该怎么办。从小到大，他没有经受过生活的磨难，高中毕业以后，他就在家里的安排下，成了驻村干部。这几年，唯一给他生活上有过纷扰和阻碍的就是工作上的一些事情，不过，他现在已经干出了一些成绩。但是他的感情生活是一张白纸，直到现在，他还是单纯地喜欢柳花一个人，在这一点上，宝生和弟弟铁生是一样的。

"柳花，铁生是个好后生，祝你们有个好归宿。"白宝生强忍着说完最后一句话，转过身跑了。他现在不知道去哪？家里是肯定不能回去的，回到家里，父母说不定在他心痛的伤口上再撒一把盐。他想回镇机关大楼，只有在那里他才能清醒一下头脑。他无精打采地来到村公路上，等回镇里的顺路车……

两天后，平复了心情的柳花把铁生约到村口那棵神树下，她把那天表白的事告诉了铁生，铁生听完以后，心中五味杂陈。一方面他为柳花的深情而感动，另一方面，他为自己寒酸的家庭条件而自卑。宝生各方面都比他优秀，无论在家庭条件上还是自身条件上，更能配得上柳花。看看他自己，现在只是村小学的一名临时工，说不定哪天就会下岗失业，还要回到那土地里，或者赶上那群羊继续到骆驼山上放羊，他配不上柳花啊。柳花是名牌大学的毕业生，前途一片光明。说远一点，就是柳花愿意，他们家连像样的彩礼钱都拿不出。

“宝生的条件比我好，你和他在一块受不了苦。”铁生紧锁眉头。

“他就是给我买个金窝窝，我也不愿意，我还是喜欢你家那个穷窝窝。”柳花嬉皮笑脸地说。

“可是……”铁生不知道怎么回答柳花。

“难道你不愿意?”柳花的情绪一下子从刚才的沸点降到了冰点。

“不是……”铁生向前走了两步，停下来说。

“那是啥?”柳花紧撵两步，追问道，“难道你心里已经有了别人?”

敏感脆弱的柳花说完后，竟抽抽搭搭哭了起来，铁生转过身，轻轻摩挲着柳花的脸蛋，看着泪眼蒙眬的柳花，他心一下子软了下来，很后悔刚才说的那番话。

“好柳花，亲亲的人，毛妹妹，你别难过，只要你不嫌弃我，我们两个人永远在一起。”铁生说完后，紧紧抱住了柳花，柳花也紧紧抱住了铁生。

十 下岗前后

煤炭还不热的时候，在茂林县老百姓的眼中，它根本就不值钱。如果有讨吃要饭的上门，他们往往不会给粮食或钱财，反而慷慨地给这些穷人一些煤。而跨入新世纪，煤炭逐渐成为炙手可热的香饽饽。

20 世纪 80 年代，一个沉睡了亿万年，为世界罕见的优质能源大宝库——神府煤田被发现，茂林县就位于神府煤田的腹地。

20 世纪初，中国两位老一辈地质学家来到茂林县所在的黄土高原上，他们踏遍茂林县所在市各县的主要川沟峁梁，收集了大量的地质资料，确认茂林县所在区域地层构造属鄂尔多斯盆地，是华北产煤区的重要组成部分，这为后来找煤奠定了理论基础。20 世纪 80 年代，省内一支煤田勘探队隆隆的钻探声，终于敲醒了沉睡中的神府煤田。不久，这支地质队提交了一份找煤地质报告，探明煤炭储量达两千三百多亿吨，轰动世界。随后，国家决定将神府煤田由前期准备转入立即开发，从此拉开了神府煤田大开发的序幕。到了 20 世纪 90 年代初，神府煤田开发如火如荼，茂林县也开始鼓励私人办煤矿，只要掏十元办证费，就可以拿到盖着政府大印的煤矿开采证。但是令人感到奇怪的是一座煤矿十元钱也少人问津。主要原因是茂林县一带遍地是煤，挖开地面的几尺沙土，就能挖出煤来。采挖的煤堆成了山，由于道路不通，销路不畅，一车煤五元钱都卖不出去，煤矿白送都没有人愿意接手，开煤矿的几乎家家亏损。

1991 年以前，位于黄河边的茂林县别说铁路了，连一条像样的公路都没有。晴天的时候车辆卷起的黄土随风飘扬，雨天道路泥泞，车根本无法通行。那时候虽然有煤，但茂林县老百姓却过着非常贫穷的日子。光棍成群，后生娶不到媳妇，老百姓一年到头，靠吃洋芋过日子的人家多的是。真是叫天天不应，喊地地不灵。随着包神铁路和神朔铁路两条铁路的建成通车，给茂林县一带产煤大县的煤炭运销带来了转机，使这个封闭的县城涌起了一股“淘金”热。

21世纪初，由于国家能源紧俏，煤价开始上扬，由原来的每吨三十元涨至每吨六十元。茂林县的经济随着煤炭的开发利用，各项指标节节攀升，人们的生活水平也逐渐好转。但是煤炭市场真正迎来春天还是在2005年。2005年6月，具有里程碑意义的《国务院关于促进煤炭工业健康发展的若干意见》一经出台，便引起业内的强烈震动。有些媒体更是评价这份文件事关中国煤炭工业未来的命运。《意见》进一步确立了煤炭在我国能源工业中的主体地位，为煤炭行业的发展指明了发展方向。

从那以后，乘着煤炭改革的春风，茂林县的经济突飞猛进。经济的快速发展给这个贫穷的县城注入了很大的活力。有钱就不怕发展不起来，一座座高楼大厦拔地而起，之前从来没有过的奔驰、宝马等名牌车在茂林县的街市上逐渐多了起来。越来越多的外地人拥进这个城市来“淘金”。以前被很多人看作是蛮荒之地，现在被外界统一看成是肥水田。茂林县所在的市更被媒体称为“中国的科威特”。

神树墕村没有煤。其实，说得更准确一点是有煤，只是太深了，开采成本太高，极难开采利用。早在1993年、1994年的时候，北京来的几支钻探队就在喜鹊河畔上勘探作业。机器的轰鸣声打破了这个偏僻村子的宁静，吆喝声和机器声响彻整夜。村里的大人娃娃们纷纷跑到喜鹊河上看火红热闹，瞧那从来没有见过的大型设备，看那很少才能碰到的外省人。小时候捣蛋贪玩的铁生、宝生和一群娃娃们将钻

探队插在喜鹊河畔上的用于标识地点的红旗全部拔掉，然后惊慌地跑回村里，躲起来，看那帮稀奇古怪的外地人会不会找他们的麻烦。等到确定没有人追问这件事时，他们几个人就把偷回来的红旗分发给村里的娃娃们。红旗上面用油笔写上魏、蜀、吴的字样，娃娃们高举红旗进行“厮杀”。那时候，铁生往往拿着蜀旗，他看过《三国》，单纯和热情地认为蜀国都是好人，好人有好报，所以他加入蜀国的阵地。

后来，钻探队走了，给出的结果是神树墕村有煤，但离地面太深了，根本开采不出来。对神树墕村的农民来说，有没有煤都不打紧，他们本来就对煤没有抱多大的希望。他们本分地回到黄土地上继续营务庄稼。那时候他们固执地认为，只有回到黄土地上，把所有的血和汗洒到那块地上，风里来，雨里去，他们的日子才会有盼头，才会有希望。那才是正道，虽然发不了财，但不至于把人饿死。可是隔壁村榆树湾的情况却不一样，榆树湾的煤埋藏得比较浅，极易开采。这几年，已经有村民在村里挖开了几个“黑口子”，天天在里面挖煤。如果说 20 世纪两个村子还处在同一生活水平线的话，那到了 21 世纪，榆树湾村的有钱人是越来越多，在城里买房、买车的人也逐年增加。相比较，神树墕村这种单靠农业生产为主要经济收入的村庄，农民生活水平没有大的变化，只不过随着近两年新农村建设的到来，村民的生活条件和居住环境有了一定的改善，但收入没有很大的提高，这也是驻村干部白宝生最为头疼的事情。

穷则思变，神树墕村的人不能坐以待毙，他们不能继续跟这块贫瘠的土地怄气了。看着越来越优越的外部环境，他们坐不住了，打算拖儿带女到县城打工赚钱，收入要比在地里折腾一年强多了。神树墕村最先搬出去的是村支书白志平。那天，清早起来，白志平简单地收拾了一些东西，开着拖拉机，拉着婆姨进了县城。他在县城租了一间房子，两口子开始了打工的生活。他婆姨在一家饭店当服务员，他在县城的工地上干活。白志平作为第一个走出神树塄村到县城安家的人，一点也不奇怪。白志平虽然还是个农民，但各方面已经赶上了市民的生活水平，他有这个条件和资本。

不到半年时间，神树塄村已经有十来户人家陆陆续续把家搬到了县城。这些人来到县城，要不摆摊做点小生意，要不就到厂矿企业里面干体力活，这些人都是年轻人或者是刚结婚不久的新人。村里还有一部分人也有出去打工的念头，但他们心里不放心，县城的花销不少，万一到了县城挣不下钱怎么办？他们要观望一段时间，如果搬出去的人能赚到钱，他们就开始行动。

从去年到现在，随着村民的大量出走，人员的流失，出去外面打工的人已经将自己的娃娃带到城里念书去了。白铁生所在的村小学学生数量逐渐在减少，直到今年暑假放假，二年级的娃娃们升到三年级后就到榆树湾村学校上学去了，学前班和一年级总共加起来才八个学生。这对小学教师白铁生来说是灾难性的事件，如果学生继续减少下去，他将面临下岗回家种地的事实。

白铁生预感到的暴风雨马上就要来了。暑假刚过，榆树湾小学增设了学前班到二年级三个年级，把神树塄村八个学生娃娃全部吸收过去。外出打工这种情况不仅在神树塄村有，在喜鹊河沿河一带村子都有，县上为了整合资源，就将邻近几个村庄的小学全部合并在榆树湾小学了。

对白铁生来讲，开学即将面临失业。县里已经明确告诉他，他不能继续教书了。关于这件事他找过村主任胡根根，胡根根告诉他，他也没办法，这是县教育局的决定。虽然他的教学成绩有目共睹，但抵

挡不住冷冰冰的现实。

开学的那天，白铁生去了一趟村小学。教室还是原来的教室，课桌还是原来的课桌，只不过，现在人去楼空，一个娃娃也没有了。看着眼前熟悉的一切，心中不免升腾起一股悲凉感。在这里，他曾经流过汗水，有过掌声和笑声，还有娃娃们各种各样的表情和动作。他用手摸，用脸贴，不想放过任何一件东西。

他走进办公室，看着自己曾经用过的茶杯和纸笔，难受地流下了眼泪。这里见证了他三年的青春时光，必将是他人生中难以磨灭的一个记忆。以后这里说不定会被拆除，永远再见不到。但不管怎样，生活给了他一次当教师的机会，他收获了很多。现在他逐渐成熟了，不再是三年前那个青涩的毛头小伙子了。他也培养了很多的学生，在不久的将来，这群娃娃肯定会有出息。那时候，他们不会忘了曾经在一个偏远落后的小山村里，有个放羊汉的儿子是他们的小学老师，教他们识文断字。

他坐在那张破旧的椅子上。是的，他经常坐在这张椅子上批改作业。那时候，山杏经常跑来看他批改作业，看他吃饭，可现在一切都没有了，山杏已经离开村子到省城发展去了。他坐在椅子上抽着烟，想了很多，好像又什么也没想，不过，有一个问题他想明白了，尽管他一下子还很难接受继续当农民的现实，但心里已经很满足了。人一旦给他一个更高的平台，当他从这个平台上跌下去，那种巨大的心理落差往往是无法接受的。

两个小时后，烟头扔了一地。当他知道要下岗后，他对烟更加依赖了，最近抽得特别厉害。过了一会儿，他慢慢走出教室，锁住教室门，心里要求自己不要回头看了，如果回头看了，说不定眼泪会憋不住流下来。当他走到院子中间，还是恋恋不舍地回头看了看那间破旧的教室，眼泪再也止不住，顺着那张黝黑的脸颊淌了下来。他蹲下来，双手掩面放声哭了起来……良久，他才重新站起来，脚步沉重地向喜鹊河走去。他并不知道，家里人还坐在那孔烂窑洞里等着他……

他不得不再次站在人生的十字路口上。

几天后，白铁生就赶着羊群出现在了村里。村里的很多人在路上看，在窑上瞭。他们一度认为这后生经过这次打击，很难站起来了，毕竟教书是一份体面的工作，种地放羊是年轻人难以接受的营生。但他们没有想到，这小子好像什么事也没有，见了面问候，照样出山干活、放羊。白铁生只是把所有的难过和伤心装在了肚子里，不想让外人看出来。自己心里的苦楚只有自己知道，他赶着羊群，穿过村里那片最大的海红果树林，来到喜鹊河边。他把羊铲子放在地上，然后头枕着羊铲子躺下来。那群随地觅食的羊似乎看出了主人的心思，三五成群地凑到主人的身边，舔着他的头发、手和腿，然后咩咩地叫个不停。头顶的太阳被云抹上了一层灰色，哀伤地看着人世间的一切。躺着躺着，他就流泪了……

这几天，经过家里的开导，他的心情逐渐好转了起来。家里人善良的话语和他母亲赵兰萍无微不至的照顾，让他感到了无尽的温暖。虽然在外面受了委屈和难过，但那个破烂不堪的窑洞总能给他带来前进的动力，指引他继续向前。他已经想清楚了，不管命运怎么捉弄他，他仍然要笑着面对一切。每个人都不可能顺顺利利过完一生，包括享誉世界的名人和伟人，他们都是吃了平常人没有吃的苦，忍受了别人没有忍受的痛苦，最后才成为人人顶礼膜拜的对象。

自从小子失业之后，全家人都陷入一种焦虑之中。放羊汉白志栓像得了一场瘟疫一样，没有一点精神。原来脸上那种特有的活色也没有了。心里整天像顶着一根棒槌一样难受。他再也不敢主动跑到村口

的“闲话中心”显摆了。他在小子面前表现得和平时一样，没人的时候，他才会把自己所想的难为事表现在那张皱巴巴的脸上。有时候，他到骆驼山上放羊，空旷的原野使他情绪高涨，实在心烦就朝着对面的山野唱几句：

“骑上毛驴狗咬腿，半夜里来了你这勾命的鬼，搂住那个亲人呀亲上个嘴，肚子里的疙瘩化成了水。

青天呀蓝天，蓝格莹莹的天，赶上那个羊群一溜溜烟，一边驮高粱，一边那个盐，欢欢那个喜喜回呀么回家转，哎呀呼咳，咿格呀呼咳，回呀么回家转，呀呼嘿。”

……

他能体会到小子的难处。小子死活都不让他出山放羊，他就同意了。他知道小子不想待在家里，想去外面散散心。这期间，他不断地给小子打气，让小子什么也不用愁。甚至说，即使小子不出山放羊和种地，他也会养小子一辈子。这个倔强的放羊汉虽然自己的人生过得很糊涂，但他很会做小子的思想工作，他知道，小子这个时候最需要亲人的鼓励和关怀了。

半个月后的一天，白铁生放羊回来。晚上吃完饭，全家人坐在一起拉话。

铁生突然说：“我想出去打工。”

全家人都用一种惊讶和意外的眼神看着他。

苦妞似乎听懂了铁生的话，走过来，拉住铁生的衣服袖子说：“你不能走，你不能走……”

苦妞不断地缠着铁生，坐在炕上的白世荣老汉喝道：“瞎胡闹，睡觉去。”

苦妞吓得赶忙躲在了铁生的背后。

“出去能行了?”赵兰萍担心地问小子。

“村里很多年轻人都出去了，没有一个跑回来的。我也想出去闯一闯。”铁生抽着烟说，“这回就算在外面碰个头破血流我也不后悔。”

一家人陷入长久的沉默。

“能出去就让娃娃出去，村里的很多年轻娃娃都跑出去了，铁生也应该出去在社会上历练历练。社会是一本最好的书，能学到很多在课本上很难学到的东西。”白世荣老汉鼓励孙子说。

“想出去就出去吧。我都问好了，榆树湾村开了几个‘黑口子’，你到那干，虽然苦重，但是工资高。听你姐姐说，你姐夫在里面开车拉煤，一个月能挣八九千上万了。到时候你过去，你姐姐也能照应你，家里人也少一分惦记。”圪蹴在地上的白志栓闷着头说。

小子失业之后，白志栓就不再打算让小子出山放羊或者到地里营务庄稼，他不能再用自己那套处世哲学来规划小子的人生。当初，铁生要上大学，可家里条件有限，最后没让小子上大学，他心里一直愧疚和自责。现在，无论如何，他都不能再让小子重操旧业了，闹不好，将来铁生连个婆姨也讨不到。他知道榆树湾村开了几个黑口子，前不久，他跑到大女子家，和大女子、大女婿商量后，打算让小子在黑口子上做点营生。

“啥时候的事？我怎不知道？……让我想想再说吧。”说完后，铁生将披在肩上的褂子穿上，朝住的那个烂窑洞走去。

晚上，他躺在炕上，翻来覆去，怎么也睡不着。出去外面打工，这是他近期出山放羊后产生的一个想法。他想明白了，再也不能躲在这个穷山沟沟里了，趁着自己还年轻，应该到社会上打拼一下。既然要出去，他就不能被家里的那些琐事绊住。他原本想去省城，山杏和双喜都在省城，他可以找他们去。但现在他父亲让他到小煤窑上干

活，他不得不重新制订计划，慎重地考虑一下。无疑小煤窑的条件很差，但工资高；省城的条件和环境没得说，但肯定赚不到那么多钱。经过几天深思熟虑后，白铁生听从了他父亲的建议，到小煤窑上打工。

几天后，白铁生背着铺盖，出现在了榆树湾村。这里将是他人生的又一个起点，他将成为一名矿工，在离地面几百米的地下，开启自己人生的另一段路途。

第三章　月　　阴

一　走出大山

在农村这个小天地里待了二十多年的白山杏，终于决定要走出大山，去外面的世界闯荡了，给她这个想法的不是她苦恋的白铁生，而是远在省城街头卖唱的高双喜。

从年初那天接到高双喜从省城打回来的电话，这个想法已经在她的心里生根发芽了。

其实，白山杏不愿意走出农村。她主要是考虑到她母亲高爱爱，她走了以后，就剩下母亲一个人了，不仅要面对繁重的劳动，心里也面临长久的孤寂。她在的时候，能帮助母亲干些家务活，陪她拉拉话。从小到大，她是在母亲的呵护下，一点点长大的。母亲是她心灵和情感上的依托。她不敢想象脱离母亲后，自己是个什么样的精神状态和生活状态。不过，她现在顾不了那么多了，情感上的煎熬逼迫她要走出农村。在出门打工之前，她找到铁生。那时候，铁生还没有失业。

那天放学后，她来到学校，见到了准备回家的铁生，告诉他，她有件大事要对他说。两人相跟着走出学校，来到喜鹊河边，沿着一片

玉米地走着。走之前，铁生不知道山杏要对他说什么。他和山杏在一起的时候没有一点拘束感，心里想什么就说什么，从来不用顾及山杏的感受。她喜欢，他是那副样子，不喜欢也是那副样子。两人拉话的时候，他能及时编出来一些笑话，这无意让山杏更喜欢他了。这点和柳花恰恰相反，他和柳花在一起的时候，他总要特意地把自己伪装一番，谈论话题的时候，他总要高谈阔论一番，气氛没有那么轻松。

“我要出去打工了。”山杏不紧不慢地说。

“哦，准备去哪?”铁生看了看山杏说。

“准备去省城享福呀。”山杏拉住辫子，一边走，一边不停地拨弄。

“那好么，省城确实是个享福的好地方。”铁生笑了笑说。

“不过走之前，有句话想问你，你要老实回答。”山杏突然停住，挡住了铁生的去路。

“啥事？把人弄得这么紧张。”铁生问道。

“你敢娶我做婆姨不？你看我分析了，咱们两家交情深，大人一直有往来，你把我娶过去，我会好好对待你爸妈，更会好好伺候你。我不要金山银山，不要牛羊满圈，我只要你。哪怕蹲在冷灶底下喝凉水，只要身边有铁生哥，我认了。”山杏睁大眼睛，含情脉脉地看着白铁生说。

山杏的一番话或多或少打动了他的心。山杏一直对他很好，平日生活中贴心地照顾他，可他白铁生不能昧自己的良心啊，他明明喜欢的是柳花，怎能和山杏在一起？如果那样，他会一辈子良心不安的。

“山杏，你对我好我知道，就像那个老羊疼羊羔那般。可你跟了我，怕过不上好日子，你是个好女人，一定会找到一个比我更好的男人。”铁生不敢看山杏，他转过身，掏出一根烟，慢慢抽了起来。

“我就不！在这个世界上你就是那个最好的男人。我啥也不用你做，我天天伺候你吃穿，给你生儿育女，一辈子和你在一起。”山杏拽着铁生的胳膊，用一种哀求的目光看着他，一对大眼睛闪着几分忧郁的光。

“那样我会一辈子不安的。”铁生转过头难受地说。

“为啥不安？就因为柳花，那个狐狸精！我哪点不如她？她不就是比我多念了几天书么？有啥了不起的？”山杏垂下好看的睫毛，眼泪像断了线的珠子，扑簌簌滚过脸颊。

“你不能那样说她！”铁生扔掉烟头，暴跳如雷地喊道，脸可怕地扭成了一团。

“我就说，那个不要脸的女人！”山杏一边哭，一边喋喋不休地说。

“你给我闭嘴！”白铁生自己都不知道，他的拳头已经落在了半空中。

一滴很大的泪珠沿着白山杏的脸颊流了下来。

“你打呀，打呀！谁不打谁就是王八生的。你的良心被那野鸦鹊掏了！”白山杏不甘示弱地说。

“你……你走！我不想见到你。”白铁生红着脸。

山杏把眼泪一抹，袖子一甩，大摇大摆地走了。

“谁能知道我心里的疼痛？是老天爷么？是身边的庄稼么？还是头顶的阳婆？连最爱的人都不知道！”她整个人就像失重一样。当感觉铁生再也看不到她的时候，她坐在一块糜子地里，伤心地哭了起来。

她泪痕满满地坐着，也不说话。无论怎样，她都不恨铁生，不要说打骂他了，就是亲爱的人把她打一顿，她还会那样爱他，关心他。

她现在有点恨自己了，如果她能考上大学，像柳花那样是个有文化有修养的人，铁生就会爱上她。不知过了多久，她才缓慢地站起来。她没有心思整理衣服，她来到喜鹊河边，圪蹴下，双手撩起清凉的水洗了一把脸。潺潺的河水不会因为人们的情感变化而改变它固有的模式，它随着河槽注入了黄河。

白山杏圪蹴在河畔上想了很久。她没有多么崇高的理想，她就是一个农村青年，她所希望的生活就是嫁给铁生，在农村生活，营务庄稼，伺候她母亲和她男人，然后生个娃娃，过上相夫教子的生活。但是这条路到目前为止是不可能实现的，铁生已经爱上了柳花，她不得不重新审视未来的路。她离开村子到省城，说不定亲爱的铁生因为长久见不到她会想念她，然后跑来找她。

天色渐渐暗了下来，放羊汉白世荣老汉已经赶着羊群蹚过了喜鹊河，朝村头走来。出山的庄稼人扛着农具也陆陆续续回了村。结成蘑菇云状的黑云点缀在天际边，喜鹊河对岸的山峦丛中，太阳顽皮地动了一下，渐渐隐退了光芒。朦胧中，一轮乳白色的月亮挂在了骆驼山上。

第三天，白山杏在村公路上挡了一辆去火车站的顺路车，当天中午，坐上了去省城的火车。一路上，她想了很多，她要忘记过去，开始新的生活。

现在，她已经和高双喜见面了。她已经很长时间没有见双喜了，双喜的变化还是比较大，尤其烫的那个卷发很扎眼。山杏笑着说，你这个头发，像卷毛的山羊一般。

刚到省城那几天，双喜带着她到省城转了转，然后带着她去了称之为“贫民窟”的住处，认识了一些和他一块卖唱的朋友。贫民窟里面住满了社会底层形形色色的人，有环卫工人、农民工、建筑工人、流浪汉……这些人都是这个城市的低收入者，但是他们照样发挥着自己的光和热，照亮这个城市的每个角落。

贫穷是最好的沟通语言，白山杏也是穷人家的孩子，因此很快就与这帮人打成了一片。

“准备来省城干啥?”

“我也不知道。我有胳膊有腿，不行就打工，到饭店端盘子也行。”

“不如和我一块到街头卖唱吧!”

白山杏摇摇头。

“你不愿意?”

“不是，我是怕唱不好。”

“肯定没问题的，像我这样习惯就好了，你唱我伴奏，怎么样?”

“如果唱砸了，怎么办?”

“山杏姑娘，你没问题的。你没来之前，就听双喜说，你唱歌很厉害，你们在高中的时候还经常拿奖呢，这位兄弟天天念叨你啊。”双喜的一个朋友说。

“是啊，你能来我们高兴，我们这个大家庭需要你，你不要再推辞了。”双喜说。

众人你一言，我一语，轮番劝说山杏留下来，和他们在一起。最后，山杏被众人高涨的热情感动了，她决定留下来。

两天后，白山杏和高双喜一块出现在了地下通道口。开始那几天，山杏没有唱，只是双喜一个人唱。半个月后，山杏渐渐熟悉了环境，开始唱歌了。山杏的加入，给这个流浪歌手团队带来了活力，大家每天有数不尽的快乐。那些每天来听歌的都市人都认为，这是一对情侣或者是两口子。有一次，他们合唱一首歌，唱到动情处时，观众

跟着起哄，喊着“在一起，在一起”。甚至，有个光着膀子的胖子喊道“亲一口”，搞得双喜和山杏不知道怎么办，只能继续唱歌来消除这种尴尬的气氛……渐渐地，山杏融入了另外一种生活，开始喜欢穿一些时髦个性的衣服，也会打扮自己了，而不像她在神树墕村的时候，完全一副农村妇女形象。

二　苦妞的婚事

黄土高原上的秋天是忙碌的。农人忙着收割庄稼，匆匆地走在田里、山上、沟岔、圪梁梁、地畔上，像漫步在一轴山水画里，处处演绎着劳动之美。高原上那厚厚的黄土，古老而深远，连绵起伏的山脉，苍老而厚重，仿佛一位久经风霜的老人，苍老而光秃的额头上，留下了岁月无情的印记。这个时候早晚温差大，温度也是泾渭分明，很像生活在这片北方原野上的人们的性格：豪爽、果断，不缠缠绵绵，不拖泥带水，说干就干，说走就走。

神树墕的山、水、树清清朗朗。太阳将一缕阳光从大华山柔和地打下来，洒在喜鹊河水面上，乳白色的水蒸气已从河面上升腾起来。河面抖了一下，泛起朵朵涟漪，犹如镶在黄金上颗颗璀璨的钻石般流离迷幻，催人遐想。河边的柳树，摇曳着婀娜身躯，如亭亭玉立的少女在抚弄秀发，在萧瑟的秋风中婆娑起舞，有一种楚楚动人的风韵。

就在这忙碌而动人的画卷中，白世荣老汉的傻女子苦妞要结婚了，将要迎娶她的是一位老实憨厚的庄稼人栓虎。栓虎是个瘸子，今年三十五岁，走起路来一拐一拐的，长得奇丑无比，村里很多人笑话他的长相，可以和庙里那些龇牙咧嘴的塑像相提并论了，这话固然有嘲讽的意味，但栓虎的长相确实上不了台面。

栓虎的父亲去世得早，现在家里只剩年迈的母亲了。栓虎以前娶过一个婆姨，还给他生了一个女子，女子生下六个月便夭折了，那个婆姨心灰意冷，跟着村里的一个男人跑了，以后便没有了音信。

栓虎家三代单传，都是清一色的男娃，轮到他这一辈眼看香火就要断了。栓虎活着唯一的一个愿望就是养一个小子，保住他们家的香火，不然他死了，也无颜面对死去的父亲。

栓虎是个砖瓦匠，一年前跟着一个工程队干活，农闲的时候，他出来打工，农忙的时候，他就回村里营务庄稼。

任何事情，看似不经意，其实是偶然之中带着必然。苦妞能碰见栓虎是冥冥之中注定的缘分。今年，栓虎所在的工程队承揽了盘龙镇所有的沼气池建设工程。栓虎天天跟着工程队跑，他们首站来到了神树墕村，就这样，瘸腿子栓虎和傻女子苦妞碰面了。那时候工程队给放羊汉白志栓家建沼气池，苦妞对这位又穷又瘸的男人特别有好感，每次吃饭的时候，她主动把饭菜端到栓虎面前，在锅里尽捞稠的、有油水的饭给栓虎吃。等栓虎吃完饭后，她跑到她大她妈住的那孔窑里，翻箱倒柜把他大都舍不得抽的好烟偷偷拿出来，招待她心中的“白马王子”。苦妞从来不遮掩对栓虎的爱意，干活的时候，主动凑到栓虎跟前，用一双含情脉脉的眼睛看着他干活，给他帮忙。有一次，她发现栓虎的衣服都几个月没有洗了，她就提出来要给洗，栓虎不好意思，她强硬着从栓虎身上把衣服扒了下来。

栓虎的出现给苦妞平静的生活点燃了一盏明灯。自从那件事以后，苦妞变得沉默寡言，意志消沉了很多。现在，苦妞情绪变得越来越高，以前脸上常出现的笑容又有了。苦妞变回以前那样，最高兴的是白世荣老汉两口子，他们欣喜地发现女子已经从那件事情中走出来了。白世荣老汉眨巴着眼睛，吸着鼻子，瞧着女儿和栓虎恩恩爱爱，

丰富的人生经历使他预感到女子已经对那个瘸腿砖瓦匠产生了感情。说心里话，他看不上这个长相怪异的瘸腿子，但女子已经摆出一副和人家过日子的架势了。俗话说，宁拆十座庙，不毁一桩婚。苦妞自身条件不好，年龄也越来越大，他总不能养她一辈子，让女子给他养老送终吧，那样他死了也不会瞑目的。栓虎长得丑，腿又瘸，但总能给苦妞一个安稳的家，只要他真心实意对待他们家苦妞，这门亲事他是同意的。

每天，白世荣老汉拄着拐棍，嗓子眼里传出稀奇古怪的哼哼声，然后，拿出随身携带的瓶罐罐，"呸"地一声将唾沫吐到里面。他来到院子外，坐在院门外那口石碾上晒太阳，心里早已经为女子谋划好了未来。过了一会儿，他眯着眼睛看着破旧的石碾子，依稀听到石磨的滚动和"簌簌"的碾轧与摩擦的声音，每一声都充满了稻谷飘香的味道，充满了汗水的气味。那时候，他还是生产小队的队长，在饲养院里，他带领着社员围着石磨磨稻谷……那是他人生中最浓墨重彩的一笔，每当看到当时从饲养院搬到他家门外的这口石碾子，他就想起了他当年的辉煌和荣耀。

施工队干完活，准备要走的时候，白世荣老汉以一位长者的身份开口询问这个准女婿的意见。

"苦妞虽然有点傻里傻气，说话不利索，但她心里跟明镜似的，啥都清楚，心眼好，人又善良。你也是个苦命的人，我看你们不如走在一起，过日子算了。"白世荣老汉一字一顿地说。

栓虎知道白世荣老汉的意思，他也是经历过岁月风沙的人，知道苦妞对他有意思。其实，这段时间他被苦妞的善良和真情打动了。人活一辈子，不就是那么一回事。在来到神树塬村后不久，他就在村口"闲话中心"听到了苦妞被侮辱的事情。他并不嫌弃苦妞是个被糟蹋过的女人，他觉得苦妞是天底下最善良的人，也是个不幸的人，和他属于同一类人，他们的情感世界是相通的，他们彼此知道对方的情感盲区在哪里，他愿意好好照顾苦妞。

“大叔，不说哩，只要苦妞愿意，我没啥说的。”当栓虎说出这句话的时候，厉害人白世荣老汉已经在心里流了泪，只不过刚强的性格使他强忍着眼泪，没有从那干红的眼睛里挤出。长期以来，苦妞的终身大事一直是他的一块心病，夜夜搅得他难以入眠，他甚至做了最坏的打算，大不了，他把这个傻女子养一辈子，尤其是苦妞被侮辱后，他的这个想法更加坚定了。他再也不想着操办苦妞的婚事了，直到栓虎的出现，给他早已经熄灭的星火重新燃起了光点。此刻，一股滚烫的情绪，莫名其妙地抓住了他的心，他脸上泛着光朝女婿用力地点了点头。

事后，两家人又请了介绍人胡根根。村里人娶亲或者埋人，总要请胡根根当总管，组织办事，同时讲几句有分量又得体的话。这么多年来，胡根根的存在对全村人的生活，起着一种平安、调节、和谐的作用。有时，村里的人为一些鸡鸭猫狗的事闹矛盾，挂在他们嘴边最多的一句话就是“走，找根根去，让他评评理”。他不是一家人的根根，是全村人的根根。

在胡根根的撮合下，两家人决定不举行订婚仪式，直接结婚，但婚礼要办得红红火火，热热闹闹，震天响地。结婚前，白世荣老汉已经托人打问了栓虎家的门户，看有无遗传病史，家人有无娼、盗、赌等恶习，看生辰八字，是否犯月、相克。迎娶前，栓虎拿来了一份彩礼，八千八百元。新中国成立前的茂林县，彩礼往往是几十至一百银圆不等，但必须是双数，大小土布各两个，四个斗，亦称四色斗，就是黄米、白面、绿豆、红枣各一斗。

栓虎还让介绍人胡根根给白世荣老汉送来一只整羊、八十个花馍、两瓶酒。白世荣老汉则回送一件羊前胛、二十个花馍、一瓶酒，这叫“合婚”，不属彩礼范围。

以前茂林县迎娶时，男方具白面大卷十二个，猪头或羊胛一件，送女家称“催妆”。鼓乐开道，朱红大轿一乘相随，娶亲两男一女紧跟，一路遇树、石、街头即贴方寸红纸“喜帖”，并不时燃放爆竹以示喜庆。新中国成立后，婚娶中的迷信色彩已近绝迹，婚事程序也日渐简化，但有些程序还不能简。

临近中午时分，三辆小车、一辆三轮车组成的迎亲队伍到了神树墕村村口，吹手们纷纷跳下车开始了吹吹打打的营生，炮声把村口那棵百年神树的叶子震下一地。这时候，唢呐的声音往往是最嘹亮的，“七寸唢呐拿在手，五音六律里边有，婚丧嫁娶没有它，闷声闷气蛮难受”，笙、笛子、二胡、鼓发出的声响告诉娘家，迎亲的队伍来了。志平、志栓两兄弟和白家族里的一些长辈，早已经站在门口等待。村支书白志平自从搬走以后，隔三岔五地回村走一趟，这回给自己的妹妹办喜事，他还是回村帮忙了。我们的铁生、宝生两兄弟正在院子里忙着端茶倒水。迎亲队伍一上门，志平和志栓代表娘家人热情地迎上来，把迎亲的人全部迎回家。志栓家烂院子门口早已经准备好摆满烟酒和菜食的桌案。在进院子之前，管事人胡根根要向迎亲队伍的领头人敬三杯酒，凡今天来迎亲的人，都要喝上一杯，不会喝的也要端起来，以示礼貌。院子的另一边，两天前就搭起了一座帐篷，用来做饭、吃席。大厨们正在锅灶上煎炸蒸煮炒，粉汤、油糕、麻花、豆面……款待迎亲的人。按照习俗，女方的嫂嫂要给迎亲队伍里的婆姨敬酒，此刻苦妞的嫂子赵兰萍正在厨房上忙乎，胡根根喊了一声，赵兰萍走了过来，将沾满油的手在围裙上擦了一把，端起酒杯给迎亲队伍中几个婆姨分别敬了酒。喝完酒，吹手们来到帐篷下面开始吃喝，喝完后，就开始吹打。院子的一角，整齐地放着娘家人陪的嫁妆：一台冰箱、一台洗衣机和一些被褥。

在铁生住的那间小窑洞里，栓虎的一位婶婶正在给苦妞梳洗打扮，伺候她穿衣裳。这些衣裳都是从栓虎家带来的。穿衣之前，这位婶婶要把硬衣馍馍放在新娘苦妞的腿上，再在硬衣馍馍下面压上钱（硬衣钱）。如果男方不给这个钱，新娘就可以不穿新娘衣，这是当地婚礼中很有趣的一种风俗。接下来，还有一种风俗叫“抽底”。女方家为了酬谢迎亲队伍中的婆姨们，由女方家父亲准备现金，放在一个盘子里，用馒头压住（男方家来几位女士，就要准备几份抽底钱）。吃最后一顿饭的时候，由管事人拿出来，让这些婆姨们抽，抽中后，按规矩，要将馍馍和钱都带上。与此同时，还要进行“攒被褥”。新娘新郎家各选出一位女宾，把男方带来的和女方陪嫁的被褥，用针线缝合在一起。这样做一是为了返回途中牢靠；二是有小两口心连着心，白头偕老之意。

吃好喝好后，迎亲队伍在出发前，还要走一道程序叫“压箱钱”，这个是双方家长在结婚前协商好的。先由女方家长给盆里放钱，男方的主事人根据女方父亲压的多少，要在这个基础上翻一番，如果女方压一百元，那么男方主事人就要压二百元，依此类推。等双方把钱压完，由女方家的管事人把钱收起来，当面点清，全数交给新娘。

在新娘临出发前，男方的婶婶要帮她梳头，这也是在娘家的最后一次梳头。苦妞经过精心的打扮，今天看起来很漂亮。赵兰萍将红盖头给苦妞盖上，盖头盖好之后，赵兰萍和来迎亲的婆姨女子们一起陪同苦妞走出家门。出门后，迎亲的两位女宾，给白世荣老汉、志平、志栓和一些长辈们敬了老酒，以表对亲家的感谢。在新娘家所有的仪

式完成后，鸣炮三响，乐手开始奏乐，迎亲队伍打道回府。

今天村里的大人娃娃把志栓家的破烂院子围了个水泄不通，有的站在脑畔上，有的站在窑外面。就在栓虎进入大门的时候，无论大人还是娃娃都跑过来，问他要糖，要了一把，还不甘心，继续红着脸要，他们都要沾沾喜气，希望自家的日子过得红红火火。

直到神树墕村逐渐消失在崇山峻岭后，乐手们才停止了吹打，上了车。白世荣老两口迈着缓慢的脚步，来到圪塄畔上，踮着脚眺望迎亲队伍。养了三十几年的女子，从今以后就是人家的人了。老两口流下了老泪，眼泪里既有高兴也有难过。白世荣老汉把拐杖在地上猛戳了一下，责怪道："没出息，只会和尚儿子跳脑畔，影响老子的心情。"

一个小时后，迎亲队伍到了栓虎所在的村子。下车后，栓虎拿梳子在苦妞的头上梳来梳去，挽成了髻簪。然后，两人跪拜"天地"。用木头搭一个简易的架子，放上新人的枕头和被褥，主持人念到哪个亲戚朋友的名字，新郎新娘就要跪下磕三次头。这项仪式完了以后，就送入"新房"。新房的布局是有讲究的，新人所坐的对面墙上，要贴"喜神在此"的红纸条，嫁妆、被褥等都在里面放着。晚间新房内点长明灯，三天不许吹灭。这时候，新郎的朋友已经在洞房里面将门窗反锁，新郎新娘必须答应里面人的要求，才能入洞房。这里面往往带着戏耍的色彩。

约莫黄昏临近的时候，就是婚礼中最热闹的"闹洞房"。在黄土高原上，新人在新婚之夜必须要闹洞房。闹洞房，民间也称"闹新房""闹房""遭房"。

这里还流传着一个典故。相传天上紫微星下凡人间，看到一队吹吹打打的迎亲队伍后面跟了一个厉鬼，紫微星一看这家伙必定要干坏事，就紧随其后。到了晚上，紫微星变做凡人来到新房之中，组织亲戚朋友给新人闹洞房，大伙热热闹闹一直闹到天亮鸡叫，厉鬼一直没有下手的机会，被迫离开。所以后人流传了闹洞房的说法，一方面可以驱鬼避邪，另一方面是对新人的祝福。就这样这个风俗一直流传到了现在。有些爱耍笑的亲戚朋友和调皮鬼娃娃们总要和新婚夫妻逗逗乐，开开心。俗语有“洞房窑里没老小”。以前有些捣蛋鬼娃娃们用破布、烂草、旧棉花等包上些辣椒面用火点燃后放入新房的烟囱、窗口、门洞内将烟吹入洞房，以“呛”惩罚新人，俗称“熏房”。有时呛得新婚夫妻打开窗户驱烟但仍无法入睡，在这种情况下也不能走出洞房。迷信认为新婚之夜门外有各种鬼魂讨要祭食，新人出洞房不吉利。有时候新郎新娘被呛得头昏胸闷，眼泪滚滚，哭不能、笑不成，在确实没有办法的情况下不得不开门跑到院外，把这帮调皮鬼追走赶跑，但不能动手动脚。还有就是闹房者在洞房内动手动脚强行让新郎新娘做些又荤又酸的游戏，如“海底捞鱼”（让新郎新娘倒跪在地上，各伸一只手通过底部相连而共行），“按电铃”（让新郎手指压住新娘的乳头，并且新娘在口中还要发出“当啷啷、当啷啷”的“电铃”响声），“鸳鸯并飞”（把新郎的左腿和新娘的右腿绑住，新郎的左手和新娘的右手相互抱在脖子，然后按节奏并走共行），“点烟”（取一支事先准备好，并在烟杆上用针扎些小孔的香烟，让新娘噙在中间，新郎噙在另一头，同时用火点燃另一头，这样噙得近了会靠新娘的脸，稍远一点又怕烧上新娘的脸，加之烟杆漏气，根本点不着。二人相互躲躲闪闪，有时碰在一起，惹得大伙笑声不绝）。还有“长蛇过道”“套兔子”“火车倒挂勾”“空中噙果”“找糜子”“蛇过道”“开汽车”“蛇盘兔”“顶脸盆”“夫妻识字”“偷地雷”“夹筷子”“吹灯”“心心相印”“顺手牵羊”等。如果新郎新娘羞涩不愿表演，就给闹房者发香烟，撒糖果，苦苦求饶。但这时候闹洞房者往往是“坚

持原则”不愿接收这些“礼物”，强迫他们非做这些动作不可，有时他们会用筷子、竹条打新郎新娘，使之必须完成。整个过程新郎新娘总要笑脸相待，热情大方，不能恼怒，更不能发脾气，否则会使亲朋丢脸，自己也会丧失威信。

闹完洞房，所有的闹洞房者要合资给新郎、新娘赏些钱，俗称“闹房钱”。如果没有人闹房，主家会让家中的小孩把花花绿绿的洞房窗户纸有意撕破扯烂，象征闹房。俗谚有“闹房，闹房，后代兴旺”，闹完洞房夫妻才能入睡。深夜更有好事者蹲在新房外偷听新郎新娘的一言一行，俗称“听房”。听房者多为村上好事的年轻人，他们将听到的隐私添盐加醋地传遍全村，逗趣取乐。

今天，由于栓虎以前娶过婆姨，加上孑身一人，亲戚少，只是他那些工程队上的朋友象征性地耍了一下，算是闹了一回洞房。

就在神树墕全村人都沉浸在一片喜庆的氛围中时，在村头居住的来顺老汉一天没有踏出房门。从那件事以后，每当这个老绝户出现在村里的时候，婆姨女子看见他远远就躲开了。更有人在背后指着他的脊梁骨骂他，说他是个老不正经，老不要脸。就连一向对他很好的村主任胡根根现在也很少来给他帮忙了，只是有时候在路上碰到打个招呼了事。就这样，来顺老汉在一片羞愧中，身子渐渐一天不如一天，他病倒了。今天，当迎亲队伍路过他家的时候，他的心脏都快跳出来了。他羞愧地蜷缩在炕上，流着泪……

三　井口相会

“铁生，铁生，过来，过来抽根烟。着啥急么?”

“这茬炮放完，得一会儿。”

铁生将手里的铁锹一撂，疼痛顺着胳膊传遍了全身，他一屁股坐在煤堆上，环视了一圈这个伸手不见五指的地方。一个约莫四十岁的男子给他递来一根烟，他看都没看，就随意地塞在嘴里抽了起来。

他把矿灯从头上摘下来，在四周绕来绕去。这个地方除了他们十来个受苦的，就剩下黑漆漆的煤了。他简直恨透这个地方了，这和地狱没有什么区别，简直叫天天不应，叫地地不灵。

今天一过，他已经在这个脏乱不堪的地方整整干了三个月了。三个月前，他背上铺盖和行李来到这个黑口子。他所在的这个黑口子是榆树湾村八个黑口子中的一个，也是最大的一个。黑口子就是榆树湾村几个有钱人合伙开的非法小煤窑。近几年，榆树湾村的黑口子越开越多，从最初的一个到现在的八个。每天，黑口子要生产的时候，矿主们就派人出去站岗放哨，各个山头上派一个人。如果有县矿管局和镇煤管所的人来检查，放哨的人就第一时间通过身上的对讲机把情况告诉矿主。这时候，矿主就赶紧让人开着铲车将黑口子掩埋起来，所有的人全部撤离黑口子躲藏起来，神不知鬼不觉。检查人员每次都是无功而返。其实，并不是检查人员看不出问题，背后巨大的利益输送关系使他们往往睁一只眼闭一只眼，甚至，检查人员都或多或少在黑口子里面参股。等检查人员走了以后，很快一切又恢复了正常，继续组织生产。一趟趟拉煤车将煤拉出，集中倒在一个地方，然后低价卖给南来北往的顾客。

现在，白铁生和他姐夫两个人在黑口子上干活，他姐夫开着“三改四”拉煤，他和其他四个人负责装煤。

可以说，白铁生干活的这个黑口子没有任何的安全防护措施。四周每隔一段距离就有一个安全煤柱，这里几乎不支护，只是在冒顶严重的地方，才用一些木桩子将那些眼看要塌下来的煤顶住。仅有的一

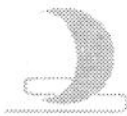

个防护措施就是他头上的这顶安全帽。这里面通风很不好，放完炮以后，煤尘和烟尘呛得人连眼睛都睁不开。唯一让他留在这儿的理由就是收入高，他干了三个月，已经挣了两万多块钱了。

不过，尽管条件这么恶劣，对第一次从事这个行业的白铁生来讲，他并没有感觉到恐惧和害怕，他受不了的是繁重的体力劳动。虽然，他以前在村里干过农活，但这里的劳动强度要比种地大很多。刚来的时候，他没干了几天，全身就像散了架，躺在床上就再也不想起来，尤其是两只胳膊，疼得都不敢轻易动弹。即使再疼再累，每天他还是会准时准点地出现在这个脏乱不堪的黑口子里。他要努力赚钱，体面地盖一套大气的现浇房，这是他一直以来的梦想，也是他目前最希望解决的一个问题。他一定要实现这个愿望，当他想起这些的时候，他就把眼泪一抹，扛着锹，忍着疼痛继续干活。

“去球的，你是不是想媳妇了？”

“肯定想么，刚过门就来了。”

“唉！你媳妇长啥样子？”

“不好看，嘴大，屁股大。”

“哎呀，那床上功夫肯定了得。”

“你咋知道？”

“哥啥不知道。不信，今晚哥带你去外面找个嘴大的妹子，你试试不就知道了。”

“我不敢，媳妇知道喽，还不收拾我。”

“看你那个样子。”

和铁生在一搭里干活的这些人，休息拉话的时候，谈论的话题往往离不开女人和性，这对从教师岗位上退下来的白铁生来讲，很难适应，加上那群人脏话连篇，使他对他们没有一点好感。后来经过相处、沟通和了解，他也逐渐习惯了，甚至自己有时候也会冒出几句骂人的脏话。

刚才拉话的两个人，一个是给他递烟的刘满柱，另外一个是刘满柱同村的老乡愣娃。刘满柱和愣娃来自关中农村，是这个黑口子的炮工。这两年，茂林县快速发展的经济吸引了全国各地的打工者，包括刘满柱和愣娃两个人。两年前，刘满柱来到茂林县打工，穿梭在茂林县各个小煤窑里。今年他带着老乡愣娃来到了榆树湾村，希望在这个地方多挣一点钱。

“不管嘴大还是屁股大，能用就好。”白铁生也加入了进来。

“你个锤子，这还像句人话么。”愣娃说。

“哈哈……”刘满柱止不住大笑起来。这时候，黑窑口传来一阵车响声，是铁生的姐夫开车进窑装煤来了。

“干活喽!”铁生站起来，穿上衣服，戴好帽子，拿起铁锹，准备干活……

中午 12 点，下班的时间到了，铁生拖着严重透支的身体来到井口，每次看到这个井口，他就有一种莫名的厌烦感。这个不大的口子外面用木头搭了一个简易的棚子，在他看来，像极了他们家院子里的羊圈口，每天晚上他们家的羊都从这个圈口上进进出出。

这个地方太荒凉了，除了这个黑口子，就是不远处几个歪歪斜斜的彩钢房子，那是他们洗澡、休息和吃饭的地方。他姐夫已经开车回去了，刚才叫他一块去家里吃饭，他委婉地拒绝了。他不能再给姐姐和姐夫增添负累了。虽然姐姐和姐夫把他亲密地当作一家人，但是强烈的自尊心使他每次都要婉拒他们的好意。有时候，姐姐会带着两个毛蛋到这个地方给他送一些好吃的，每次他吃着总有一种想流泪的冲动。他在这种忙乱而紧张的工序中，已经感到麻木，唯一能引起他精

神振奋的就是关于柳花的消息，那是他长期以来情感的寄托。爱情有时候很奇怪，当他遇到不平等的待遇和看不惯的事情时，仍然相信世界上还有很多值得珍视的美好东西，比如爱情、亲情、友情……

铁生从昨天晚上的12点干到了今天中午的12点，现在，几乎连走路的力气都没有了，整整十二个小时都没有见太阳了。刚一出来，中午剧烈的阳光把他的眼睛刺得生疼。他要先去洗个澡，便踩着眼前的煤堆一脚深一脚浅地往洗澡的地方走去。

他踉踉跄跄地来到洗澡的地方。洗澡可以让他暂时忘记烦恼，忘记身上的疲乏和疼痛。他走进这个热气滚滚的烂房子里，洗澡的设备很简单，就是每人一只瓮，提早赶到的人已经脱个精光在里面洗了起来。在洗澡之前，他要先抽个烟，抽完烟后，他才去洗澡。刘满柱和愣娃两个人在瓮里像娃娃一样，嬉戏打闹。刘满柱笑着问愣娃："家伙涨了么？涨了么？涨了的话，我把供热水的刘姐叫进来，让她验一下你的家具。"

"哈哈……"众人在一片笑声中，高兴地洗着澡。

下午时分，他姐夫来到煤窑上找他，说有封信给他。铁生迫不及待地拆开，兴奋地看着信件。这封信是柳花从省城给他邮寄回来的，这是他收到亲爱人的第二十六封信了。虽然现在他们完全可以用电子信件，但是他们更愿意用这种浪漫的方式来诉说相思和爱恋。

一天，当他满身乌黑，拖着疲惫的身子走出那个黑口子的时候，眼前的一幕让他惊呆了。如果没看错的话，立在他三米开外的那个人，正是他日思夜想的柳花。柳花围着一条围巾，戴着一双棉手套，站在雪地里，正冲着他甜甜地笑。那笑容能使任何一个从这个黑口子里爬出来的矿工感到温暖和舒心。她站在茫茫原野的皑皑白雪中，与白雪、高山和土地融在了一起，俨然成了一个降落人间的美丽天使。

她浑身散发着一种奇特的力量，能使冰冻的河水瞬间融化，能使树枝上结出粉红色的桃花，能使春天再度回来。她真是无所不能……

白铁生用那只黑兮兮的大手揉了揉眼睛，确信眼前站着的人正是他日思夜想的柳花时，一股温热的情绪涌上了他的鼻腔，流向了全身。日日夜夜思念的人啊！在每个晴朗的早晨，在每个日落的黄昏，在每个收获的季节里，我是多么想看到你，倾听你的声音，细数那些过往的时光……眼泪就要往下掉了。不！我不能这样没出息，我应该大大方方地站在心爱的人面前，爱她，听她诉说心事。

两个人几乎是同时跑向对方，然后紧紧地抱住对方。那是一次很有默契的拥抱，一个长长的拥抱。

“你瘦了！”柳花的第一句话就戳中了他的心窝。

他再也不能阻挡潮水般涌来的眼泪，泪水沿着他脏黑的脸颊流下。

“真的没想到在这个地方能见到你，我没有一点心理准备。”铁生说。

“这不是更有意义吗？”柳花淘气地说。

“嗯，今天是个很特别的日子，我们都要记住今天这个日子。”铁生点点头说。

“如果有一天，我们的婚礼就在这铺满雪的原野上举行，那是多么浪漫的一件事。”柳花的眼睛像会说话一样，她看着铁生说。

白铁生心里一热，全身的血已经涌到脸上，他在柳花粉嫩的脸蛋上亲了一口。

铁生的好朋友刘满柱、愣娃和其他工友都围在他们的身后。他们没有想到跟他们天天在那个阴暗黑口子受苦的白铁生，竟然有个漂亮的大学生女朋友。人往往在第一次见面的主观印象里判断一个人的出

身和家庭背景，他们在羡慕的同时，很为铁生感到高兴。

洗完澡，铁生拉着柳花的手，在黑口子所在的山头漫无目的地散步。他们走过小丘陵，越过小山沟，有时候会停下来看看周围的景色。凛冽的寒风在空中呼啸着，放眼看去，寒冬中的黄土高原没有一点活色，但这些并没有影响这对恋人的心情。在他们的心中，无论多么萧条的植物，仿佛已在心中恢复了最美丽的一面，开花结果……

他们谈平时一些零零碎碎的事情。当走到一片积雪较厚的山地里的时候，白铁生提议，堆一个雪人。他们忍着刺骨的寒冷，一把把将雪堆在一起。他们堆着堆着竟打起了雪仗，雪球从他们的身上、头发上、脸上滚落，笑声、嬉戏声在原野上飘荡……

“嗯，给它戴个围巾。”铁生将围在脖子上的紫色围巾拿下来，披在他们堆好的雪人上。

“你看他像谁？”

“像你……”

“不对，像你。”

“像你……”

“真的像你……”

“既然我们都说像对方，那就彼此把它当作对方吧！”

“嗯……”

铁生将柳花揽入怀中，冬日的斜阳站在他们的身后。一会儿，他们牵着手向那个黑口子走去……

四 新婚危机

白宝生从记事起，就没有经历过任何精神上的暴风雨。他的物质生活总是充盈的，所以，造成了他遇到事情的时候往往需要经历一番痛苦的挣扎才能回到生活的正轨上来。他高三毕业以后，找到了一份让人羡慕的工作。可以说，怎样做好农村工作，是他人生中真正的一次大考，好在我们的宝生凭借良好的学习精神和谦虚的品质平稳地度过了这个坎。但人活一辈子，磨难和坎坷很多，物质上的缺乏我们比较容易解决，精神层面的危机往往是煎熬和漫长的。

白宝生精神上第一个真正的危机是他与新婚妻子感情上的危机。直到现在，他还没有接受刚过门不久的妻子，没有把新婚妻子当作是自己的婆姨那样疼爱和呵护。

在向喜欢的对象柳花表白无果后，宝生听从了家里的安排，迎娶了茂林县副县长的女儿。

他现在所有的烦恼正是从结婚那天开始的。与他姑姑苦妞的婚礼形成鲜明对比的是，他和这位副县长家千金的结婚仪式没有在生他养他的神树墕村举办，而是放在了茂林县豪华的酒店里。当由一辆悍马车、十辆宝马车组成的迎亲队伍开过茂林县宽阔的大街时，不论是到县上赶集的庄稼人，还是在县城上班的，或者是在这个县城打工的外地人，纷纷把羡慕、惊叹的目光投在了这个婚车队伍上。婚车上坐着的白宝生微胖的身体裹着一身高档的西服，华丽的外表掩饰不了他那颗失落的心。不让自己想什么，反而会想到什么。白宝生尽力控制着自己不去想柳花，但这天清早一起来，柳花的一颦一笑总会时不时在

他脑海闪现。加上这几天陪即将新婚的妻子逛街、购物，这一段时间，他真是身心疲惫。在漫无边际地想了一会儿，没有理出任何头绪后，他在婚车上睡着了……

结婚这天，神树墕村的村支书志平表现得最积极、最活跃，好像是他要结婚似的，满脸的笑容一直挂在他那黝黑的脸上。当小子同意这门亲事后，志平高兴得好几天睡不着觉。当他搭上副县长这艘大船的时候，他就知道以后什么事情都简单容易多了。他在潜意识中深信，他们白家将要迎来一个崭新的辉煌期，他在神树墕村的位置将会更加稳固。有可能他会离开那个穷地方，上级组织把他调到镇里或者县里，让他也在那宽敞明亮的大楼里，舒服地坐几天办公室。那时候，他将永远脱离那块贫瘠的土地，不再与土地有任何牵连。

志平在小子宝生的婚礼上，几乎没花什么钱。他那位豪爽大方的副县长老丈人给女儿的嫁妆是县城黄金地段上的一套房、一辆宝马车和二百万现金。他白志平愁什么？需要花什么？操办什么？前来参加这场奢华婚礼的有三千多人，这里面，几乎包括了茂林县各界的政要和名流，单单是礼金就让他志平一辈子都花不完。

可是宝生却对这些东西没有一点兴趣。洞房花烛，千金良宵，那天夜里，他没有碰自己的新婚妻子，只是一个劲地抽烟，一根接着一根。在无尽的黑夜里，在漫漫的思念中，他想起了自己在高中时候，与柳花的点点滴滴，在村里驻村的那些日子……

接下来的一段时间，为了转移注意力，他把所有的精力都用在了工作上。他又回到了神树墕村，因为只有在那里，他才能找到属于自己的快乐，他才觉得自己是一个完整的人。只有把所有的精力都用在工作上时，他的精神世界才能得到欢愉。可眼下工作上他也不能称心如意。毫无疑问，一个很现实的问题摆在了他的眼前，虽然随着新农村建设步伐的推进，现在农村的条件越来越好，环境有了极大的改善，但农民却不想在农村待，越来越多的庄稼人把家安到了县城。他们不想在那块贫瘠的土地上折腾，他们跑到县城打工赚钱，照这样发展下去，农村就要面临没人居住的尴尬境地，那建设新农村还有什么意义？最根本的原因是农民收入低，在地里辛苦一年不如打工收入多，如果遇到一个天灾荒年，那更是苦不堪言。所以如何在农村这片土地上，带领农民发展农村经济，提高农民的收入才是解决问题的关键。那样一来，外出打工和在农村的收入相当，谁还愿意离开生养他们的地方？当白宝生把自己的担心和忧虑告诉了村主任胡根根时，胡根根和他有着同样的看法。胡根根对他说，他现在甚至都有想出去打工的念头，实在是因为他还是榆树湾村小学的校长，吃公家的饭，不然，他也会去打工。紧接着，这两位领导人又商量起怎样才能带领农民致富，他们思考靠传统的农业显然是不现实的。神树塬村和茂林县大部分村子一样，耕地都属于山地，自然条件恶劣，浇不上水，一年的收成很有限，唯一有效的办法就是发展特色经济，吸引一部分企业在村里投资。

工作的日子，白宝生不愿意回那个远在县城的家，他一般住在镇政府的集体宿舍里。他把新婚的妻子冷冰冰地丢在那个偌大的、装潢奢侈的房里，不知道以怎样的心情去面对新婚妻子。这天，白宝生在父亲的百般逼迫下，准备回一趟家。

房门被轻轻推开，一股冷空气扑面而来。房间里没有开灯，整个大厅都是漆黑黑的一片。他换上拖鞋，来到卧室。微弱的灯光下，妻子正独自一个人坐在床边。他看不清妻子脸部的表情，只能看见她大概的身形轮廓。显然，妻子已经知道丈夫回来了，但她并没有像往常那样起身微笑迎接丈夫，给丈夫拿拖鞋，挂衣服，嘘寒问暖。她一句

话也不说，只是沉默地坐着。

白宝生没有打算和妻子交流什么，准备到客厅沙发上将就睡一晚上，明天一大早就回盘龙镇。可正当他转身要走的时候，坐在床边的妻子开口说话了。

“你站住！”妻子冷冰冰地说，“你是不是根本就看不上我？”

“没有！”宝生不耐烦地说。

“我不管你的过去，既然我们已经结婚了，我们就应该相扶到老地过下去，我会做一个好妻子。”

体贴的妻子含着泪问他原因的时候，他那颗冰冷的心开始一点一滴地融化。妻子已经抽抽搭搭地哭开了，声音越来越大。白宝生走过来，把大灯打开，一点点地看清了妻子的脸，妻子已经哭成一个泪人了。一股懊悔的情绪从心底升起……即使他不喜欢她，也不应该那样对她，让她一个人独守空房，度日如年。归根结底，原因都出在他身上，他不能把自己的痛苦强加到妻子身上，她是无辜的，况且妻子那样爱他。这个比他大三岁的女人从见他的第一面起，就给他无微不至的关心，把全部的感情和心血都投在了他的身上。她会在同事和朋友面前撒谎称，她的老公是怎么怎么对她好，怎么怎么体贴她，她找到了天底下最好的一个老公。然后她怀着这份激动之情回到家里，给老公做好饭，然后坐下等老公回来一起吃饭，可结果等来的是老公各式各样不回家的理由。这个痴情的女人连收拾碗筷的心情也没有了，一个人躺在床上伤心地流着泪。但她仍然相信老公会回来的。这样的日子一直持续了三个月，丈夫只是偶尔白天回来转一圈就走了，或者是晚上喝醉酒以后，回来倒头就睡了。

这样的日子是正常的夫妻生活么？

她扑进丈夫的怀里，声音嘶哑地喊道：“宝生，你能陪在我身边吗？我们好好过日子好不好？”

白宝生两只手机械地悬在空中，不知道怎么办，是抱住妻子还是就那样一直悬着？这时候，妻子又说话了。

“我是一个正常的女人，你想过我的感受吗？我是你的妻子，不是空气，你能为我想一想么？”

说完后，妻子抬起头，修长的睫毛上挂满了泪珠，他心动了。是啊，他不应那样对待妻子，那样谁也会崩溃的。

他一把抱住妻子，然后说：“对不起，是我的错，我不应该那样对你。”

妻子仿佛瞬间变了一个表情，她笑了笑，一个浅浅的酒窝浮在脸上：“嗯，我们一起经营好我们这个家。”

白宝生抱起妻子，将她轻轻地放在床上，慢慢脱掉衣服……两片火热的嘴唇开始缠绵……

五　圪梁梁组合

悄无声息中，时间正式进入2008年，黄土高原上的又一个春天来了。最先让神树塄村人们感受到春意的是春天的风。春天的风很大，呼呼地刮过山岗、沟岔、圪梁……就像生活在这里的人们粗犷、直爽却又纯朴的性格一样。时令一到农历三月，神树塄村千树万树的桃花一夜之间全部绽开了。不到几天，桃花、杏花燃遍了山坡。山村阡陌上，各种山花遍布田野。柳树绿满山坡，南归的燕子触着农家屋顶在寻找自己新的巢穴。农家院子里，鸡走出窝棚在草地上觅食。万事万物都动了起来，真正的陕北之春来了。

农村春天的花红柳绿现在只能存在于高双喜的记忆中，在他的童

年里，这些景色是司空见惯的。在外地的这几年，他只能通过城市气候的变化和身上衣服的增减来感知四季的变化。他很想念黄土高原上的春天，想念那里的人们，想念他的好朋友白铁生。他得知宝生已经结了婚，铁生到了他们村的一个黑口子上挖煤。他从学校毕业以后，就离开了父亲所在的那座城市，来到了省城，和山杏一起卖唱。原本父亲想让他在其所在的煤矿上班，当一名煤矿工人，但双喜不听从父亲的安排，和父亲大吵了一架，背着吉他，来到了省城。现在，他和父亲一直在冷战。父亲一直认为他是个不务正业的人，他要证明给父亲看，他一定要在音乐这条路上闯出个名堂，要像甲壳虫乐队那样成为国内以及世界上知名的歌手。虽然很难实现，但他不会放弃的。

高双喜和他的搭档白山杏这对民间艺术家现在已经成为省城一家著名酒吧的驻唱歌手了。在这样一个生活节奏快、物质消费高的大都市里，有一份稳定的收入和自己喜欢干的工作，比什么都重要。双喜和山杏都沉浸在喜爱的工作中，不能自拔。

他们两个人能到酒吧唱歌要感谢那位经常到地铁口听他们唱歌的小姑娘，这位热心的姑娘把他们唱歌的视频发到了网上，不到一个礼拜，点击观看量就突破了一万次。就这样，他们引起了很多酒吧、夜总会老板的注意。省城的这家酒吧找到了他们，邀请他们到酒吧唱歌。

起初，高双喜不愿意到酒吧唱歌。他已经迷上在街头卖唱了，虽然收入有限，但过得很充实、很愉快。每天如果不去弹唱一会儿，就感觉一天的生活缺了什么，怎么也兴奋不起来。更何况，每天有很多人欣赏他的才华，来听他唱歌，这是他每天风雨无阻卖唱的最强动力和原始初衷。但是山杏和他的想法不一样，山杏想到酒吧唱歌，那样他们就不用在外面风吹日晒了。她也不满足街头卖唱的收入，她想多挣钱，让母亲过得好一点，将来有可能，带母亲离开神树墕那个穷山圪塄，让母亲住在舒服的大城市里享福。最后，在山杏的强烈要求下，双喜听了山杏的话，和她到了这家酒吧唱歌。

每天傍晚，华灯初上，霓虹辉映，位于省城最中心的这家酒吧里，挤满了前来寻找浪漫和激情的男男女女，他们或是都市白领，或是企业老板，或是学生模样的人。在柔美音乐的陪衬下，他们拿着高脚杯，慢慢地抿着……

晚上 9 点以后，双喜和山杏就会出现在酒吧里。他们并不是来享受这种富有情调的小资生活的。他们在后台化好妆，换好衣服后，走上台，礼貌而又绅士地和在场的人点头示好。一切都像英伦电影里的片段。

酒吧一处的一个小舞台就是他们每晚唱歌的地方，双喜和山杏组成了一个组合叫“圪梁梁”。

双喜弹吉他伴奏，山杏演唱，有时候他们会合唱或者双喜自弹自唱。歌声响起的时候，掌声也随即响起，台下时不时有几声尖叫，现场气氛越来越热烈。

酒吧驻唱的生活并不像他们想象的那么容易，这里面有很多学问。不仅要求歌手唱得好，有好的台风，还要会营造氛围，会跟客人互动。双喜和山杏刚来的时候处处碰壁，但山杏是个心灵手巧的人，没过多久，她就适应了这种生活。放任惯了的双喜却很难适应在那种条条框框下表演，一度萌生了离开的想法，想回到地铁站口自由自在地卖唱，后来山杏给他慢慢开导，他才留了下来。

不过就在他们两个人在省城干得风风火火的时候，远在千里之外的神树墕村的“闲话中心”却传出了关于山杏的一些流言蜚语。

“那个疯女子，把高爱爱的人丢尽了。”

“咋了?”

“有人在省城看见山杏又是跳又是唱，打扮得像个鬼一样，那头发像那扫帚一样……”

“跟男人搂搂抱抱!”

“这还了得，以后哪个男人还敢要她?”

“没人要，就让老寡妇高爱爱把她养一辈子么。”

“你哪只眼睛看见我们山杏和人搂搂抱抱了？你嘴里积点德好吗?就不怕断子绝孙。”每当这些闲言从“闲话中心”传出来的时候，寡妇高爱爱就一顿臭骂把那些制造谣言的人骂散了。

这个厉害女人往往会把委屈和心酸吞到肚子里，她气冲冲地回到那个窑洞里，然后拿起电话质问女子事情的真假。这个没文化的农村妇女根本不知道实际情况，往往采取把女子骂一顿，让女子赶快回来的方式了事。女子走了以后，这个屋子一下子就安静下来了，平时连个拉话的人也没有了。有时候，这个女人想女子想得睡不着觉，半夜里爬起来，不停地流眼泪。她想到自己命不好，想起生活的艰辛，想起了死去的男人……自从男人走了以后，她一个人撑起了这个家。这些年，她都以一个女强人的形象在村里生活，她既是男人，又是女人，山杏是她在这个世界上最牵绊的人。曾经村里的那些小流氓跑到她家，跟她说一些酸言酸语，她就拿起地上的扫把，把这些不安好心的二流子赶出家门。久而久之，她在村里成了一个悍妇，一般情况下，男人都不敢轻易招惹她。以前，村里或者周围村子的人会时不时找她跳大神，帮忙祛病消灾，还有一笔可观的收入。现在都在搞新农村建设，少有人找她跳大神了。

高爱爱希望女子山杏赶紧回来，找一门人家嫁了，这样即便她死了，也放心了。

六 毕业了

2008年农历的五月份，对年满二十五岁的胡柳花来说，是她人生中最重要的一个月。这一月，学校给他们这届毕业生举办了毕业典礼，同学们一起合影、聚餐、游玩……有些人已经提前找到了工作。这个月她和同学们即将毕业离校，告别四年的大学生活。可以说，她把人生中最灿烂、最美好的四年献给了西北大学。有时候快乐和忧愁是一辆车上并行的两只轮子，总是伴随在我们的身边，左右着我们的思想和人生轨迹。回忆这四年，既有收获的喜悦，也有过学业上的失落，既有激动和兴奋，也有沮丧和烦恼。胡柳花已经从四年前那个乡野丫头变成了一个知识渊博、阳光自信的大学生了。从彷徨、青涩、无知到稳重淡然和优雅。大学是梦想者的天堂，是无梦者的温床。四年的大学生涯，她汲取了很多的阳光和雨露，这些都是她以后走向社会、适应社会必须要掌握的。大一的时候，她和高中一样，没有大的变化，还是带着农村女孩那种朴素和节俭。大二的时候，班里的同学陆陆续续开始打扮自己，谈恋爱，而她只是买些简单的化妆品打扮自己。大三的时候，班里越来越多的同学开始把自己打扮得时尚、漂亮，几个舍友和男朋友在外面租房子同居。有些同学在一次次的伤心和痛哭中，换了自己的男朋友，重新又找了新的男朋友。大四的时候，宿舍里的人越走越少，很多人跑出去兼职，锻炼自己，同时为毕业论文而烦恼，谈了几年的感情也面临着破裂。于是，同学们开始感慨，大学四年他们什么也没有学到，他们把父母给的钱挥霍一空。进入毕业季的每晚，他们曾抱着枕头痛哭，告诉自己即将要离开这个舒

服的地方，去迎接那未知的未来和挑战。但是我们的柳花并没有随波逐流，没有忘记自己的初衷和理想，没有忙着打扮自己谈恋爱。刚进入大学，她就为自己的四年罗列了一个完整的计划，每一步她都是按照计划走的，她每天过得简单而充实。这四年中，她去得最多的地方就是学校的图书馆，在那里，她学到了很多的知识。只有在那里，她才感觉到自己每天过得很充实。当同学们带着自己的男女朋友在学校操场或者花园里牵着手浪漫的时候，我们的柳花却一个人在宿舍对着明晃晃的台灯复习功课。四年中，她有过很多的追求者，有本班的，有外班的，有本系的，也有外系的，当然她都一一委婉地拒绝了。当她那颗少女之心对一个人产生感情的时候，她的爱情之花就永远不会凋零，她思念的铁生还等着她呢。她也不会用世俗的眼光去看待她的铁生，无论他是放羊汉还是矿工，正是因为他身上那种对生活不屈的精神吸引着她——当她把自己心仪的对象告诉舍友时，她的舍友很惊讶，问她怎么会爱上一个没文化的家乡人？她心里清楚，他们不了解铁生，不知他的好。她永远不会因为对方身份的转变或者社会地位的高低去评判一个人，这是她正确价值观的体现，是她看书修养的结果。有时她会憧憬以后的生活，和心爱的铁生相夫教子，生一大堆的孩子，过平静的生活。每当想起这些的时候，她就会忍不住地发笑……

她年年都能拿到奖学金，就在前一段时间，老师希望能保送她读硕士研究生。为了这个事情，她思考了几天。毫无疑问，学校完全是因为她的品学兼优才考虑的。最后她给学校的回复是不打算读研了，想早一点找工作，为家里分担负担，让父母不要再那么辛苦。父母已经养到她成年，大学毕业了，再让父母那么辛苦供她吃穿和学习，她真的于心不忍。

现在她已经在省城的人才招聘中心投递了工作简历，她需要耐心地等待。趁着这一段时间，她要回家里走一趟。在回茂林县之前，她去省城的那家酒吧看望了她的高中同学高双喜和白山杏。那天，她来到酒吧，坐在一处，一边看着双喜和山杏演唱，一边若有所思地想着什么。她一直很佩服这两个同学为了自己的理想，在省城辛苦地打拼，谁能想到，他们曾经是一个班级的同学，现在已经各忙各的，走上了不同的人生道路……

当然胡柳花作为白铁生的恋人，和同样在省城上大学的铁生妹妹蓝妮早已经有往来。柳花经常把自己在学习、读书和生活上的一些经验告诉这个妹妹，也会把自己买到的一些书送给蓝妮。每次两人见面，都有拉不完的话。虽然她们相差几岁，但同为女性，有很多共同的议题，她们都是在各自学校里勤奋上进的好学生。在这样一个陌生的城市里，她们都能从彼此身上找到一种亲人的感觉和氛围。临走的这几天，她们相约又见了一面，两人谈论最多的是他们的铁生，蓝妮早就知道了柳花姐和哥哥的关系了。最后柳花把一些自己不穿的衣服和日用品送给了蓝妮，勉励她要不断学习进步。

这天晚上，胡柳花坐上了回茂林县的火车。火车在一片漆黑中穿过城市的脊梁，驶入了通往北方的夜幕中。在卧铺车厢中，听着火车与铁轨的撞击声，她一时间难以入睡……第二天，当她走下火车，踏上陕北这片土地，眼里不由自主地噙满了泪水。眼前，没有了城市的喧嚣和繁华，只有那一望无际的山峦，一片连着一片。那熟悉的山川、沟壑、黄土地早已经融入她的血液中。这片土地养育了她，无论什么时候，她都不能忘却这块土地，因为无论走多远，她的根深深扎在这里，扎在这块使人热血沸腾的土地上……她想到了一位诗人在诗里描述的：为什么我的眼里常含泪水？因为我对这片土地爱得深

沉……良久，她才拿起手中的行李向出站口走去，在人头攒动的人群中，她看见父亲笑着向她招手。

显然，父亲是在迎接她的到来……

七 酒宴惊魂

农历七月份，第二十九届奥林匹克运动会在北京隆重举行，黄土高原上的人们也沉浸在这个盛大节日的氛围中。茂林县大街上的各个橱窗、广告位上贴满了北京奥运会吉祥物五个福娃的照片、奥运会会标以及那句经典的口号“同一个世界，同一个梦想”。神树墕村的庄稼人虽然对体育不太感兴趣，但每天晚上，他们出山回来会打开电视机，看那些稀奇古怪的运动项目。当看到那些穿着比基尼的女子沙排运动员，那些婆姨女子红着脸，笑着说：“那些娃娃们真是些糊脑夙。”

玉米说，等我笑得裂开了嘴，秋天就来了；绿豆说，等我从豆壳里蹦出，秋天就来了。这个时节，秋天实际上已经到来了，但黄土高原上仍然炎热，夏天的暑气仍然未减。

现在，放羊汉的小子白铁生一直沉浸在奥运会的喜气中，他为国家能举办奥运会而感到自豪和骄傲。早在 2002 年，他在茂林县上高一的时候，参加了学校组织的一次英语演讲比赛，当时他参赛的文章就是关于北京奥运会的，那次比赛他还拿了第二名。所以，他就一直期盼奥运会能早点到来，在家门口举办。

另外他还享受着个人事业上的成功。他已经学会了开车，在那个黑口子里，他不再是个装煤工了，成了一名矿车司机。从去年到现在，他已经在这个黑口子挣下了不少钱。今年开春以后，他就和父亲白志栓商量盖新房的事了，他要盖村里最好的现浇房。俗话说，人靠衣装，马靠鞍。一直以来，他们家的窑洞是全村最烂的几孔窑洞，这成为他们家贫穷落后的一个标志。迷信的放羊汉白志栓以前常常对婆姨赵兰萍说，是不是他们家住的这孔烂窑洞晦气，才导致他一辈子穷苦潦倒？而贫穷给白铁生的自尊心带来的伤害是深刻的，是难以磨灭的。当他还是个碎脑娃娃的时候，并不知道家里是个什么情况，可以无拘无束地跟村里的娃娃们一搭里玩耍，但随着他的心智逐渐成熟，尤其是当他进入茂林县中学上高中后，看着同学们穿着体面、吃喝体面，那颗强烈的自尊心就使他渐渐脱离了那些穿戴优越的同学们。那中间是一道难以逾越的鸿沟。每当礼拜天骑车回到村里，看见那个破烂不堪的土墙和窑洞时，他回家高兴的心情便荡然无存了。所以，他就想，等他以后有了钱，首先要干的一件事就是在村里盖一套体面的现浇房，甚至要超过他大爹家的房子。这不是奢侈浪费，在某一个层面上说，他要为自己家长期的贫穷争一口气，不仅是为自己争一口气，也为他父母争一口气。

农历五月初，当把糜子最后点种到地里后，放羊汉白志栓开始真正要动手建房了。刚开始，他在盘龙镇买了砖、水泥、白灰和沙子等建筑材料。因为小子铁生还要在黑口子上干活，所以，盖房的时候都是他一个人跑前跑后。有时候，他前半晌放羊，后半晌早早回来，来到工地上，拿着铁锹，做一些准备工作。干完活，他也不着急赶回家，而是在新房院子里收拾那些庄稼，一直干到太阳落山才起身回家。今年，他在新房院子里这块自留地里种了一些蔬菜。现在，各式蔬菜长得特别好。青青的辣椒苗，细长的西红柿苗，肥大的莲花白，嫩生生的豆角苗，墨绿的大葱……一垄垄，一排排，一畦畦，种得很精致，很周密。一块地里庄稼排得满满的，不留一个死角，只有那种热爱土地，精于农活的人才能有着如此精巧的安排。从种下这些东西

后，他每隔几天就来拾掇拾掇，担粪施肥，担水浇地，用心呵护每一苗秧子。忙完这些营生，志栓就一屁股坐在地圪塄上，拿出他那旱烟锅子，舒服地抽了起来。现在，脸上不多有的活色再次浮现，长期有着建房计划的他，这会儿要真正实现了。他栖惶了一辈子，到现在还没有建起一套体面的房子，现在小子有了出息，可以帮他圆这个梦想了。无论是出山放羊还是来到这里营务这些庄稼，他的手劲也比以前大了一倍。自从去年村小学倒闭，小子失业后，他曾一度陷入慌乱中，为小子的前途和事业愁得睡不好觉，好在小子在那个黑口子上找了营生，他总算可以长出一口气……直到太阳下山，黄昏来临，他这才拿起农具，猫着腰，朝着家里走去……

一进入 6 月份，白志栓就挨家挨户叫人来帮忙，在别的村子请了几个匠人师傅。白志栓就要建造新房了，这在他的人生中，绝对属于光辉灿烂的一天。开工这天，志栓没有出山放羊，而是托村里的一个人帮忙放去了。这一天，他脸上的笑容从早挂到晚，一刻也没有消失过。打基、砌墙、漫顶……二十天后，一排五间房子的现浇房建好了，只剩下室内装潢了。

完工这天，要请前来帮忙的人吃一顿饭。志栓上午杀了一只羊，要好好犒劳一下村里前来帮忙的人。白志栓的大女子、大女婿来了，二女子蓝妮放暑假回来了，栓虎带着苦妞也回来了，驻村干部白宝生，村主任胡根根一家，寡妇高爱爱都来了。铁生请了假，和好大哥刘满柱回到了家里。建房的时候，他一直没有时间回来帮忙，完工这天，他无论如何也要回来。

中午时分，阳光斜斜地打在这个小院子上。志栓家房门口外面的灶上一锅羊肉炖土豆已经熟透了，锅里不断散发着羊肉的清香。一盆盆的羊肉端上饭桌，人们开始划拳、吆喝了。这个院子好久没有这样热闹过了。酒过三巡、菜过五味，铁生代表他爸给乡亲们敬酒，他感谢大伙来给他们家帮忙，感谢对他们家长久以来的关心和照顾……志栓听着小子的话，心里感慨万分。他眼眶湿润地看着小子，心里像压了一块巨石一样难受。

正当大伙吃着、喝着，驻村干部白宝生接到了一个让他浑身快要起鸡皮疙瘩的电话。打来电话的是榆树湾村的支书，说他们村的黑口子压死人了。

白宝生来不及多想，开着车赶紧向榆树湾村赶去。不一会儿，志栓、铁生和好大哥刘满柱都知道了。原来出事的这个黑口子真是铁生下窑的那个黑口子。

铁生、刘满柱也都赶到了出事的黑口子。

黑口子已经让矿主下令封死了。煤窑周围的每个路口都有人把守着，外人进不去，里面的人出不来。今天知道井下出事后，矿主首先想到的是，无论花多少钱，一定要把死人的消息封锁死，不能走漏半点风声，不然不仅要面临煤窑被查封的危险，自己也要坐牢。

白铁生和刘满柱被挡在了路口。白宝生作为榆树湾村的驻村干部，矿主是不敢挡的。现在，他已经和矿主接洽上了。死人的原因是因为窑里面长时间没有支护，头顶的板子压下来，一大块煤把放炮工愣娃和另外两个装车工全部压在了下面。还有两个人因为去大便，才避过了这场灾难。那两个人回来看见一搭里的工友被煤疙瘩压在了下面，地上已经渗出血后，吓得“妈妈、老子”直叫喊，没命地往出跑，他们赶紧把煤窑里的事告诉了矿主。矿主一面让人开着铲车把那三个人的尸体铲了上来，另一面让人扣下了那两个人的手机，把他们锁在了彩钢房里。

死了三个人，出了这么大的事情，瞒是瞒不住的，驻村干部白宝

生准备将矿难上报盘龙镇矿管所。可就在准备打电话的时候，他相继接到了他舅舅、盘龙镇党委书记和他岳父、主管安全的茂林县副县长的电话，让他不经公，私底下解决死者的善后赔偿。一腔热血的白宝生本想让这些黑心的矿主得到法律的严惩，为死去的矿工讨到一个说法，可他不知道其背后的利害关系。他长长叹了一口气，无奈地照吩咐执行。

几天后，在矿主巨额金钱的作用下，悲痛欲绝的死难家属，同意拿钱息事宁人，愿意在那张合同书上按上他们的红手印。

铁生的好朋友愣娃的遗体已经放在了包头市一家医院里。就在出事的那天，矿主命人将尸体连夜拉到了这里。家属们见到他们亲人的尸体，已经是两天以后了。

铁生和好大哥刘满柱坐车来到了包头市的这家医院，他们在愣娃家属的陪同下，来到了医院的太平间，看他们的好朋友最后一眼。阴森冰冷的太平间里，穿戴整洁的愣娃双目紧闭，安详地躺在里面。铁生难过地看着眼前的这位好朋友，悲伤像病毒一样迅速传遍全身。

在得知小子在矿上出事以后，愣娃的父母亲已经昏死过去了，现在还在住院治疗。今天和他们一块来的是愣娃新婚不久的妻子。

白铁生想起了和愣娃在一搭里工作、生活的点点滴滴，他的音容笑貌再次出现在了他的脑海中……

这时，刘满柱拍了拍他的肩膀说，走吧……

不多久，盘龙镇矿管所联合县矿管局、县公安局来到榆树湾村，查封了所有正在生产的黑口子。理由是有群众举报，这里正在非法开采矿产资源……这是近几年榆树湾村偷盗开采以来从没有发生过的事情。

八 生死考验

白铁生第一次感到死亡的恐惧是黑口子压死了包括愣娃在内的工友后。那种感觉越来越强烈。当他从矿上返回到家里的时候，才逐渐感到了后怕，想到了“死亡”这个冰冷的词语。一直以来，在那个阴暗潮湿、伸手不见五指的黑口子里面干活，他始终感觉不到有什么危险。虽然，他经常在电视、报纸上看到一些煤窑上死人，听老人们说在窑上干活的危险性，但实际上他从来没有重视过，取而代之的是刚开始的新奇与兴奋，到后来的单调与麻木。有时候，干得浑身冒汗，他索性就把衣服一脱，光着膀子继续干活。干累了，就索性在煤堆上躺下来，和刘满柱、愣娃抽烟、拉话，讲一些黄段子，过着煤矿工人简单、粗粝的生活。有时候他能听到头顶传来的噼里啪啦的响声，心里会一惊，但过后就什么感觉也没有了。

以前在村里教书的时候，他每天只是和那些娃娃们打交道，不需要动脑筋思考用怎样的态度对待周围的人。生活是一本最好的教科书。在这里，他明白了很多为人处世的原则和道理。刚来的时候，他不谙世事，一个人独来独往，不愿意与那帮开口闭口说脏话的“煤黑子”们打交道，但在那个黑窑里，那些煤黑子才不管你以前是干什么的，哪怕你以前当过省长，做过县长，他们照样在那个黑洞里整你、欺负你，直到你认㞞为止……有一段时间，连老实憨厚的愣娃都时不时地欺负他。有一天，他被愣娃侮辱的语言彻底激怒了，拿起铁锹朝着愣娃的脊背就砍过去，摆出一副不死人不收场的架势，吓得愣娃直喊爹娘。在场的所有人都惊呆了，他们没有想到，这个教过书、看似

文弱的后生也有厉害的一面。不打不相识，他和愣娃就是在这样的情况下成了好朋友。铁生是这群“煤黑子”里文化程度最高的一个，有时候他给大伙讲些“高雅”的故事，或者是神鬼传说，或者是武侠片子。

在这个条件恶劣的地方，他们随时可能要面对自然的吞噬。当有危险袭来时，即使是敌人也会亲密地拉住对方的手来共同面对。这时候，他们往往会凝聚在一起，去应对那些未知的挑战。

对白铁生而言，他最需要的是钱。他并不是一个把钱看得很重的人，但没有钱，生活中的很多事情都无法开展。他原本打算再干上一两年，盖了新房，手上攒上一些钱，就不干了，出来做个小买卖，娶妻生子。他每天憧憬着这样的生活，内心狂热而激动。

当他跟着他姐夫学会了开“三改四”车的时候，他比以前更卖力了。黑口子上就是拉得越多，挣得越多，他为了能多出几趟车，甚至大小便都憋着，直到实在没办法了，他才会火急火燎地跳下车去解决。

渐渐地，他的生活像一潭沉寂的死水，唯一给他精神上带来振奋的是每个月高额的工资和恋人柳花的亲切问候。现在，柳花已经在省城找到了工作，在一家外资企业做办公室文员。当初柳花告诉她要留在省城发展的时候，其实他心里并不愿意。四年的苦苦等待是多么的漫长和煎熬，好不容易等到亲爱的人要回到他的身边，怎能舍得让她再次离开。但是他不能那么自私，柳花是名牌大学生，理应在大城市发展。他不应该只为自己考虑而断送了她的美好前程。他会尊重她的选择，会一直等下去……这两件事如同两块巨石砸进了平静的水面，给他波澜不惊的生活带来惊喜和感动。

直到现在，白铁生还没有彻底从这件事上缓过神来。如果当时他也在窑里，没有回家，死亡的会不会是他？他想着不由得倒吸了一口冷气。他不能死啊，生活中有太多需要他的地方，家人、爱人、朋友都需要他。

黑口子已经被查封了。和铁生一样，刘满柱也惊险地逃过了一劫，他本可以去其他煤窑上干，但他现在没有心思继续干了。没多久，他回到了关中农村。

第四章　月　　满

一　海 红 熟 了

农村人外出打工的热情在茂林县各大乡镇、农村高涨起来的时候，神树墕村村主任胡根根曾一度也想出去打工，离开神树墕村，离开那个培养他的组织，带着婆姨到县城打工。女儿柳花已经在省城找下了工作，这一方面他不用考虑得太多，所以，他出去打工各方面条件都成熟了。不是他胡根根思想觉悟、政治素质不高，支书白志平现在已经出去打工了，两个支委今年也都出去打工了，“两委”领导班子现在就剩下他一个人了。村里的人越来越少，照这样发展下去，农村就剩下老人和小孩了。他当这个村主任还有什么用？新农村建设的到来，村里的面貌和农村的生活条件确实比以前好了，但也面临着许多问题，首当其冲的是大量的农民外出打工。说实话，他胡根根不愿意离开神树墕村，他现在已经是五十好几的人了，没有精力再出去折腾了，况且他还想为乡亲们再服务几年，回报党对他的培养之恩。没有党，就没有他的今天，这是自从入党的那天起，他一直信奉的一条人生准则，这么多年了，他没有忘记。他胡根根虽然没有在农村这个小天地里干出一番惊天动地的事业，但也没有遗憾和抱怨了。二十多年来，他把自己的光和热都献给了神树墕村，献给了这个集体，无怨无悔，他也从来没有向集体要过什么。他就是这么一个人，当注定要干一些事的时候，什么也不能阻挡。眼前，怎么能留住农民不要离开农村是最重要的。他知道，农民离开农村就是因为农村穷、收入低。现在即便国家把农业税免了，仍然没有人愿意在农村待。要想解决这个问题，看似复杂，其实也简单，就是增加农民的收入。增加收入靠传统的农业是不行的，关于这些事，他曾和驻村干部白宝生商量过。

胡根根教完书骑车回到家里，晚上吃完饭，一个人坐在月台上就想着怎么带领农民发家致富。这几天，他渐渐琢磨出了一个好办法，可以在村里集资建造一个海红果深加工厂。神树墕村没金没银，但有吃不完的海红果子。全村加起来有五十多亩的海红果林。如果把这五十多亩果林产的海红果经过加工以后，做成产品，卖到市场上去，效益显现，就会吸引很多的打工者回村。到那时候，村里老的小的就不会走了，他们会来这个厂子上班。

关于海红果的记忆在胡根根的脑海中是深刻的。每年 4 月，海红果就像怀春少女静静地绽放花蕊，到 7 月像初识人事的少妇，面容微露绯红。初秋 10 月，海红果在山川的滋养里成熟。那挂在树枝上一颗颗红里透着紫、色彩娇艳的海红果，就像是一位十月怀胎的母亲孕育的美丽的婴儿，满山满峁都是红红点点。

胡根根念书的时候，常常三个一群，五个一伙，背着黄挎包，欢声笑语，翻峁涉梁。他们一纵身跃入一片低矮的果树林，掰一枝海红果，远望着山峁那秋天成熟的颜色，摘一颗放在嘴里，那浸入牙根处涩涩的酸甜味道令人回味无穷。

海红果属全国稀有树种，是茂林县的传统果树，在当地已有一千年的生长历史，被称为水果中的“钙王”。

“家有五棵海红树，顶养一个好儿子”。茂林县人把海红果亲昵地叫作“海红子”。清朝诗人黄宅中写诗：秋林小摘采盈筐，酒浸瓶罂味更芳。自耐寒酸经酝酿，记从园圃饱风霜。堆盘磊落鸡心赤，出瓮囫匀马乳香。乡里小儿红上颊，啖来浑似醉槟榔。茂林县志《食货》中这样描述海红果：海红味甘酸，霜后紫色，耐冻曰冻果；酒浸曰醉果；熬去渣摊薄曰果丹皮；切片晒干曰果干。在茂林县当地，海红果不止史料所记载的这些食用方法，茂林县的人们还会把海红果做成罐头、果酱、果酒、果醋，有时还要代替山楂入药。

关于海红果的由来，在茂林县还流传着这么一种说法。相传在茂林县黄河上游的河中央有个美丽的小岛叫娘娘滩，小岛上住着一位美丽善良的小龙女，她就是龙王的小女儿——海红。在一千多年以前，黄河岸边方圆几百里的地区发生了严重干旱，连着几个月都不下雨，土地已经干裂，庄稼眼看快要枯死，人们到处找水吃，于是周围村民们就到龙王庙求雨。村民们跪在龙王庙前夸赞龙王本事大，口中念着求雨经：“叫一声龙王爷爷你是听，可怜可怜地上的老百姓，十天半月没雨情，庄稼旱成个干层层；龙王龙王您动动心，南天过来一片云，雷声雨声不断声，五谷田苗它养成，龙王爷爷您真显灵!”可是几天过去了，龙王就是不肯降雨。这一幕幕被海红看在眼里、痛在心里。庄稼眼看就要旱死，牲畜和人都快熬不住了，她心急如焚去求她父王降点雨，但龙王坚持说，虽然我手里有点私雨，但没有玉皇大帝的旨意，是决不能降雨的，不然会受到天庭严厉的惩罚。海红见没有说服父王，就趁着龙王睡着的时候偷偷拿走了布雨令。海红巳时铺云，午时下雨，一连下了几场好雨，庄稼返青了，人畜也有水吃了，大地恢复了生机。人们非常高兴，以为是龙王降雨，纷纷去龙王庙祭祀感谢。龙王心想，我没下雨啊，怎么来感谢我呢？经过查问，原来是小女儿海红偷走了布雨令。这件轰动的大事不幸被天庭巡查官知道了，立即奏报天庭后，将龙女海红召上天庭，说她触犯天条，私自降雨，于是海红受到了惩罚。随着钢刀飞舞，海红的血肉一片片洒落在大地上。第二年春天，人们发现凡是海红血肉洒落之处，长出了一株株的小树，到了秋天已经长成一人多高的大树，树上缀满了红莹莹的小果子。为了纪念这位大慈大悲、救苦救难的龙女海红，人们就把这种树叫作海红树，果实称为海红果。

“这个想法不错，我赞成，关键是怎么建造这个厂子?”当胡根根把他的宏伟计划告诉了驻村干部白宝生后，白宝生刚开始是一阵惊喜，后来逐渐担心了起来。

“不要怕，你忘了，咱们村有个活财主呢。”胡根根笑着说。

“你是说胡百福大伯。”白宝生惊讶地说。

“嗯，就是他，听说这小子投资了煤矿，现在把摊子又弄大了，腰包是越来越鼓了。”胡根根说。

“可他愿意回村投资吗?”白宝生疑惑地问道。

“我想会的。是喜鹊河的那窝水养育了他。虽然他现在在外面赚了钱，但他不能忘本，不能忘记自己姓什么。他如果还是神树墕村的人，就应该回报一下家乡人民了。”胡根根激动地说。

过了几天，胡根根和白宝生找到了这位农民企业家胡百福。胡根根就把村里想建海红果深加工厂的想法告诉了胡百福。胡百福没有接住这个话题往下谈，反而是给胡根根和白宝生讲了自己有多么大的产业，如何在商海中如鱼得水，怎样和领导搞好关系进一步发展壮大产业。他还讲了自己未来的宏伟构想，就是立足茂林县，面向大西北，辐射全国，搞多元化发展，进一步把产业做大、做强。最后，胡百福站起来，抽了一口雪茄，爽朗地笑了声说：“人活脸，树活皮，做人

不能忘记自己的出身，你们放心，这个厂子我一定建。”

听到这句话，胡根根先是一愣，最后激动得不由自主地从沙发上站起来，双手拍得响亮。

中午，胡根根和白宝生被胡百福留在自己的酒店吃饭。胡根根高兴啊，他把烧酒一口口往肚子里灌，全然不顾婆姨走之前的嘱咐，喝着喝着，肝部开始剧烈地疼痛，紧接着眼前发黑，便什么都不知道了。

等他醒来的时候，已经是晚上了。他睁眼一看，婆姨冬平，宝生围在他身边。他拖着虚弱的身体要坐起来，忙被人扶着躺下。因为喝酒过量，他的肝病发作，晕倒在餐桌下面了。

“我怎么在这了?”胡根根有气无力地问道。

“走的时候千说万说，让你少喝点那猫尿，你就是不听，看看现在，让我说什么好，像你这种人死了活该。”说完后，胡根根的婆姨冬平抽抽搭搭地哭了起来。

白宝生忙说：“冬平姨，你不能那样说我根根叔，他也是为了集体的事才搞成这样。”

“他呀，永远都是那副屎样子，为了那个破官，连命也不要了。”李冬平哭着说。

第二天，配了一些药，胡根根和婆姨李冬平相跟着回家了。李冬平想让丈夫在医院多住上几天，再观察一段时间，但胡根根说他已经没事了，要求回去，没办法，李冬平只能同意了。

一个礼拜后，三台装载机开进了神树墕村，开始铲地基。这是当年钻探队在喜鹊河上钻探煤后，第二次有大型设备开进村子。

每天早上 8 点到晚上 8 点这段时间，装载机的轰鸣声没完没了地响个不停。这声音或许在大城市是一种噪声污染，但在这个安静悠远的山村里，就是另外一种好听的声音。在村主任胡根根看来，这是希望的声音，这是发展的声音，这是带领百姓走向富裕的奋斗之声。

过了几天，一条题为“新农村建设的带头人，千万富翁反哺家乡报效桑梓”的消息在各大电视、报纸、网站上刊登，一下子，胡百福的先进事迹在茂林县老百姓的口中相传，说他是贫民窟里的“千万富翁”，说他是贫民英雄。

神树墕村外出打工的人知道村里要建造海红果深加工厂后，很多人找到胡百福、胡根根，表示愿意回来在厂子里干活。那些种植海红果树的果农们纷纷回来开始拾掇自家的海红果园。

经过建房、安装机器、办理相关证件，一直持续到了第二年的2月份，这个海红果深加工厂终于要开工生产了。工厂是股份合资性质的企业，胡百福占了百分之七十的股份，白宝生占了百分之三十的股份，但他为了避嫌，不直接参与工厂的管理，只是在年底分红。胡百福成为海红果厂的董事长。

开工生产这天，神树墕村人山人海，彩旗气球迎风飘扬。神树墕村的大部分村民都回来了，不管是外出打工的，还是出山劳动的都回来了。一时间，大量的人、车拥进了这个小山村。县里分管乡企的副县长、宝生的舅舅盘龙镇党委书记也来为加工厂开工剪彩。各路记者也纷纷跟来。

加工厂创办人之一的胡百福上台讲了一段话，他那地道的茂林方言惹来了台下一阵阵的失笑声，尤其是当他说到“自己经常把名字写错时”，这位没有文化、五大三粗的千万富翁，把县里、镇里前来剪彩的领导们都逗笑了……

看来，神树墕村即将迎来一个热闹和繁盛的时代……

二　棉花贩子

自从上次煤窑上出了事以后，白铁生就再也没有出去打过工。首先，治疗心理上的创伤需要一段时间，他不是一个轻易就被生活所打败的人，经过一段时间调整以后，他还想到煤窑上打工，但被他父亲拦了下来。白志栓给小子的答复是宁去讨吃，也不去煤窑上干了。小子的遭遇像极了他年轻时候去河南偷金矿遇袭的经历，都是幸运地捡了条命回来。从去年一直到现在，白铁生重操旧业，又出山放羊去了。去年10月，他去省城看了一回柳花，和亲爱的人在一起的每分每秒都是倍加珍惜和惬意的。柳花对他的依恋和热爱并没有因为距离的拉大而有丝毫的减弱，她的感情依旧炽热、强烈……他还去另一所大学看望了妹妹蓝妮。蓝妮已经大四了，即将毕业。

他此次来省城，还有一个重要的人要见，那就是他在黑口子上干活时认识的好大哥刘满柱。刘满柱回去关中老家后，他经常跟这位好大哥保持着联系。

这天，白铁生倒了几次车后，到了刘满柱的家里。刘满柱说了两人合作的一些具体细节。一望无际的关中平原是生产棉花的风水宝地，这里每年可以生产出成千上亿吨的棉花。刘满柱想把关中的棉花运到茂林县贩卖，但因为自己人生地不熟，所以想让铁生与他合作。他的想法是他负责棉花的调运，铁生只需要买一辆三轮车，入三万块钱的股份就可以了。

早在两个月前，刘满柱就在电话里给白铁生说了两人合作生意的事情，刚开始，白铁生没有在意，并没有放在心上，经过刘满柱几次电话里的打劝，他觉得这生意能做，但还是不能完全放下心，心里面有很多的疑惑。他还上网了解了一些棉花产品的市场。于是，趁着这次去省城看柳花的机会，顺便实地了解一下。

第二天，刘满柱带着白铁生到他们村一些种植棉花的农户家看了看，农户家里面储存的都是皮棉。他和刘满柱还到县城的几家棉花加工厂看了看。经过几番了解，铁生觉得确实有不错的利润可以赚取。

两人越谈兴致越高，谈到高兴时，两人拿起酒杯一饮而尽。在好大哥刘满柱家住了两晚上以后，白铁生匆匆坐上火车回到了茂林县。一路上，他为这个宏伟而美好的计划高兴着、激动着，如果这个生意做成功，他也可以在村里扬眉吐气一把，甚至，还可以像农民企业家胡百福那样，成为人人敬仰的企业家。但高兴过后，他陷入了深深的忧虑之中。他现在手里已经没钱了，在黑口子上挣的钱全部用在了盖现浇房上，他去哪弄买三轮车的钱和入股的钱?

第二天回到家里，白铁生把他和刘满柱一块合作做生意的事告诉了家里人。

“你说的那事情能成了?”赵兰萍关心地问小子。

“刘大哥以前就在关中农村倒卖棉花，他一直吃着这碗饭，肯定没问题。”白铁生说，“目前最大的问题是没有钱入股和买三轮车。”白铁生抽着烟，一丝忧郁在脸上浮现。

“这个你不用担心，完了可以向亲戚朋友们借一些，只要那个刘满柱真心和你做生意就行了。”白志栓坐在脚底上的凳子上，花白的头发很显眼。

自从小子从窑上回来以后，放羊汉白志栓没有因为小子的工作和事业感到烦恼和忧愁，相反，心里更多的是一种庆幸和感恩。虽然现浇房因为没钱而不能装潢，但并没有影响到白志栓的心情。他还是像

以前那样，有空的时候，到他那块精心营务的庄稼地里去看一看，拾掇拾掇。一直等到所有的蔬菜都成熟了以后，他把这些新鲜的蔬菜给大女儿分了一些，给寡妇高爱爱送了一些。当小子提出还要到煤窑上挖煤时，他当面呵斥了小子。他绝对不会再让小子到那个没有任何安全保障的黑口里干活了，哪怕给个金娃娃、银娃娃也不干那号事了。小子能平安地回来，白志栓相信这是白家的祖宗们在保佑他的小子，就像当年他父亲白世荣感谢列祖列宗保佑他从河南金矿捡回一条命来一样。没有多少文化的白志栓每每在看待生死命运的问题上，总和老坟地里那些祖辈们或者神神鬼鬼的事联系在一起。现在，村里要建海红果加工厂，他想让小子到海红果厂找个营生做。为了这事，他专门找到了村主任胡根根。胡根根已经同意让小子到海红果厂上班了，还说铁生有文化，不用干苦力，将来可以干个会计、打字员之类的。可当白志栓高兴地把自己一天的游说成果告诉了小子时，小子却不愿意到海红果厂干活，他要自力更生，和刘满柱做生意。他一方面为小子这种魄力而感到兴奋，小子已经长大了，对未来的规划有自己的想法，他应该高兴。另一方面他有一种担心和害怕，小子社会经验少，涉世不深，万一上了那个刘满柱的当怎么办？人啊！干事创业不能光凭满腔热情。巧言漫天，不如笃行一件。再说做生意的钱从哪来？生意赔了怎么办？他为小子这个大胆的想法担心的事情太多了。小子已经摆出架势，非要做生意，他这个做父亲的不能再逼他了，应该全力支持。

他对小子说，手里有两万块钱的存款，是他和老伴平日省吃省喝，加上老伴赵兰萍卖碗饦儿攒下的一点钱。再卖上十来只羊，凑三万块钱，剩下的他只能到大女子那里借了。过了几天，白志栓就从大女子那里借来了一万块钱，这回，差不多够了。志栓又和小子到县城接回了新三轮车，这时候，刘满柱也从关中到了他们家。

“刘老弟，我们家一直没把你当外人看，希望你们好好干，可不能做一些花里胡哨的事。”白志栓看着刘满柱说。

“志栓老哥，我明白你的意思。我的为人铁生知道，虽然咱们交往时间不长，你也能或多或少看出来。没有底的事情，我刘满柱是不会做的。”刘满柱看着白志栓，笑着对他说。

“爸，你就不要担心了，我不是娃娃了，知道事情的轻重缓急。”白铁生说。

于是，从今年开春以后，白铁生就开上三轮车和刘满柱卖起了棉花。白志栓家那个未装潢的现浇房成了他们储存棉花的仓库，白志栓给这些房子临时安了一个简易的门。由于居住条件有限，刘满柱就索性住在了这里。每天早上，鸡刚叫过，铁生就从炕上爬起来和刘满柱往车里装货了。赵兰萍怕小子受罪，小子装完车后，她已经把热气腾腾的饭菜做好送到他的手里了。白志栓听见小子起来了，他也起来了，帮小子一起拾掇三轮车，一起装货，直到把全部的货捆绑在车上，白志栓两口子才能歇一口气。

三轮车的响声打破了这个小山村的宁静。白铁生开着车，刘满柱坐在副驾驶的位置上。他们走梁下洼，穿过一村，又去另一个村子。俗话说，万事开头难，第一天上路，他们就碰了钉子。

白铁生将三轮车开到一个村子，停在村子最热闹的地方，拿出别在腰里的喇叭叫喊了起来：“父老乡亲们，走过路过的都来看看，产自关中平原上好的棉花，抢购了，错过这个村子，就没这个店了，看咯……”

刘满柱开口闭口地道的关中话，让他叫卖别人听不懂。

听到是本地人的口音，那些刚刚出山回来的男人妇女们放下扛在

肩上的农具都围了过来。他们你一言，我一语，拿起来看看摸摸，问东问西，白铁生都耐心地回答。有人问白铁生是哪个村的？他爸是谁？当铁生说出他爸白志栓的名字时，那些老者点头表示认识。若有人怀疑他们卖的棉花不是纯正不掺假的棉花时，刘满柱就赶紧从棉花包里揪出一撮棉花，用打火机点着，说，如果棉花燃尽，表示是好棉花，反之则不是。不过，村民不是十分在意棉花的质量，他们更看重价格。他们购买那些上等的好棉花只是用来给子女们过喜事，缝制新被子用的。铁生卖的棉花分很多档次，有贵的，有适中的，也有便宜的，在农村，往往购买便宜的棉花多一些。

在他们刚开始的半个月里，只卖出了几包棉花。相比较存放在现浇房里上百包的棉花，那只是冰山一角。为此，每晚回来，铁生都是一副垂头丧气的样子。这时候，经过世面的刘满柱就笑着走过来，和他坐在一搭里，给他递过一支烟安慰地说道：“刚开始，没事，没事，情况慢慢就会好转。”铁生用力地吸一口烟回应道：“我们应该改变一下策略，不能老盯着农村，应该把眼光放长远，到乡镇里，到县城里面卖，只要咱们把事闹红火了，不信干不成。”刘满柱把烟头一灭，兴奋地叫喊道：“能行，就这样哇。”

三　神秘男人

得知母亲高爱爱在村里的海红果厂上班以后，远在省城打拼的白山杏很高兴。虽然白山杏现在不在村里了，但她仍然关注村里的人和事，尤其是她喜欢的人白铁生。她经常在电话里拐弯抹角地问她母亲关于铁生的一些事，她从母亲那里听来，铁生起先在小煤窑上干过一段时间，后来煤窑出了事，回去了，现在，铁生干大事了，和朋友合伙做起了生意。她离开神树塥村后，很少主动给铁生打电话。她一直希望铁生能主动联系她，当接到铁生打来的电话时，她会兴高采烈地盯着手机看一会儿，然后才会按下接听键。她会在电话里告诉铁生自己目前的状况，但只是捡那些好听的话给铁生说，强烈的虚荣心让她从来不暴露自己在外打拼的艰辛，相反，她会说，她在省城的那家酒吧是多么风光靓丽，收入有多么高，自己吃得好，住得好。那次铁生来省城，见到了她和双喜。去吃饭前，她从头到脚把自己精心打扮了一番，她要在心爱的人面前展现出一副漂亮潇洒的样子，把最好的一面给心爱的人看。那次聚餐她和心爱的人之间的话题并不多，铁生反而和双喜有拉不完的话。

白山杏在铁生面前装出漂亮的样子，她那样做只是在赌气，让铁生能喜欢她，哪怕一点点也可以，她也满足了。其实，她在省城打拼的日子是辛苦的。有一次，她在那家酒吧唱歌时，走上来一个醉醺醺的客人，端着一杯酒让她喝。像这种情况，客人给演艺歌手敬酒，歌手一般是不能拒绝的，山杏微笑着喝了。那个客人并没有离开的想法，继续倒满一杯酒，让她喝，山杏虽然心里不愿意，但还是微笑着喝完了第二杯酒，接着是第三杯，第四杯……喝到第五杯的时候，站在一旁的高双喜一把抢过来要替山杏喝，那个客人很不高兴，喊道："跟你没关系，赶紧滚开……""对不起，这位先生，你喝多了，我扶你到那边座位上休息一下。"双喜一边说着，一边要搀扶那个客人。那个客人一把甩开双喜，顺势将手里的整杯酒泼在了双喜的脸上，双喜忍无可忍，提起拳头要打那个讨厌的家伙。这时候，山杏一把拉住双喜，看着他，摇着头说："不能打，不能打……"那个客人没完没了："把你们老板叫来，他都要给我几分面子，我让你喝酒是看得起你，不识人抬举的东西!"这时候，酒吧的老板赶过来了，一场因喝

酒的事件才就此平息了。像这样的情况，山杏在酒吧驻唱的日子里经常碰到。有时候，那些喝醉了的客人轮着给她敬酒，她只能恭恭敬敬地喝完，然后跑到卫生间，趴在马桶上开始呕吐……相比较，高双喜的情况能好点，虽然也有人给他敬酒，但不是很多。客人们给山杏敬酒完全是因为她人长得漂亮，唱得也好，很多客人来这家酒吧完全是冲她来的。这些人中间，有一个四十多岁的人，几乎每天晚上都要来这家酒吧坐坐，听山杏唱歌。每当山杏唱完一首歌，这人就走过来放下几张百元大钞，然后举起高脚杯微笑着点一点头，抿一口，重新坐回原处。等山杏唱完歌，那人就走了。起初，山杏并不觉得有什么，从前也有很多客人过来给她小费。这样的情况一直持续了将近一个月。第三十天，当她唱完歌，和双喜回到后台准备卸妆时，那人走进来，怀里捧着一大束郁金香，走到山杏跟前，送上鲜花，说了一句："生日快乐。"山杏睁大眼睛，惊诧得不知道该怎么办。"他怎么能知道我的生日？"山杏心想。这时候，那个男人又开口说话了："怎么了？朋友送的一份生日礼物不能收下么？还是因为不喜欢我的礼物？"出于礼貌，山杏止住狂跳不已的心，赶忙笑了笑说："没有，很高兴收到你的礼物，谢谢你的礼物。""下班有时间吗？可否赏脸一起吃个饭？"山杏一时间语塞，不知道怎么回应对方提出来的这个请求。这时候，站在一旁的双喜说："改天吧，这么晚了，我们还要回家。"那人听后似乎没有半点收场的意思，接着说："如果这位男士愿意，你们可以一起来。"

山杏噘了噘嘴，转过身，轻声地对双喜说："既然他那么有诚意，咱们怎么好意思拒绝不去呢？我们不如一块去吧。"

双喜吸了吸鼻子说："好吧，我陪你去。"

那人笑了笑说："谢谢，车在门口等你们。"

那晚吃完饭以后，那人再也没有出现过。他经常坐的那个座位，客人来来走走，走走停停。夜幕降临，酒吧里面的人逐渐多了起来，山杏和双喜在后台化妆打扮后，又登上了属于他们的那个舞台。在这期间，酒吧又来了两位歌手，每当山杏看见他们唱歌时，就想起了当年的自己，当年刚开始驻唱的日子。现在，她在这个酒吧里，已经成为名副其实的老手了，曾经有过的不适应和难堪现在早已经烟消云散了，有时候在后台她还要教两位新人一些演唱技巧。每天晚上，山杏在唱歌的时候，会不由自主地朝那人曾经坐过的地方瞥一眼，看那人在不在。那人像谜一样在她的世界里消失了，没有对她说什么或留下什么。那一段时间，因为有那个神秘男人的存在，她每晚都过得很兴奋，像一位高傲的公主一样受着台下人的膜拜，让她感觉到相当有自尊和面子。现在这个人突然一下子消失了，让她一时间难以接受。她不知道那个神秘男人整晚给她大把大把的小费的原因是什么，是因为她歌唱得好还是因为她长得漂亮？还是因为别的原因？直到现在，她只知道那个人姓什么，其他的一概不知。一系列的疑问和困惑让白山杏一时间难以理出个所以然了，但是山杏属于那种性格随和的人，很快那个神秘男人和他所有的一切逐渐在她的脑海里消散了。

今年3月份的一天，省城的天空下起了蒙蒙细雨，淅淅沥沥下个不停，天空阴暗不见天日。在有雨的日子里，城市的建筑是朦胧的，水是跳跃的，空气是清新的，草木是滋润的，就连生活的基调也似乎明快起来。

晚上还在下着雨，山杏一个人来到酒吧。像往常一样，打扮后拿着吉他走上舞台。当她准备坐下开始弹唱的时候，无意识朝舞台下面那个熟悉的地方看了一眼，一个久违的熟悉身影突然映入她的眼帘。是他，是他么？山杏站起来，定睛看了看，确实是他，那个消失已久

的神秘男人。那人似乎也看见了她，微笑着站起来举起高脚杯朝她点了点头。白山杏压住内心的一阵阵欢喜和躁动，坐下来，低声浅唱。当她唱完所有的歌曲后，主动走过去跟那个最熟悉的陌生人打了一声招呼："你可有好几个月没来了，今天怎么来了？"那个人摊开手说："怎么？不欢迎吗？"白山杏哈哈大笑起来，用手捋了捋眼前的头发说："你可真会开玩笑，我们随时欢迎你的到来。"那人耸了耸肩，摊开手说："可以出去喝一杯吗？""哦，可以。"白山杏回答道。

从那晚开始，这个消失了几个月的神秘男人再次闯进了白山杏的生活中。每天晚上，山杏从酒吧唱完歌，他就准时开车出现在了酒吧的门口，接她下班。如果遇到山杏休假的日子，那人就带着她在这个大都市富丽堂皇的名牌店逛，如果山杏在一件衣服上或一套化妆品上停留超过十秒，这个男人二话不说，就会招呼一旁的服务员打包买走。这时候，山杏往往一口气拒绝了，她不能平白无故要人家的礼物，尽管那人是有求必应，但她一直坚守着自己做人的底线，从不主动向他索要什么。有时候，她会在那人百般的打劝下，收下一些礼物。那人送的礼物一般都很贵重，一个在这个城市打工受苦的人，一个月的收入都买不下其中的一件。在逐渐交往的过程中，山杏了解到，他叫肖实，家境殷实，是一家外资电子企业在这个城市的销售经理。肖实是南方人，他长得一点也不好看，鼓起来的肚子像个蛤蟆一样，但他却有南方人温文尔雅的性格。肖实对山杏百般体贴照顾，温柔呵护，他的温柔和体贴从生活中的点点滴滴中就能体现出来。

9 月的一天，是肖实的生日。肖实叫了一大帮朋友去 KTV 唱歌庆祝，山杏也去了。这群人忘情地跳，忘情地喝，山杏在轮番敬酒碰杯的情况下，脑袋开始迷迷糊糊起来，在强烈音乐的刺激下，她疯狂地扭着、跳着。他们一直喝到了凌晨两三点钟才散去，在出 KTV 包厢的时候，山杏就开始呕吐。她迷迷糊糊地感觉到有人抱着她，上了车，接着，她就逐渐失去了意识……等她醒来的时候，已经一丝不挂地躺在床上了，旁边睡着的不是别人，正是昨晚过生日的肖实。山杏立刻就感觉到事情不妙，她紧锁眉头，用力咬着嘴唇，直至唇间渗出了殷红的鲜血……记忆中的碎片逐渐清晰了起来，她一点一滴想起了昨晚的事情。她感觉到身体被重重地压住，下半身开始剧烈疼痛……突然，她看见了双腿之间那摊扎眼的血。她再也无法抑制自己的情绪，双手放在耳边，缩着双腿，开始撕心裂肺地哭喊起来。睡在一旁的肖实赶紧坐起来，神色慌张地问她怎么了？她转过头用愤怒的眼神盯着眼前这个男人。肖实不敢看她的眼睛，他眼睛里飘荡着的游丝不定的东西已经暴露了心底所有的谎言，他低着头说："对不起，对不起，杏，我……可是我喜欢你，你要相信我，我会照顾你的。"他转身要抱住山杏，山杏一把推开他，用一种可怕的眼神瞪着他。肖实心里毛毛躁躁的，表情一时木讷。山杏流着泪，穿好衣服，头也没有回地走了。

接下来的好几天，山杏没有去酒吧唱歌。她把手机一关，把自己一个人锁在房子里，躺在床上，静静地思考着。她没有想到事情会发展到这种地步。虽然肖实对她很好，她有时候也会感动，但她并不爱他，他们是两个世界的人，不可能会有结果的。现在，发生了这种事，让她以后怎么去见人？她怎么就糊里糊涂地把自己的少女之身给了一个不喜欢的人呢？她心里爱的是铁生啊，她的身子是属于他的，她不能背叛自己的爱情信仰啊。从懂事起，母亲高爱爱就教导她，女人要学会保护自己，不能随随便便就跟男人发生关系，女子的身子只能钟情于自己的男人。白山杏越想越气，觉得最对不起的一个人就是铁生。山挡不住云彩，树挡不住风，连神仙也挡不住人爱人，没有人

能阻挡她爱铁生。她将来还要跟铁生哥结婚，她的第一次应该属于他。虽然铁生哥对她不冷不热的，但她相信他会回心转意，他会懂得她的好的。有一天，他会亲自对她说，他要娶她。多少个日日夜夜，铁生哥的音容笑貌出现在她的梦里，出现在她的心海里。当她闲下来的时候，就想起了远在茂林县的铁生哥。她每天是多么期望铁生哥能给她打个电话或者发个短信，那样她会高兴好一阵子。

白山杏围绕铁生和自己的关系，漫无边际地想着。她简直恨透了自己，眼泪流完一回再来一回。几天来，眼泪好像都快要流干流完了，两个眼球里布满了恐怖的血丝，黑眼圈和眼袋缠绕在一起。窗外的太阳起来又落下去，阳光透过窗户打进来，不停地变幻着自己的风姿。她不想跟任何人说话，没有力气去做事，只是没心没肺地活着。这段时间，双喜每天照顾她。每天早上，他把饭做好，带过来放下。开始，双喜不停地劝解山杏，让她不要作践自己，不要为不值得的人，浪费宝贵的泪水，要为爱她的人，保留最好的微笑。既然事情已经发生了，就应该勇敢地面对。后来，这位善良的小伙子见他的语言起不了任何作用，就干脆不说话了。每天，只是给她默默地过来送饭，一句话也不说，默默地离开……

在双喜悉心的照顾下，山杏逐渐从那件事情中解脱了出来。她开始下床，吃饭，梳洗打扮。由于她长时间足不出户，加上生活规律紊乱，身子很虚弱。山杏暂时不想去酒吧上班了，她想回家走一趟。走的那天，她收拾好行李，下了楼梯，正当她往出走的时候，一个熟悉的身影映入眼帘：肖实。她看见肖实后，转身就准备往房子跑，不料这时候肖实紧追过来，一把抱住她，哀求着让她不要走。肖实说，他爱她，已经深深迷恋上了她。只要她愿意，他会给她一个满意的交代。

四　最年轻的镇长

2010年下半年，茂林县的煤炭价格创下了历史最高水平，达到了一个峰值。部分煤矿的三八块煤种一吨能卖到八百多块钱。一时间，全国各地的拉煤车拥入这个小县城，挂着各地牌照的拉煤车堵在了通往茂林县的省道上，一列列拉煤火车从县城边的铁轨上疾驰而过。煤矿数量达到空前，这与20世纪90年代煤矿无人问津的情况形成了鲜明的对比，参与煤矿相关工作的人也是越来越多。黑金带来的经济效益使茂林县从国家级贫困县一下子进入全国百强县的行列。县城建筑林立，高楼大厦鳞次栉比，前几年少有的休闲娱乐会所，大型星级酒店也逐渐多了起来。从2008年起，大批娱乐场所在茂林县城不断涌现，街道边几乎不出百米就有一家会所酒店。如此高密度的酒店却仍供不应求，除商旅客人外，也有茂林县本地人常年包下高级套房打牌娱乐。县城里稍好些的酒店，标准间一晚价格均在六百元以上，而包房的消费一晚万元以上是常态。与此同时，“煤老板”这个最能体现奇迹的群体成了茂林县老百姓茶余饭后的谈资，资产过亿的煤老板超过两千人。“煤老板包机买楼，提一麻袋钱逛车展”“煤老板千万嫁女”……很多关于煤老板的传奇故事在这个偏远小山城的大街小巷流传。茂林县的房地产也迎来了一个又一个的辉煌期，房价越炒越高，甚至达到了一平方米近万元，好地段的房价都快赶上北上广一线城市了，很多人看见如此高的房价只能是望房兴叹。大街上，几百万的豪车诸如路虎、保时捷、劳斯莱斯、宾利等随处可见。有一个煤老板买二百多万元的路虎不问价格，只问有没有现车，有就马上付钱提车，

没有就马上去大城市买。

就在这种一片大好形势下，神树塥村海红果厂建成投产一个月后，驻村干部白宝生被提拔为盘龙镇的镇长，成为盘龙镇有史以来最年轻的镇长。他的舅舅调到了县上，成为县委专职副书记，他的老丈人成为茂林县的新任县长。除了事业上春风得意，白宝生的婆姨给他生了一个胖嘟嘟的小子。这个小生命的到来使白宝生对家更依赖了，他和婆姨的感情也因为小子的到来渐渐变得融洽了起来。一般情况下，只要镇里没有多么重要的事，他都会开车回到茂林县城的家中，陪伴妻子和小子。

六年的基层锻炼使白宝生积累了丰富的基层工作经验，让他养成了良好的工作作风。作为一名常年蹲守在基层的驻村干部，他与百姓之间是鱼水之情。这么多年来，他始终没有忘记自己作为一名人民公仆应尽的责任和义务。他将党的好政策、好方针积极落实到农村，带领村民们不断致富奔小康。他所管辖的神树塥和榆树湾两个村子几乎年年被县里、市里评为先进模范村，新农村建设的到来改变了两个村的村貌，他个人也得到过很多荣誉。他跑前跑后在神树塥村建立了本县最大的海红果深加工厂。他利用榆树湾村的煤炭资源，在村里建设了洗煤厂。他的成绩是有目共睹的，能被破格提拔也是在情理之中。那天他要走的时候，神树塥村的大人娃娃，海红果厂的职工们都出来为他送行。百姓们心里堵着一口气，不想让这位给他们办实事的父母官走，轮番过来挽留这位父母官。人群中，有村主任胡根根和他婆姨李冬平，放羊汉白志栓和他婆姨赵兰萍，白世荣老汉，寡妇高爱爱……

人群中，有一个最不起眼的人，就是住在村头的孤寡老人来顺老汉。他本来不想来，但还是拄着拐棍来为这个好干部送行。他和苦妞的事情已经把他折磨得不成样子了，现在只剩下一口悠悠气了，没人能懂得他的心思，也没人愿意听他的难处，百姓的唾沫星子差点将他淹死，他苟且偷生地活着……

几年来，白宝生和村民之间建立起了深厚的感情以及友谊，那些留守的老人们已经把他当成了自己的小子。这么多年来，几任驻村干部已经让他们失望透顶，他们看不到任何希望，看不到党的好政策。他们站在那块瘠薄的土地上，风里来雨里去，只能年年和那片干旱的土地怄气。前几任驻村干部的所作所为，使他们一度认为宝生也和那些人一样，不过是来混日子的。不过，没过多长时间，他们就改变了想法。他们完全冤枉宝生了。这个年轻后生压根儿就不像前几任。他是真正想干一些事情的。上任以后，他没有架子，放下姿态，融入百姓中，了解他们精神层面和物质层面的需求，为他们全力解决实际困难和问题。这几年，党的好政策能在村里落实，全靠宝生和根根这样的干部了。

白宝生看着身后为他送行的人群，感动的泪水在眼中打转。他一步一回头向人群摆手告别，一边说："叔叔婶婶们，你们回去吧，有时间我会来看你们的。"

村主任胡根根代表全体村民上前握住工作搭档宝生的手动情地说："好好干，不要忘了我们！有时间，回村里走走。"在胡根根的心里，他一直把这个比他小二十多岁的后生当亲儿子一般看待。他们是工作上的好搭档，相互配合，很少产生矛盾，他们有共同的理想信念，他们是一对真正的忘年交。曾经他想把女子嫁给这位能力出众的年轻后生，后来因为女子不同意，这件事最后也无疾而终了，这一度让他很伤心。

这天白铁生也暂缓了送货时间，他搂住哥哥白宝生的肩膀说：

“这里永远是你的家，不要忘了家。”宝生拍拍他的肩膀说：“一定不会的，好好干，生意上有什么困难，直接来找我。”

白宝生上任后，他首先要摸清全镇的基本情况。头一个月时间里，他每隔几天就要到一个村子去调研。他的目标是利用一年时间跑遍全镇六十二个村子。“只有掌握了基层实实在在的情况，才能指导下一步工作。”在调研中，他经常这样说。同时，他把神树塬村新农村建设的成功经验开始向全镇推广。不久，在他的领导下，神树塬村修好了全村所有的道路，水泥路一直通到家家户户的门口，还给每家每户安装了有线电视、电话，接通了宽带。这个农民的儿子在工作中总是想方设法让全镇农民过上好日子。

不过，考验和诱惑也在向他不断袭来。这天，他到一家化工厂调研，吃完饭准备要走的时候，这家化工厂的负责人给他包里偷偷地塞了一个信封，他当时以为是一个纪念礼品，也就没在意。等他下班后，开车回茂林县途中时，无意中看见了放在副驾驶位置上的皮包。那个没有拉紧的皮包随着车子的起伏而一上一下晃动着，那个黄色牛皮纸的信封露出了一角，突然，他想起了白天的事。他停下车，拿出信封拆开，里面有一整沓人民币现金。他顿时傻眼了，心跟着狂跳起来。白宝生脸色有些发白，脑袋有些发紧，这对他的神经冲击太大了。他怀着忐忑不安的心情数了数，总共是一万块钱，这不算是一笔小数目啊！顿时他想起了那人给他塞完东西时候说的那句话，“以后还有事要麻烦白镇长了，一点小意思，能帮上忙的尽管开口”。这不是行贿领导吗？这是违法违纪的事情，他白宝生是坚决不能碰的。在他当驻村干部后的第二年，他向镇党组织提交了入党申请书。尽管他当时入党的目标不是很明确，完全是听从父亲白志平的话，为了工作上的方便和以后的事业加入了党，但他也一直向往加入党。经过两年的考察，他成为一名正式党员。入党后，他一直接受着党组织先进性和纯洁性的教育，以一个普通的党员严格要求自己。现在，他怎么能做出违背一个共产党人工作作风的事呢？随即，他就掏出电话，让办公室秘书打问那家企业负责人的手机号码，他要把这不清不白的钱退还给那个人，并且要当面训斥那人一顿。可当他准备要按下手机拨出键的时候，一个声音从脑海中响起：白宝生，你现在可是手里有实权的镇长了，不再是以前那个整天和农民混迹在一起的驻村干部了。你想想，你辛苦了这么多年，为了什么？难道你为公家办了那么多的事就不应该享受一下？哪个猫不沾腥呢？理应享受享受了，这些钱你应该收下，应该犒劳一下自己了，不能再像以前那样了。再说，就这一次，别人也不知道，不碍事的，以后清清白白做事，干干净净为官就可以了。收下还是退还给人家？两种声音像两条缠绕的蚯蚓一样在白宝生的脑海中盘旋着。他把车停在马路边，走下车，点了一根烟思索着……良久，他重新回到车里，坐了下来，神情一下子由惊恐变成了平静。他开着车，眼睛盯着方向盘，抿紧嘴唇，他一边想，一边开着车。不知不觉中，他拿着那个仿佛千斤重担压在身上的皮包回到了家里。婆姨看见他像霜打了一般，怀里抱着毛蛋娃娃问他怎么了？白宝生没有心思回答婆姨的疑问，他朝着老婆摆了摆手，然后走进卧室，仰面躺在床上，用被子将头盖住，烦躁地一句话也不想说。一晚上，白宝生一眼未合，他在浑浑噩噩中醒来，又在懵懵懂懂中闭上眼睛。第二天，当清晨的一缕阳光从缝隙中透过窗户，洒在床上的时候，他才清醒地意识到，他竟然为了这件事，一晚上没睡着，他竟然失眠了，这是他人生中从来没有过的事情。

由于一晚上没睡觉，加上神经高度紧张，他的眼睛肿得像个电灯泡一样。他婆姨心疼地问他怎么了？白宝生一把掀开被子，眉头紧锁

地把昨天发生的事一前一后地告诉了自己的婆姨。

“你说我该怎么办?”白宝生苦恼地把人生中这么多年来最大的难题抛给了婆姨。出人意料的是，他婆姨想都没有想，就说:“原来你是为了这个事，心里难受啊，这还用难受么?当官为了什么?当官不就是为了发财。只有你才把那个官看得那么重要。你真是个油盐不进的官啊!”婆姨的这番话似乎出乎白宝生的意料，同时也在白宝生的意料之内，他既希望婆姨能拒绝他，又希望婆姨能同意他。这番话深深刺疼了他的神经，他的潜意识中还是希望婆姨能说出这番话来暗合他早已经做出的决定。此刻，他感觉到压在他身上的千斤重的东西突然没有了，浑身变得轻松了许多。他跳下床，拉开窗帘，灼热的阳光刺得他的眼睛辣疼。他望着窗外的车水马龙，嘴角飘过一丝诡谲的笑意，转过身对婆姨笑着说:“我知道该怎么做了，今天我不去上班了，留下来好好陪陪你和小子……”

五 宏伟蓝图

2010 年，小雪一过，茂林县开始下起了今冬的第一场雪。忽如一夜春风来，千树万树梨花开。雪是从夜间开始下的，在安静中一片片降临。神树墕村的人们一觉醒来，推开门一看，惊奇和寒意便扑面而来。放眼望去，只见远山臃肿，近山矮小，喜鹊河冰滩上瞧不见个人，万事万物都被一层静谧的白色包裹着。人们站在门口、脑畔、小路上踮起脚瞭望，喧闹的村庄不见了，大路小路不见了，只有一片耀眼的白色尽收眼底，白得奇怪而又单调，忽然让人产生一种错觉，不知道自己在哪里。整个高原一改往日的黝黑，显得又白又胖。可谓“山舞银蛇，原驰蜡象”。这时，勤劳的农家人往往赶在吃早饭前，把自家院子和就近小路上的雪清扫完。虽然世世代代的神树堝村庄稼人都习惯了每年的寒来暑往，雪花纷飞，但这美丽的精灵他们是看不完、想不够的，他们是在一阵阵精神愉悦下扫完雪的。放羊汉白志栓在鸡刚叫过一声就起来了。这几天，由于变天，曾经在金矿挨了一刀子的大腿又开始隐隐作痛起来，尤其是昨天晚上，疼得他一晚上睡不着觉。后半夜，疼得实在受不了，就摸着黑爬起来，到躺柜里摸出一盒止痛片吃了两片。他也不敢惊醒婆姨赵兰萍，躺到鸡刚打鸣，便爬了起来。这个时候，腿也感觉不怎么疼了。

父亲前脚起床，白铁生后脚就爬起来了。这一段时间，他精神异常亢奋。虽然明知道自己做了一天的买卖，身体肯定很累，但每天晚上躺在那孔小窑洞里，却兴奋得睡不着觉，直到过了零点后才能慢悠悠地闭上眼。第二天，天不明就爬起来了。这一切都要归结于他这个月好得出奇的生意。在度过刚开始的生意萧条阶段以后，白铁生和刘满柱的棉花生意越来越好。从跑基层乡镇开始，白铁生逐渐在喜鹊河沿河一带打开了市场。加上白铁生做人厚道，童叟无欺，很多零售店的老板都愿意跟这个年轻的小伙子打交道。有时候，秤上多出个几两，他也不在乎，只要求买主能多买几次他的棉花，多给他做一些宣传就可以了。他还印了一些广告，每到一处就张贴起来，看见人就笑盈盈地递给一张。

他高兴得如狂似醉，高涨的情绪好几天都不能平静下来，一切都像做梦似的，白铁生情愿在这个梦里一辈子不醒来。当年没考上大学，后来从村小学失业，小煤窑上出了人命，当时的痛苦对一个向往通过自己勤劳的双手改变家庭生活条件和面貌，改变自己和家人穷苦命运并且有很高向往的年轻人来说，是可想而知的。每次生活无情地给他当头一棒，他并没有向生活妥协，生活越打压他，他反而把脖子

伸得老高。通常在短暂痛恨完命运的不公和人生无常后，强大的生活激情又使他重新投入到了火热的生活中去，投入到火热的实践中去。

他们家穷了这么多年，他一旦到了现在这种境地，就不会轻易满足现状，一辈子就这样。或许这样，他会成为一个富人，一辈子衣食无忧。他的子孙后代会在他的努力下过上充实的生活，但他白铁生骨子里就不是那样安于现状的人。

一切都叫人神清气爽，阳光灿烂，和他的心境完美契合。白铁生跨出门外，看见他父亲正在不远处猫着腰、拿着扫帚清扫地上的雪。零星的雪花落在铁生白净的脸上，他吸了一口清凉的空气，仰头拢了拢乌黑的头发。今天，地上落了雪，山路肯定不好走，所以要等太阳出来、雪化了以后才能走。白铁生并不着急装货，他要去现浇房里看看刘满柱和那些伙计们。去的路上，他看见在村里海红果厂上班的员工正急匆匆地往厂里赶呢。一直以来，他很羡慕胡百福这位农民企业家，成立了这么一个大厂子，多么牛气。期盼自己有朝一日也能出人头地，办这么一个大厂子。不过，他现在还不能过多地考虑这些不切实际的东西。前一段时间，刘满柱给他说了一个宏伟的计划，让他在村里建一个棉花加工厂。由刘满柱负责在关中买皮棉，然后经过加工厂制作成纯棉花去销售，中间的利润至少比现在要翻几倍还多。现在，他们生意再好，充其量不过是个二道贩子。那天晚上，围在洋炉子跟前，白铁生和刘满柱一边喝酒，一边商量着。白铁生惊奇又激动地听着刘满柱给他构思的这个伟大而现实的宏伟蓝图。现在，他已经对这位大他将近二十岁的刘大哥充满了信任和尊重，他们是生意场上的合伙人，为了生意有拉不完的话，他们真是一对忘年交啊。同样他们也是精神层面的共鸣者。无论是做人还是做事，刘满柱时不时将他多年来积攒的为人处世的方法教给白铁生，尤其是在他偏离人生轨迹的时候，刘满柱会及时地给他纠正错误。可以说，刘满柱是继他父亲白志栓后，他人生中的另一个导师。刘满柱还给他讲了棉花的种植技术、生产以及后期加工等，他现在对棉花这个物种可谓是了如指掌了。他们两人越说兴致越高，围着脚底下熊熊燃烧着的火炉子，两人当当地碰杯喝酒。对于厂子的选址以及机器操作的问题，刘满柱也给出了他的意见。他建议把厂子建在村小学的院子里，闲置的教室和办公室可以用来居住和办公，这样可以节约一大笔开支。机器的操作由他负责，以后慢慢给铁生教会。刘满柱以前在关中的国企棉花厂干过，加工棉花的机器，他都会操作。唯一头疼的问题就是资金。他现在已经把借下姐姐的钱还了，手里拿不出多余的钱了，想到这个愁事，白铁生的情绪一下子从谷峰跌到了谷底。刘满柱看出了他脸上的忧愁，拍了拍他的肩膀说："咱们交往一回，我手头也吃紧，老哥给你借三万块钱，你看怎样?"

"太好了。"白铁生拍了拍大腿，站起来吆喝道，"刘大哥，不如咱俩搭伙一块干吧?"

"我老了，就不掺和了。这是你们年轻人的事业。"刘满柱说。

晚上，卖完货回来后，白铁生就把自己想建厂的事给他父亲白志栓说了。

"想法是好着呢，在村小学建厂我也同意，这回如果把事情闹大了，咱家在村里也能抬起头做人喽。"白志栓说。

"现在主要是缺钱。大概需要二十万才能周转开来!"白铁生搓着手说。

白志栓听完小子的话，脸色立刻阴沉下来。小子是找他商量钱的事来了，这是核心问题，可他除了拿着那张老脸问别人借钱，实在想不出其他办法。

“我明天去你姐姐家问问，看能不能借点?”白志栓羞愧地望着小子，心里开始抱怨起自己。关键时刻，他不能帮小子一把。

“我这里有点，你拿去。你好，妈妈就好。”赵兰萍站起身，翻箱倒柜，取出一个红箱箱，打开后，里面整整齐齐放着一沓沓一元、五元、十元和二十元。她把钱拿出来，递给小子说：“妈妈这也不多，你拿上做个事，总共两万元钱。”

白铁生惊呆了，木然地望着干瘦的母亲。他没想到母亲能拿出这么多钱支持他建厂子。他脸上的表情急剧地变化着，先是吃惊，接着是难受，后是感动。

放羊汉白志栓也吃了一惊，茫然地问婆姨钱从哪里来?赵兰萍淡然地说，钱是她这几年卖碗饦儿攒下的，原本是想给小子结婚用。现在小子要往大做生意，她要把钱拿出来支持小子。

白铁生怀揣着他母亲的两万块钱，浑身一阵温热。

晚上，白志栓情绪缭乱，久久不能入睡。今天发生的事对他的冲击太大了。自从小子改行做了生意以后，以前在脸上出现过的活色再次浮现在了他那张皱巴巴的脸上。有时候他高兴得像个天真的娃娃，那正是生活的图画以夸张的形式出现在他心中的时候。无论在田间地头还是出山放羊，见到人他就说起小子铁生现在的状况，自信像阳光一样灿烂地照在脸上，那种感觉只有他这种受了一辈子穷的人才能体会到。现在，小子想往大做生意，他却帮不上一点忙，反倒是婆姨拿出了两万块钱，让他的老脸往哪搁?黑夜里，志栓惆怅地望着窑顶，一声声地叹气。不行，无论如何他要给小子把这个事弄成。明天他要到亲戚家去借钱。不过即使借到钱，也不是很多。他思来想去，决定把羊全部卖掉。他放了半辈子羊，也放够了。这回为了小子的事业，他豁出去了……第二天，吃早饭的时候，白志栓就把自己要卖羊的事给家人说了。全家人都极力反对他那样做。白世荣老汉抹了一把油嘴说："你把羊卖了，干啥去？日子还过不过了？"白志栓说："大不了，我和铁生一块干，有啥大不了的……"

没几天，白志栓就把自己的羊全卖了。买家收羊的时候，这个放羊汉偷偷流下了眼泪。他和这群羊打了半辈子的交道，是有感情的，不是说割舍就能割舍下的……铁生又在宝生的帮忙下，在盘龙镇信用社贷了十万元。在众人的帮助下，建厂子所需要的资金终于凑够了。

几天后，喜鹊河沿河一带就流传开来放羊汉白志栓卖羊扶持儿子建棉花厂的事情。

六　双喜的眼泪

9 月的一天，高双喜接到了他父亲的电话，说他母亲病危，已经住进了茂林县医院的重症监护室了，随时都有生命危险。双喜的父亲原想连夜转院到北京，可医生告诉他，病人经不住路途上的折腾，有可能死在半路上，让他们赶紧准备后事吧。噩耗来得太突然，没有一点心理准备，双喜的父亲不知道怎么办，是哭，还是喊？这时候，他婆姨用微弱的声音告诉他，她要见小子双喜。双喜的父亲这才拨通了小子的电话。

高双喜接了父亲的电话后，脑海中一片空白，一阵阵眩晕让他差点一头栽倒。这件事来得太突然了，简直要击溃他的心理防线，意识还没有彻底地清醒过来。他浑浑噩噩、摸爬滚打地上了飞机，心急火燎地想让飞机再快点。他要赶快出现在母亲跟前，看看母亲怎么样了。

在飞机上，高双喜想着想着不知不觉眼里已经噙满了泪水。担心

焦虑母亲病情的同时，另外一种悲伤的情绪占据了他的心，感情的狂涛在胸中澎湃。

生活啊，有时候打败我们的并不是物质上的贫困或者缺乏带来的危机，往往精神方面的打击和煎熬常常使我们坠入深渊，难以自拔，失去对于生活的希望和热爱。

我们的双喜现在何尝不是这样呢?

自从那个叫肖实的神秘男人闯进他和白山杏的生活后，他就没有过一天安稳的日子。肖实的出现使他和山杏原本逐渐建立起的感情，很快就土崩瓦解了。他现在想和肖实以男人的方式决斗一场，一场定胜负。即便是你死我活，总比现在活受罪强啊。

自从肖实追求山杏后，高双喜的心情就像平静的湖水不断溅起涟漪而不能平复。他没有办法阻止肖实，只能劝解山杏不要被肖实的花言巧语所蒙骗。刚开始，山杏听他的话，故意躲着肖实。每次在酒吧演出，肖实以各种理由想约山杏出去时，没等到山杏开口，双喜就一口回绝了，这常常让肖实碰一鼻子灰，悻悻而归。但双喜担心的事情还是出现了。那次，山杏去了肖实的生日宴会，喝得酩酊大醉，在无意识的状态下，与肖实发生了男女关系。那晚以后，山杏整天把自己关在房子里，不出来，不上班。高双喜看在眼里，急在心里。他曾愤怒地让山杏报警，让那个卑鄙的小人锒铛入狱。可山杏哭着死活都不让他做。后来，双喜气不过，就找到肖实，趁着对方还不知道是谁，冲上去，把他暴打了一顿，为山杏出气。

双喜把打肖实的事告诉了山杏，山杏并没有想象中的高兴，反而一副无精打采的样子。每天，高双喜顶着睡意起来，做好饭，给山杏端到跟前，让她吃。刚开始，他劝山杏要振作起来，不要折磨自己。可无论他怎么说、怎么劝，山杏一句话不说，把头埋进被子里一动不动。后来，他也不劝了，每天来到房子，给她收拾房间，擦洗家具，把房间收拾得亮亮堂堂、干干净净的。即使很干净了，双喜也会照常地擦洗一遍，只为能有一个合适的理由陪在山杏的身边。两个礼拜后，山杏主动跟他说话了。她像极了一个大病初愈的孩子，显得憔悴和虚弱。双喜心疼地把她搂在怀里，就像这样，一辈子把她抱在怀里，不放手。他愿意奉献出自己所有的东西，甚至生命来呵护她，就像呵护自己的生命一样。几天后，他就发现自己的满腔热情，只是一厢情愿，令他感到意外的是，山杏竟然原谅了肖实，两个人正式开始交往了。以一对情侣的身份交往。山杏再也没有去过那家酒吧，双喜也递交了辞呈，离开了那家酒吧。他已经厌倦了夜场的生活，生物钟的紊乱使他患上了胃病。那天，他怀着复杂的心情回到了他原来居住的地方，他刚来省城卖唱的贫民窟。那些曾经和他打成一片的伙计们见熟悉的老朋友来了，高兴得问长问短。晚上，他和那帮伙计喝酒喝到天亮，脑海中不时闪现出山杏的样子，他一会儿哭，一会儿笑……他想用酒精麻痹自己，心里的苦楚和难受只能通过一杯杯的酒释怀，似乎只有酒精才能明白他心里最需要什么，最想念什么，最割舍不下的又是什么。他借着浓烈的酒精高喊："白山杏，你的眼瞎了，你就不懂我对你的好，我恨你……"

高双喜擦了擦眼角溢出的泪水。舷窗外，稀薄的云彩飘荡在脚下。广播里传来声音，飞机马上就要落地了。双喜已经坐立不安了，此刻就想解开保险带，打开舱门，第一时间赶到医院，看到他母亲。

十几分钟后，他下了飞机，立即冲出航站楼，迅速跳上一辆出租车，向茂林县医院赶去。在打通他父亲手机的时候，他父亲哭着说："快，你妈不行了……"

高双喜一路几乎是哭喊着跑到重症监护室的，就在他踏进门的一

瞬间，监护器上的心电图成了平直的一条线，他母亲永远停止了呼吸，在遗憾中离开了这个世界……里面的人已经号啕大哭起来了。高双喜三步并两步地扑到母亲跟前，眼睛睁得像铜铃一般可怕。他撕心裂肺地喊着母亲，他母亲冰冷地躺在床上，一动不动。眼泪顺着他的脸颊不停地往下滴，高双喜很害怕，感觉全身发冷，他的意志正在受到某种力量的打击和摧残，血一下子全涌到了脸上，他一头栽倒在了病床上……

“妈，你坐下，喝口水，休息一下，我来!”在一块土豆地里，高双喜对正在卖力刨土豆的母亲说。

“妈妈不累。马上快到晌午了，你去附近捡上点柴火，再到咱那水道壕里割点大葱。咱们晌午就不回家了，就在地里烧土豆吃。我给咱捡上几颗好土豆。”双喜的母亲揩了一把汗说。

噼里啪啦的山火把新鲜的洋芋烤得黑黄黑黄的，土豆的清香不断从柴火中溢出。双喜和母亲操起双手，一手拿着烧熟的土豆，一手拿着大葱，一口土豆，一口大葱地吃了起来。那味道绝对胜过食堂里那些美味佳肴。

母亲接连吃了五个洋芋，然后在米汤罐子里舀米汤喝。这时，风和日丽的天空突然变得狂风四起，乌云密布，母亲被一团飓风卷起，飞向了天空。天际黑暗之处，一群吹手站在一朵祥云上，从山的那边走来。几个穿着孝服的人，拿着花圈，赶着一群麻雀，哭喊着，向母亲走去。母亲的身体逐渐被飓风吞没，直至完全毁灭。瞬间，天上下起了雨，雨水流过柴火的灰烬，变成摊摊鲜红的血水。

双喜追着那团飓风，撕心裂肺地喊着……他“啊”的一声从床上坐起来，豆大的汗珠布满在脸上。熟悉的一切映入眼帘，原来他在家里，刚才做了一个梦。

“咋了？做噩梦了？”他父亲在一旁关切地问道，“你在医院昏过去了，都睡了快一天了。”他父亲布满皱纹的脸上，一双眼睛红得可怕，显然是由于睡眠不好和过多流泪造成的。

“我妈呢？”双喜急切地问道。

“在医院还没拉回来，家里正在准备办后事。”

“我要见我妈。”说话间，双喜已经跳下了床。

“不要闹了，还嫌家里不够乱吗？”父亲一声喝住了他。

“我妈怎么会……怎么会……就不在了……”高双喜仍然无法接受这个现实。

二十天后，高双喜拿着一些纸钱和贡品来到了母亲的坟茔前，这是母亲下葬后他第一次到母亲的坟前给母亲烧纸。插在坟堆上的招魂幡向大地诉说着人间的喜怒哀乐。风顺着山坡刮了起来，高双喜手捧着一把黄土，朝天扬起，被风刮走。他跪下来，特别想再哭一次，可是眼泪已经在母亲的葬礼上流干了。那几天，他每天守在母亲的灵柩前，为母亲守护在人间的每一天。在每个白天，在每个黑夜，他不知道流了多少眼泪。此刻，他只想拿起手中的吉他，蘸上满满的思念，唱起心中的歌谣，给埋葬母亲的土地涂一抹生命的色彩……

不久，他的人生就会在另一片土地上开启。

他父亲给他在柳沟煤矿找了一份工作。两天后，他就要到矿上报到。他将暂时放弃自己的理想，听从家里的安排，安心地在煤矿上班。他高双喜不能为了自己的理想，不管不顾一切，他不能活得那么自私。母亲病情的加重和他有直接的关系。由于他到省城卖唱，他和父亲之间经常闹矛盾，关系十分紧张，他母亲夹在中间左右都不是个办法。每当父子俩吵闹时，他母亲就站在一旁偷偷地擦眼泪。长年累月，三口之家很少能有机会坐下来一起吃个饭，一起拉个话，像正常

家庭一样，有温暖的家的气息。这一段时间，高双喜时常忏悔自己的固执。以前，他干任何事从来不考虑家里人的感受，只要认为是对的，会满腔热情地干，别人的话他很难听进去，叛逆执拗的性格使他的行为曾经深深伤透了父母的心。他在反思中不断忏悔自己的行为。母亲的死，给他沉寂的精神世界来了一记响亮的重锤，让他重新开始思考自己的人生观和价值观。生活是最好的一本教科书，我们可以明得失，知对错，不断在纠偏补漏中完善自己、成就自己。

高双喜弹完吉他后，就捡了一些柴火，把吉他烧了，以此来证明自己目前的立场和态度。他主动找到父亲，和父亲来了一场促膝长谈。他对父亲说，他要做一个有用的人，对社会，对家庭有用的人。他父亲听得差点掉下了眼泪。这是他和父亲第一次面对面，平心静气，拉这么长时间的心里话。

去煤矿前，双喜和铁生这位好兄弟见了一面。他们拥抱，嘘寒问暖，彼此拉住对方的手不松。他们不会说太多煽情的话表达心中的情感，喝酒是表达情感最直接的一种方式，唯有把情感寄托于烧酒中，才能体现兄弟的情谊……

七　大出血

就在刚进入腊月的头几天里，苦妞的第一个娃娃即将诞生。这一消息对于现在还膝下无子女的栓虎来说，比让他当联合国秘书长还高兴。而且对于有着强烈重男轻女封建思想的栓虎来说，苦妞肚子里的娃娃正合他的心意，是个带把的男娃娃。这些天，栓虎在工程队上请了假，当起了苦妞的全职保姆。

这个说话含糊不清的半傻女人，竟然怀上了娃娃，这在村里一下子便炸开了锅。当初，栓虎娶苦妞的时候，村里人就认为，这个女人就是一个活祖宗，除了在男女之事上管一点用外，栓虎只能把这个活祖宗供起来养着，更不要说能传宗接代生养娃娃了。苦妞来到村里的表现让笑话她的人都闭上了嘴巴。在度过短短的不适应后，她很快就融入他们这家人的生活了。洗衣、做饭、喂猪、喂牛，伺候上了年纪的婆婆，什么都能干，什么都会干。遇到栓虎不在的时候，她既当男人，又当女人，把家里家外收拾得井井有条。有些事，苦妞表现得比正常人都精明，只是因为表达不出来，她更愿意用行动去证明心中火热的想法。唯一遗憾的就是和婆婆交流时，苦妞有些吃力和艰难。有时候要费很大的劲，用手比画半天，咿咿呀呀半天才能让婆婆听懂。大多数情况，苦妞与别人交流，栓虎就充当她的翻译。

晚上，苦妞会摸着自己的肚子偷偷地笑，脸上不时飞过幸福的霞光。栓虎喜欢男娃，苦妞就天天在心里面默默祈祷，希望怀上的孩子是个男娃。刚出嫁的那段日子，苦妞十分想念家里的人，整天想着要回去，动不动就让栓虎带着她回家。栓虎就套上牛车，拉着苦妞回神树墕住几天。苦妞怀孕后，再也不能随意外出，白世荣两口子就迈着老胳膊老腿，拿着鸡蛋挂面去看女子。每次看见父母来，苦妞心里就像吃了蜜一样甜。有时候，铁生开着三轮车到村里卖棉花，苦妞会热情地把他的侄子请到家里，跑前跑后给拿好吃的、好喝的。中午给他热热乎乎地做一顿饭吃。苦妞也有烦恼失意的时候，栓虎不在家，外出打工时，她就没有办法表达自己的情感。毫无疑问，在苦妞的情感世界里，栓虎就是她的太阳、她的天，是她精神和情感寄托的地方。往往这时候，她就一个人坐在窑洞里，无聊地看会儿电视或者一个人坐着发呆。

腊月一到意味着马上就要过年了。村里人开始置办年货，人人脸

上都洋溢着喜庆的笑容。栓虎家却没有把注意力集中到怎样过年上，而是把所有的精力都放在了苦妞身上。临近临盆那几天，苦妞的情绪一反常态，开始躁动起来。曾经做过父亲的栓虎明白婆姨的心思，苦妞是有点紧张和害怕。栓虎用各种方法安抚苦妞的情绪，让她安静下来。在栓虎细心周到的照顾下，苦妞脸上焦躁的情绪渐渐没有了。腊月初五这天晚上，月光出奇地明亮，明明晃晃地照在地上，把整个大地照得和白天一样通亮。凌晨两点，所有的人都沉寂在了睡梦中。窑洞里，一窝亮光突然照亮了漆黑的山村。苦妞的肚子开始疼痛起来，刚开始是轻微的疼，逐渐越来越疼。接连不断的疼痛使苦妞的手心和额头上开始冒汗，那真是一种要命的疼，苦妞不由自主地呻吟开来。她一把推醒睡在旁边的栓虎，栓虎赶紧把苦妞扶起来，让她躺在叠好的被子上，赶紧打电话叫来提前已经安排好的小车。半小时后，苦妞被送到了茂林县医院的待产室。苦妞疼得受不了，她攥住栓虎的手，感觉五脏六腑就要被翻出来了。没多一会，白铁生和他父亲白志栓开着三轮车也来了。苦妞看见娘家的亲人来了，心里的紧张感稍微缓和了点。半个小时后，苦妞被送进了产房。所有的人都在门外焦急等待……

一家人的心都悬在嗓子眼了，他们太担心了。苦妞不是正常人，他们就怕出什么意外和麻烦。可偏偏怕什么就来什么。中途，一个护士操着一双血手神色慌张地跑出来说："你们谁是产妇的家属？产妇难产，情况比较危急，你们要做好思想准备，万一有突发情况，你们选择是留大人还是留娃娃？想好了就在上面签字。"

"大夫，我媳妇一直都好好的啊，怎么就难产了？你们会不会看啊？"着急等待中的栓虎一下子难以接受这个消息。

"怎么回事？怎么一下就要保大人，保娃娃？能给我们说说吗？"

放羊汉白志栓也是一脸的茫然。

“产妇子宫口很小，孩子头被夹住了，很危险。你们赶紧在上面签字。”那个护士说完就钻进了产房。

“怎么能这样……”栓虎带着哭腔，腿一软，顺着墙滑了下来。

“姑父，现在不是哭的时候，我姑姑还在里面呢，肯定是先保大人，娃娃以后还可以要啊。”铁生说。

“那还用想，肯定是先保大人么。”白志栓吸了一口鼻涕说。

“你们谁是栓虎？”刚才那个护士跑出来叫道。

栓虎机械地应答了一声，木然地看着那个护士。

“产妇要见你，你跟我进来。”护士说。

产房内的情景着实把栓虎吓了一跳。苦妞浑身像被水洗过一般，湿淋淋的。她脸色苍白，面无血色，嘴唇上抹的都是血，显然是用力咬出来的。

栓虎弯下腰，摸着苦妞的头，忙问道：“苦妞，没事吧？没事吧？”

苦妞用最后一点力，强忍着疼痛，嘴角上扬，给丈夫浅浅地笑了笑说：“没事。”

“你们是保大人还是保小孩？”护士再次把这个棘手痛心的问题抛给了栓虎。

“两个都要，两个都要给我保住。保不住，我砸了你们医院！”栓虎揪了一把头发，痛苦地喊道。

“你的心情我们理解，请你理智点，赶快做出选择。”

“要……娃……娃。”苦妞摸着栓虎的脸，含含糊糊地说。

“不！要你。”栓虎哭着说。

苦妞比画着说：“你……爱……娃……娃……”说完话，一滴泪

顺着她的眼角流下……

就这样，肚子里的娃娃保住了，命苦的苦妞却离开了人世。还没有来得及看一眼自己的亲生儿子，这个傻女人就停止了呼吸。栓虎抱着用棉被紧裹着的儿子，热泪挂满了眼角。

第二天，栓虎用骡车把苦妞拉回了村里埋葬，一把大火烧掉了苦妞的遗物，也烧尽了人世间所有的悲欢离合……

八　加工厂揭牌

苦妞的死让白志栓一家陷入了一种悲痛的氛围中，连空气中都弥漫着一种阴郁的气氛。尤其是白世荣老汉，经过这件事以后，几乎瘫痪在了炕上，吃喝拉撒只能在炕上。用他自己的话说，他现在只剩下一口悠悠气了，活不长了，在这个世上是苟且偷生。好在老伴和儿媳妇赵兰萍不嫌弃，轮流伺候他，端屎端尿没有怨言。白世荣老汉人越老，脾性就和那些碎脑娃娃一样，让人捉摸不透，也容易动感情。村里那些和白世荣老汉同龄的老汉们去他们家串门，白世荣老汉热情地招呼，攥住那些人的手，一把泪、一把鼻涕地讲述自己当年那些“英雄事迹”，说一些儿孙们的事情。几个子女中，他最对不起的就是傻女子苦妞，最反感憎恨的是大儿子白志平，最孝顺的是二儿子志栓和二媳妇兰萍……有时候在生活中，白世荣老汉犯糊涂，要小孩子脾气。本来咸淡正好的茶饭他偏要挑一些毛病……还对别人说，自己有袁大头……

姑姑的死给白铁生带来了巨大的震撼，不得不让他审视了一遍生命的无常。那几天，白铁生脑海里天天都能想起姑姑苦妞。姑姑最疼他，最愿意和他相处，有什么好吃的总不忘给他一些。

不过，白铁生现在沉浸在个人事业的成功喜悦中。他简直成了神树墕村的一颗明星，甚至暂时盖过了农民企业家胡百福的光彩。他现在大小也算是个老板了，当亲朋好友喊他白老板时，白铁生心里像吃了蜜一样甜。尽管有些人只是面子上敷衍恭维他，但实际上他愿意别人那样称呼他，他觉得很有面子。相比较外人，白铁生更在意村里人和亲戚朋友对他的看法。只有这些人认同了他的成功，他才觉得自己算真正扬眉吐气了一把。身份和地位的变化使白铁生干起活来，一点都不觉得累。他的精神始终处在亢奋之中，得意和满足的表情挂在他那张白净的脸上，内心充斥着的骄傲和自豪感得到了最大的满足和释放。有时候他觉得自己在半空中轻轻飘了起来，不知所终。有时候他会反思自己，和自己对话，不要太过于外露，不要张扬和自满。他还有更大的抱负，他要让这个家里的每个人都过上物质充裕的生活。

白铁生把村小学的围墙拆掉，在里面盖了一排彩钢房，用来安装机器设备，供工人住宿。村小学的教室用来堆放原材料，办公室用来临时办公。设备购买回来的那天，村里的大人娃娃，海红果厂的职工都跑来看这些稀奇的大家伙。人们纷纷感慨年轻的铁生有魄力，敢想敢干，比他大志栓要强。已经不放羊的白志栓围着机器忙来忙去，这个五十多岁的老汉和他儿子一样，亢奋着、激动着……逢人就夸他的小子有多么能干。在志栓的心里，小子的荣耀就是他的荣耀。他当年没本事，一掌拍不出个响屁来，没有弄出几件轰轰烈烈的大事来。

白志栓从来没有想到小子能把事业做这么大，也不敢奢望家里的光景会越来越好。尽管他年轻的时候，也有很强的雄心壮志，想让婆姨娃娃过上好日子，可那次从河南金矿捡了半条命回来以后，他就像换了一个人似的，再也不敢乱折腾了，只求有老婆、娃娃、热炕头就行了。放羊、种地成了白志栓必然的选择。

白志栓自从跟上小子做生意后，生活节奏被彻底打乱了，刚开始甚至有些不适应。每天吃完中午饭就到放羊的时间了，他习惯性地来到羊圈门前看看，看看他那些亲密的羊群。这时候，他才恍然明白，羊早就让他卖了，他已经不是放羊汉了。其实白志栓心里也知道，羊已经全卖了，只是几十年，他已经与这群羊产生了深厚的情感，放羊已经注入了他的生命中，一下子很难改变。有时候，小子不让他干重活，可白志栓一点也闲不住，实在没有营生干，他就拿起扫帚扫院子。总之，他一点也闲不住。

现在，小子要建棉花加工厂，给白家人争一口气。他要把自己多年来因为贫穷而丢失的面子找回来，尤其是那些当年给他白眼，瞧不起他的人。他故意在这些人面前把脑袋抬得丈二高，显示出一副神气的样子，还会见缝插针地问一下："你们的子女干什么了?"以此显示出小一辈两代年轻人的差距。

棉花加工厂开工揭牌这天，白铁生特意买了几只山羊，招待全村的父老乡亲，还请了锣鼓秧歌队来助兴。他要把这个揭牌仪式搞得热热闹闹的，让这个消息在喜鹊河一带广泛传播。白铁生把村里有头有脸的人都请到了，包括村主任胡根根和他比较讨厌的大爹白志平。柳花特意从省城赶回来，见证亲爱的铁生这一历史性时刻。

中午12点，一切准备就绪，就等主持人胡根根宣布仪式开始了。这时候，白铁生看了看表，脸上显出焦急的神情。他在等一个人，这个人不是别人，正是他的堂哥白宝生，盘龙镇最年轻的镇长。正在这时，前面路上开来了三辆小车，坐在最前面的就是白宝生。

铁生赶紧招呼锣鼓秧歌队吹起来、扭起来。胡根根让村民鼓掌欢迎镇长。白宝生今天不是为公事而来，他完全是冲着弟兄的情谊来的。他很忙，但当铁生告诉他希望能来参加这个揭牌仪式时，他还是毫不犹豫地答应了，他要为堂弟撑起这个面子。

白宝生下了车，和白铁生、胡根根等一些人亲切地握手。庙这边，鞭炮已经准备好了。胡根根站在话筒前，清了清嗓子，用铿锵有力的声音说道："尊敬的白镇长，神树墕村的父老乡亲们！欢迎你们来参加茂林县金雪棉花加工厂的揭牌仪式。可以说，加工厂的建成离不开各位的帮忙和支持，在这里，我代表厂长白铁生和加工厂的全体职工，对你们表示真诚的祝福和诚挚的感谢。下面我宣布，揭牌仪式开始！有请白镇长和白铁生厂长揭牌，大家鼓掌欢迎！"

白宝生和白铁生相跟着走过去，一人握住一角，撕下了那块红布。炮声、鼓声随即响起，人们纷纷鼓掌欢庆这一时刻。

白志栓家的院子里早已经支起了锅灶。志栓的婆姨赵兰萍和村里的几个婆姨女子正在灶火上忙来忙去，这些妇女们从早上不歇脚忙到现在了，几锅羊肉炖土豆已经做好了，只等那些人过来吃……

白铁生极力挽留宝生吃完中午饭再走，宝生推辞说镇里事多，他必须要回去了。临走的时候，宝生鼓励铁生好好干，他会尽全力帮助他。将来有可能，还让他像胡百福那样做新农村建设的典范呢，做农村的致富带头人咧。现在，农村就缺少他这样的农民改革家，只要他成功了，很多农民会效仿他，发家致富的。

白宝生的一番话把铁生说得心里火热火热的。他对未来更加充满了信心。

第五章　月　　缺

一　重　　逢

人长得甜美、具有名牌大学学历的胡柳花，虽然在外资企业工作，但日子过得并不如意。在进入这家外资企业前，她完全是怀着一颗期待、奋斗的心来的，甚至在心里面规划出了她的职场蓝图。不过，梦想归梦想，现实归现实，梦想不等同于现实。胡柳花当初那些不切实际的梦想在现实的考验下，已经不成样子了。当初她是一个风华正茂的大学生，经济上不用考虑太多，每月父母都会按时给她打钱。现在，她完全要靠自己的双手养活自己，再不能依靠父母了。

在省城这个大都市工作和生活，重复着单调无趣的日子，年轻的胡柳花感受不到太多的温暖和柔情。每月她拿着微薄的薪水，精打细算地过日子，连每日三餐都要提前计算好，在保证饭菜可口的基础上，填饱肚子就足够了。房费、水费、电费……一到月末，这些字眼就会不由自主地跳入她的脑海，让她一下子没有了好心情。化妆品以及衣服，她只能穿梭于地摊货之间。她不敢轻易光顾那些高档的名牌店，她会随时提醒自己，这些地方根本不适合她。她会羡慕地站在橱窗外面，出神地看着里面梦寐以求的东西，然后，恋恋不舍地转身离开。在工作中，她认真负责、扎扎实实做好手头的每件事，但换不来晋升的机会和薪水的增加。

现实把她的棱角打磨得圆圆的，当初的激情现在完全没有了。每天，她拖着疲惫不堪的身体挤上最后一趟公交车回家。运气好，能抢到一个座位，运气不好，就要站到家。有时候，胡柳花躺在那个不足二十平方米的出租房里，想起自己在外的不容易，眼泪就会情不自禁地掉下来。但不管生活怎样对她，胡柳花始终向生活报以微笑，以最美的姿态迎接每一个早晨和傍晚，在人生的舞台上优雅地起舞。其中，点亮她生活最亮的一颗火种就是她与铁生的感情。他们“马拉松”式的爱情长跑已经整整过了六个年头，真是一次难得的人生经历。六年中，他们不温不火地谈着、爱着、诉说着……他们是彼此精神世界的依靠。到现在，她已经收到铁生一百多封信件了。

现在，胡柳花打算要回去了。来省城出差的白宝生找到她，看到她在省城的窘境，第二天就在省城的一处高档公寓给她租了一套大房子，而且预支了一年的房租。

“真不知道怎么感谢你！”胡柳花不好意思地说。

“不知道你在外面这样不容易，我们是朋友，有啥难处尽管找我。”白宝生说，“现在家乡发展变化很大，你这样的名牌大学生回到家乡同样也能干出一番事业。”

“过几年再说吧！现在还没有打算回去。”胡柳花说。

两个月以后，胡柳花又在省城见到了白宝生。白宝生告诉她，村里海红果深加工厂正缺乏管理人才，厂里要高薪聘请她，请她回去做总经理助理。

“怎么样？你愿意吗？”白宝生问胡柳花。

“我能行吗？”胡柳花反问道。

“肯定没问题。厂里能请到一个大学生，稀罕着呢。再说，你爸爸也是厂里聘用的顾问。这叫父女齐上阵，状元有保证。”白宝生笑着说。

“我一点心理准备也没有，让我回去慎重考虑一下。”胡柳花说。

“这有啥考虑的？比你在那个破公司上班强多了。”白宝生打断胡柳花的话说。

胡柳花一时语塞，不知道怎么回答宝生。

“你不说话就表示答应了。”白宝生又说。

“让我考虑上几天，想好以后我会找你的。”胡柳花说。

两个人开车来到省城的浐河，沿着河边散步。细碎的沙子被踩得咯吱作响，一深一浅的脚印留在了身后。微风像少女的手轻轻掠过河面，荡起层层涟漪。风带着水汽扑面而来，给人一种舒服的感觉。胡柳花捡起脚底下的一块石头，扬起手，向河中央扔去，只听“扑通”一生，石块很快消失在了水中央。

胡柳花弹了弹手说：“这条河多像咱们村的喜鹊河啊。”

白宝生说：“是啊！有种似曾相识的感觉。柳花，你还记得吗？上高中时，我们在县城外的黄河滩上，一起散步、踏青……想想时间过得真快，一转眼几年就过去了。”

胡柳花说：“是啊！很难相信，你都已经结婚生子了，还做了大官。”

白宝生说：“生活中的很多事情让人意想不到，包括结婚，我们总要经历，早一点不是更好吗？”

胡柳花说：“你妻子一定很幸福，能嫁给你这样有本事的人。”

白宝生抽了一口烟，看了看胡柳花说：“她对我很好……”

尘封在白宝生心底的那些记忆碎片再次在他脑海浮现。在爱情这条路上，他是不幸的。他自始至终都没有找到爱情的归属感，他和妻子根本就没有爱情，他没有体验到所谓的真正爱情，那种刻骨铭心，让人想一次就疼一次的感觉。当年，他追求过柳花，向她表白，希望她能嫁给他，可柳花拒绝了他。他一气之下，加上父母的百般紧逼，他选择迅速结婚来结束感情路上遇到的挫折和痛苦。这么多年过去了，他始终不能忘记柳花。在工作和生活中，他结识了形形色色的女人，但没有一个能走进他的心里，像柳花那样让他痴迷。而现在，他白宝生已经不是当年那个毛头小伙了，依他现在的地位和事业上的成功，他能给柳花想要的一切，他要重新夺回属于自己的爱情，赢得柳花的芳心。

“怎么了?”胡柳花看见白宝生半天不说话，问道。

“没……没什么……想起以前的一些事。”白宝生愣了一下回答。

“对了，可以提前给你透露一下，我和铁生年底就要结婚了。这么多年了，也应该有个结果了，无论是对他还是他家人，或者是对我和我的家人来说。到时候，你可一定要来哟!”胡柳花难掩幸福的表情。

“哦?是吗?”白宝生慌里慌张地问道。

“嗯，你不想给我们祝福吗?”胡柳花有点诧异。

“哪有?……恭喜你们……”白宝生把声音压得很低，他都能听到自己的心跳声了。

白宝生晚上回到住地，翻来覆去怎么也睡不着。心理素质一向很好的他竟然失眠了。就是当年组织提拔他当镇长了，都没有像今晚这样，心情无法平复。白天，柳花那句“我要结婚了”深深刺痛了他。心爱的人马上就要成为别人的妻子了，他却没有一点办法。哎！他白宝生能有什么办法，他现在是有家有室的人了，还能有什么过分的想

法。他可以一句话罢免手底下的一个官，签一张条子搞来几十万甚至几百万，但他阻止不了柳花嫁给铁生啊。这一刻，白宝生心里充满了嫉妒和仇恨。他既恨柳花瞎了眼，不知道人好人赖，也恨铁生横刀夺爱，抢走了他的幸福。如果没有铁生，说不定柳花早就嫁给他了。

“真他妈的，这对狗男女！”想着想着，白宝生心底冒出了一句脏话。

“哼！就没有我白宝生得不到的女人。有些女人往我身上靠，我还不愿意呢。她胡柳花也不例外……”白宝生脸上的肌肉扭在一起，眼里冒着凶光。

回到房子，胡柳花也睡不着。白天宝生给她的建议她不得不考虑。毫无疑问，省城各方面的条件都要优于茂林县，但是，她一个人在这里打拼太苦了，离家还那么远。她原来的想法是在省城好好奋斗，稳定下来以后，把父母接过来，以后就在这温暖宜人的城市定居生活。现在，各方面情况打乱了她原来的计划，计划永远都赶不上变化啊。在这里，她没有拿到预期中的待遇，更没有实现她当初的梦想。她现在苦苦支撑着，随时都有可能倒下……与其这样，还不如回家乡发展，说不定在那里能找到不一样的风景。再说，如果将来她和铁生结婚了。她在省城，铁生在茂林县，两人将过双城生活，那样即使多么固若金汤的感情防线，也会随着分居的日子而土崩瓦解的。所以，综合考虑，无论是不是当海红果厂的总经理助理……她都打算回茂林县。

二　过白事

2011 年农历二月初二是传统节日龙抬头。这天，已经七十五岁的白世荣老汉一口气没上来，死在了窑里面。就在半个月前，村里的另一个老人，光棍来顺老汉也在一片苦闷中咽了气。

这天清早，白世荣老汉的老伴起来穿好衣服去倒夜壶，走的时候，老婆子还抱怨地喊了一声，嫌老伴人越老越懒了。老婆子从厕所回来，看见老伴还没有起来，脱了鞋上了炕，边推搡边骂，可推了半天，老伴没有一点反应。老婆子害怕了，她揭开老伴的铺盖，只见老伴两眼瞪圆，身体僵硬，裤裆下面尿湿了一片。

老婆子见状，只听天灵盖处嗡嗡作响，吓得连鞋都来不及穿，连哭带喊地跑了出来。全家人闻讯赶到了白世荣老汉的窑洞里。白世荣老汉脸部扭曲，嘴巴张开，早已没有了呼吸。这无疑是一个噩耗，全家人的心情一下子落入了悲恸的氛围中。

白世荣老汉七十二岁的时候，志栓和志平两兄弟给他大定了一口上好的柏木棺材。在当地，柏木是最好的棺木，其次为松木，再次为槐木、榆木、杨木、柳木。棺木板越厚越好，页数越少越好。白志栓想，他大熬了一辈子，苦了一辈子，不能到了阴间还是那副穷酸潦倒样，所以要体面地给他大做一口棺材。

去年，白志栓看见他大身子越发沉重，就和他哥志平商量着给老人置办了老衣，扯了做孝服的白布。里红外蓝的老衣把白志栓的红眼刺得分外疼。志栓想到，他死了以后，小子铁生也会给他置办这么明晃晃的一身，让他到那地府报到。

志栓在惊恐之余，赶紧把小子叫了回来。随后，又把大哥志平，妹妹，栓虎以及村里的本家人叫来。铁生蹚过喜鹊河，到胡家这边请来一位八十多岁的老太太。全村人无论谁家埋人办丧事，都要请这位德高望重的老太太，因为老太太剪得一手好孝服、孝帽。

白世荣老汉的婆姨到现在都没缓过气来，她吓得躲到小子志栓的那口窑洞里，别人怎么叫她都不出来。给白世荣老汉穿老衣（寿衣）

的时候，白志平两口子吓得不敢近身。白志栓和婆姨赵兰萍，妹妹，三个人给老人理发、剪指甲、穿衣服。志栓沾上热水给他大擦身子，志栓一边擦，一边哭，泪水滴到水盆里滴得响亮。在入殓之前，惊魂初定的志栓他妈手里拿个小盆子挪着小脚跑过来对志栓两兄弟说，这就是你大天天念叨的袁大头，总共有十个，给你大嘴里放一个“口含钱”，剩下的你们哥俩分了吧。

大门外，白铁生和本家的几个爹爹在搭灵棚。灵棚搭好以后，灵柩被众人从窑里抬了出来，抬进灵棚里。灵柩停放在灵棚北面正中，头戴圆顶硬瓜壳帽，枕着鸡式枕，脚穿蓝色绣花鞋的白世荣安静地躺在里面。灵柩前放了一个祭桌，桌上放了“大献”、水果、酒肉、馒头、香烛、油灯和灵牌。白志栓把早已准备好的一张黑白照片挂在灵堂的门脸上。棺材盖上，放了“倒头捞饭”和十二个小馒头。灵堂里，放着一个衣饭罐。衣饭罐最终会放在墓地墙壁上的壁龛里。

接下来的两天晚上给白世荣老汉举行了“送灯”仪式。志栓一大家人和邻里乡亲组成了一个庞大的送灯队伍为白世荣老汉送魂。送灯队伍从志栓家出发，蹚过了喜鹊河，一直到了村里的龙王庙上。一路上，隔几米就放一个玉米灯。明晃晃的玉米灯给神树墕村涂抹上了一层神秘的亮色。

第三天头上，要“过三天”。白铁生到隔壁榆树湾村请来一位斜眼平事（阴阳先生）。

这天，和白世荣老汉有直系血缘关系的亲戚都来了。其中娘家亲戚是白志栓穿上孝服，戴上孝帽，拿上哭丧棒，步行几公里请来的。到了这些娘家人的门上，白志栓还不能进门，碰见人来，无论老小长幼，都要双膝跪地给人家磕头。那几天，志栓的腿疼毛病又犯了，加上父亲去世心情不好，整个人身心俱疲。虽然十分悲痛，但白志栓从来不在婆姨娃娃面前流泪，只有在晚上睡下的时候，回想起父亲一生的不容易，两个陷下去的眼窝里会不自禁地流下几滴泪水。父亲为了拉扯他们四个娃娃长大，没少受罪。那肺气肿的毛病就是当年父亲到内蒙古贩卖牛羊的时候受累留下的毛病，这些他都心知肚明的。更为痛心的是，父亲临死都没有过上一天舒服的日子，还在那孔烂窑洞里受罪。唉！每想到这里，白志栓的心就像有把刀子在扎，一阵阵揪心地疼。

相继赶来的亲戚们，脸上带着哀恸的神情，在灵堂前磕头、烧纸。白世荣老汉的大女子和儿媳妇赵兰萍坐在灵柩前，哭个没完没了。吹手班子一大早起来就吹起了丧调，尤其是那高亢嘹亮、粗犷深沉的唢呐声吹得人们的心都碎了，眼泪止不住地往出流。

斜眼平事打了一卦，把下葬的日子定在了半个月后的农历二月十六。这个平事曾经给一位死了老人的主家打出了史上时间最长的葬礼，那个死人整整放了三个月零十天才埋了。在这半个月内，志栓和大哥志平两人听了平事的说法，到白家老坟上擒坟、圈葬。铁生开着三轮车到镇上纸火店定了斗库和花圈。

下葬之日的头三天开始待客，志栓、志平的朋友都到了，铁生也请了他的一些朋友。志栓家那个烂院子里又搭起了棚，架起了锅。白世荣老汉的大女子从第一天开始就坐在灵堂前的长凳上，哭得悲痛欲绝，引得周围的人都止不住拿起袖子抹眼泪。这一段时间赵兰萍的眼睛一直红着，这个女人也在灵前哭公公，捶胸顿足，声泪俱下。铁生心疼他妈，看哭得差不多了，就赶紧上去把他妈从灵棚里架了出来。在场的人都夸白世荣老汉好福气，有个好儿媳，一辈子任劳任怨，是神树塬村所有女人的榜样。

白志平的婆姨从公公死去的第一天起，几乎就没有哭过。只是在

死去当天晚上送灯时，象征性地号哇了两声，以后再也没哭过……但是，这三天，白家所有的亲戚都来了，她不能继续当个两旁外人了。她应该像弟媳兰萍那样，坐在灵前，好好哭几声，不然村里的人会笑掉大牙的，就是不笑，那唾沫星子都会淹死她的。

可白志平的婆姨压根儿就哭不出来，她早就盼望公公早点死，早死早解脱。没办法，志平两口子就把“风油精”涂抹在眼上，看上去效果和真哭一样。两口子趴在灵柩前，哭得“稀里哗啦”“感天动地”，那些亲戚看了以后，心里也直夸志平两口子。

出殡的前一天，是“扬幡行道”。当地人认为，死者即将告别生活了一辈子的阳间，为了让死者最后看一眼自己生活过的地方，就必须带领死者的灵魂在阳间大道上行走一回。这天下午，一行人组成了行道队伍。队伍的最前面是一个放炮手，接着是吹手开道，白世荣老汉的大孙子白宝生拿着引魂幡走在吹手后面，白志平抱着他大的灵位跟在宝生后面。由于“风油精”的量太大，把志平的眼睛熏得通红，他边走边擦眼睛。志栓拿着他大的遗像走在大哥的后面，媳妇儿，女儿、侄女、外甥等组成的孝子队伍跟在志栓后面，亲戚朋友则抬着花圈走在最后面。

由于宝生是公家人，所以很多不知姓名的人都给白世荣老汉送来了花圈和匾，花圈从灵棚开始一直摆到了神树塌村的村口上。

第二天是出殡之日。早上，众人把买回来的“斗库”放在十字路口一把火烧了。中午就要“动灵”。动灵前，白世荣老汉的三个儿女来到灵柩前，斜眼平事打开棺材盖，拿着一块蘸了黄油的毛巾给白世荣老汉开脸。白志平死眯着眼，不敢看。开完脸后，棺材被封死。然后，孝子们烧纸祭奠。斜眼平事手拿菜刀在棺材盖上砍完后，村里十几个壮实的后生抬起了白世荣老汉的灵柩，从大门迈出来。那些绑在棺材盖上的“引魂鸡”煽起翅膀乱扑一顿，地上落下一地鸡毛。那些碎脑娃娃们本想睁大眼睛看个稀奇，没想到让父母一把抱在怀里，眯上了眼睛。此刻，哭声四起，把人的心都揪在了一起。

鼓乐和哀哭声再次响起，灵柩被安稳地放在了墓地，那根花花绿绿的引魂幡像一名卫士一样，挺着摇杆，迎着风，站在荒凉的黄土高原上……

三　失败的苦果

初尝成功带来的甜头后，白铁生并没有好好总结他生意上的失误。他沉浸在甜美的喜悦中，不能自拔，对于外界的变化，他没有引起足够的重视。进入农历三月份以后，他以前的那些老客户都不跟他合作了，没到十天，几乎所有的大客户都不要他的货了，反而跟他的那些竞争对手合作。他的加工厂生产出来的棉花大量滞销，一袋袋的棉花把库房都放满了，甚至占满了村小学的院子。归根结底是铁生有点高傲自大了，他有点忘乎所以了。因为原来的那些竞争对手现在拧成了一股绳，要合力整他呢。用他们的话说，就是要好好整整这个孙子，让他不要忘了自己的娘是谁。当初，铁生初来乍到，他是靠着自己吃苦耐劳和朴素老实的性格逐渐从那些竞争对手手里夺走了市场。可是铁生的眼界还不是很宽，涉世还不深。市场经济是残酷的，它从来不相信眼泪，也不会同情谁。他的好大哥、生意上的启蒙老师刘满柱很早就提醒过他，让他提防那些竞争对手，不要给他们任何喘息的机会。可是铁生被成功冲昏了头脑，怎么也听不进去话，不以为然地说：“喜鹊河一带的乡镇几乎是我的市场，那些人蹦跶不了几天，我们总不能不给人家一口饭吃嘛！”他还得意地说：“是我给他们饭吃，

想收拾他们什么时候都可以。”就在这种思想的作用下，危险正一步步地向他逼来。由于生产出去的棉花卖不出去，压了很多的资金，他资金周转不过来，连工人的工资都支付不起了，就在这个万难的节骨眼上，镇信用社说，社里统一回笼资金，他贷的钱要在三天内还清。

真是祸不单行，粗心大意的志栓在加工棉花的过程中，把手伸进机器的筛板里面查看设备，没想到这时候机器突然自动启动，把他的食指和中指齐齐切掉一部分，志栓因为太疼当场就昏厥了过去。现在，什么也不能干，待在家里静养着，穿衣吃饭还要婆姨赵兰萍伺候着。白铁生几乎让这些接二连三的挫折打得站都站不起来了，这些事没有任何的预兆和暗示，他几乎都喘不过气来了，他现在真是到了四面楚歌的地步了，他的处境和当年的楚霸王也差不多了。瞬间，他的天空好像塌了，他茫然、恐惧、忧愁、担心……他用手里所剩无几的钱把雇来的工人都打发走了，刘满柱也在一片唏嘘叹惋声中回了关中老家。曾经热热闹闹、灯火通明的加工厂现在死一般地寂静，晚上只有拴在村小学门口的狗凄惨地叫一声，打破这个工厂的寂静。加工厂除了机器和那些加工好的棉花外，再什么也没有了。白铁生抽着烟，眉头皱成一疙瘩，他看着那些心爱的机器和棉花，眼泪一下子全部涌了出来，他放声大哭起来。在他看来，他一时半会儿还不能完全接受自己破产的事实，他好像做了一场梦似的，醒来以后，什么也没有了。他深刻地明白，他不是那种家庭富有的子弟，赔了还可以从头再来。为了这个加工厂，他父亲卖了羊，砸锅卖铁给他办起了这个厂子，现在还弄成一个二级伤残，而且他还欠着信用社几十万块钱呢。“老天爷啊，你说我该怎么办呢？爸爸，我对不起你啊。我真是一个窝囊废啊！”白铁生一遍又一遍地自责着。这时候，走进一个人说：“铁生，回家去，你妈做好饭等你回家吃饭呢。”白铁生抬起头，看见父亲高大的身影立在门前。他突然想到六年前，他当教师下岗后，也是在这个村小学院子里，一天晚上就在他失魂落魄的时候，父亲来找他……

“没有过不去的坎，傻孩子，爸爸怎么会怪罪你呢，爸爸为你感到高兴和自豪，你要站起来，咱们可以从头再来。”志栓说。

就是在这个月里，白志栓的头发好像全白了。他其实比小子更痛苦，这些日子，他天天晚上愁得睡不着觉，加上伤口还没有痊愈，使他一晚上翻来覆去难合上眼。他并不是担心加工厂的前景，而是担心小子的处境。小子还小，他怕小子接受不了打击，出了什么事，所以，无论是白天还是晚上，他都在暗地里观察着小子的一举一动。铁生的情绪很低落，一整天都恍恍惚惚的，晚上，他就跟着小子到了村小学。

“我拿啥从头再来？你看看，看看，就剩下这堆破铜烂铁了！”铁生站起来喊道。

“有人就行，人要为一口气而活着，不能丢了这口气。你还年轻，丢了的东西可以找回来，但我们不能丢了做人的勇气。”志栓责怪道。

第二天，铁生早早起来，坐车来到了茂林县县政府。他是来找宝生的，宝生现在已经是茂林县主管工业的副县长了。他心里还抱着一丝丝的希望，他想让宝生出面，让信用社暂时不收回他的贷款。如果有可能，他还想让宝生做保人再给他贷十万块钱，他要翻身，把属于自己的东西捞回来。结果他是高兴而来，失望而回，宝生没在办公室，给他电话也是无人接听状态，铁生失望地回到了神树墕村。

他想到海红果加工厂找柳花，柳花已经从省城回来，到村里的加工厂工作，是总经理助理。可当他到海红果厂的门口时，他停下了脚步。他不知道对柳花说什么，说火辣辣的情话？他现在哪还有那些心

思。让柳花看见他这副丢人败兴的样子，说不定敏感的柳花会因此瞧不起他的，想到这里，他转身向骆驼山走去。

他坐到一处山头上，举目四望。那层层叠叠的山梁，千姿百态，形状各异，像巨蟒，像雄狮，像大象。

一阵阵的悲凉感在身体里扩散开来，他像个找不到家的孤儿一样，孤独地站在山顶上。巨大的落差和挫败感使他根本没有心思打扮自己，他猛然瞥见脚底的那双袜子竟然配错了对。他朝着对面使劲地喊着，喊完后开始笑，就这样，直到他精疲力竭了，汗水已经渗出皮肤了，他才枕着手躺了下来。他烦躁地闭上眼睛，强令着自己什么也不去想，只感受着微风从耳畔刮过，不知道什么时候，他竟然睡着了……

“来这儿了，也不叫我？”不知道什么时候，柳花已经躺在他的一侧。

“柳花？你怎么来了？怎么来了？”铁生忽地坐起来，惊奇地看着她问道。

“我怎么就不能来了？你出了这么大的事情都不告诉我。”柳花似乎有点不高兴。

“我不知道怎么对你说，没脸见你。”铁生站起来，背对着柳花。

“你把我当作什么人了？我是那种见势忘利的小人吗？”柳花坐在草地上啜泣着。

“你现在当大官了，我现在什么也没有了，你还来找我干啥？”铁生往前走了一步，继续说道。

“白铁生，你……你……怎么能这样对我？我好心来看你，你却这副态度。”柳花站起来，哭着说。

“我态度怎么了？你受不了了，受不了你就早说！”铁生走过来，一步步紧逼。

“我不理你了！”柳花转身就要走。

这时候，铁生一把把她拽过来，紧紧地抱住她哭着说：“柳花，对不起，对不起，我不知道怎么了？我控制不住自己的情绪，请你原谅我。我刚才就想去找你，可是我不知道怎么面对你，我辛辛苦苦打拼下来的一切都没有了，我现在好像是一头撞进了一条死胡同，连走出的方向都看不到，我不知道该怎么办？……”

柳花的心一下子软了，她转过身，泪眼蒙眬地看着心爱的人。

铁生在她的脸上亲着，他们开始热吻彼此火热的嘴唇。白铁生此刻感觉到他的世界里并不是孤零零的一个人，他需要爱人的体贴和照顾，躺在爱人的怀里，他能得到更多的温暖，安抚他那颗受伤的心灵，他不想面对接下来的生活，他想永远躺在爱人的温柔乡里，就这样躺着，直到永远……

四 女人的账

这天，窗外乌云密布，光线明显暗了下来，眼看着细雨就要落下来，和大地合奏一首欢快的歌曲。在茂林县一家咖啡馆里，轻音乐漫步在咖啡馆的每一个角落，靠着落地窗的一个角落里，胡柳花坐在桌子前，咬着嘴唇，显得心事重重。

自从铁生创业失败后，她的心里就下起了淅淅沥沥的小雨，打湿了她所有的好心情。她辞掉省城的工作，回到了村里，到海红果厂上班。没多久，她就喜欢上了这份工作。在海红果厂，她干得得心应手，游刃有余。没有太多的条条框框反而激发了她的管理才能，良好的沟通能力和善解人意的秉性使她与加工厂的领导班子以及普通员工

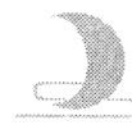

都建立起了一份良好的感情。她每天都过得很充实，每干成一件事情以后，她都会有巨大的成就感。神树墕村的山山水水养育了她，她应该回到这里，和这里的人民一起奋斗，过上富裕的小康生活。但是这段时间，她的心思却放不到工作上。心爱的人遭受了人生这么大的打击，她怎么能安心地工作和生活？是啊，铁生的喜怒哀乐就是她的喜怒哀乐。她要和心爱的人一起面对眼前的挑战和困难，帮他渡过这个难关。她思来想去，现在只有宝生能帮铁生化解眼前的危机。

“胡助理，你这大忙人，怎么有时间约我？”这时候，咖啡馆里走进一个体态臃肿的男子，坐在了柳花的身边。

“宝生，我有一件很重要的事情想请你帮忙。”柳花着急地说。

“啥事？你说。”宝生说。

柳花就把铁生厂子面临倒闭的事实以及需要他出面贷款的事告诉了宝生。

“铁生找过我，我故意躲着他，信用社回收贷款是在贯彻上级文件精神，我无权干涉，这个忙我真是帮不上，你总不能让我以身试法吧？”宝生听完说。

“宝生，你是副县长，一定有办法的，那些事就是你一句话的事。”柳花央求道。

“你把我想得太伟大了，我真的无能为力，铁生是我堂弟，如果可以，不用你说，我都会帮他渡过这个难关……不过，这件事也不是没有回旋的余地。”

“真的？怎么说？”柳花喜出望外。

“这里人多嘴杂，不是说话的地方，我们找个安静的地方说。”

宝生带着柳花来到县城开发区的一处别墅里。刚坐下，柳花就迫不及待地追问道：“你到底有啥办法？”

宝生轻蔑地冷笑了一声："那点事在我白宝生眼里，根本不值得一提，别说十万，一百万也不在话下。你大概不知道吧？是我让信用社那么做的，我就是为了报复他，我要狠狠地报复他，他抢走了我最心爱的人！"宝生恶狠狠地说。

柳花简直不敢相信自己的耳朵，原来这一切都是宝生在背后搞的鬼，她没想到宝生竟然做出这样无耻的事。她惊恐地立在原地，一动不动。

"我得不到的女人，谁他妈也别想得到！"宝生脸色煞白，激动地说。

"他可是你弟弟啊！"柳花不解地问道。

"弟弟怎么了？谁跟我白宝生过不去，我就让他没有好日子过。"

"你简直疯了！"

"我就是个疯子！"宝生哈哈大笑一声，转身向她走了过来。

"你要干啥？"柳花本能地叫了一声。

"只要你成了我的女人，我可以放过他白铁生，我还可以帮他，让他东山再起。"

"你就是个流氓……"柳花不想在这里再待一分一秒，她一把抓住门，准备夺门而出。宝生几步跨上来，两只胳膊死死环住柳花，柳花大声地喊"救命"，宝生任由她撕心裂肺地叫喊。他把柳花抱在床上，压住她，朝她的脸蛋、脖子和胸部乱亲、乱咬。柳花喊着、叫着，用手抓他的脸，扯他的头发……宝生并没有停下自己粗鲁的行为，他的嘴唇像一只正在爬墙的壁虎，快速精准地侵略柳花的身体。一阵反抗过后，柳花再也没有力气继续喊叫、撕咬和抵抗，她像一只温顺的小绵羊，任由白宝生摆布……她感到一种发自心底的恐惧和绝望。就在宝生彻底侵占她身体的那一刻，一滴眼泪顺着她的眼角流

下……

“我想办法，让信用社停止回收贷款。另外，信用社还会给白铁生再贷十万块钱。”白宝生一边穿衣服，一边说，眼角流露出得意的神色。

“只要你不嫌自己的名声臭，你就报警。你就是报了警，也不顶用。在茂林县，还没有我白宝生摆不平的事。”白宝生诡谲地笑了笑，“虽然我用这种下流的手段拥有了你，但是我爱你，这么些年，我见过无数的女人，我的身边也从来不缺女人，但只有你，让我相信，人世间还有真正的感情……你可以记恨我一辈子……”

柳花没说一句话，慢慢地穿好衣服，下了床……

“你要去哪？只要你愿意，我娶你，我现在就去离婚。”

“走开！”柳花脸部没有任何的表情，冷冷地喊道。

“我钱包里一直放着你的照片。”宝生把照片取出来，背面有一行他特意刻上去的字：见到她，觉得自己很低很低，都低到了尘埃里。能看见她所有的姿态和容颜，我心里是欢喜的，仿佛尘埃里开出来的花朵……

柳花夺过照片，几下就撕得粉碎……当她走在街上的时候，首先想到的是把这个禽兽不如的家伙绳之以法，就在不远处，看见了警局，她快步走上前去想要报警。可突然发现不能报警，这件事一旦见了公，她被侮辱的事不是公之于众了么？到那时候，她怎么做人？怎么在神树墕村立足？亲戚朋友怎么看她？她的颜面何在？即使可以不顾及旁人的感受和看法，但亲爱的铁生怎么看她？还会像以前那样爱她吗？毕竟她已经不是一个身体纯洁的女人了。与其这样痛苦地背受一切，不如把这件事隐瞒下来，让它永远石沉大海。何况，白宝生已经答应帮助铁生了。为了铁生，她情愿承受这样的痛苦，一辈子受良心上的谴责和煎熬。

一直到了晚上，柳花平息掉所有的不痛快，回到了神树塬。她没有回家，她要把这个好消息告诉铁生，让他高兴一下。心爱的人操劳得胡子都长出了一圈，这个消息绝对会让他高兴一阵。

柳花忍受着下半身的疼痛，径直来到村小学。微弱的灯光下，看见心爱的铁生正坐在那堆机器前，苦闷地抽着烟。

现在还不能进去！让他看出来怎么办？她拿出提包里的镜子，照着把自己“打扮”了一番，让自己看起来既漂亮又高兴。虽然心理、肉体承受着双重的折磨，但她不愿意让铁生担心她，更不愿意让他看出任何蛛丝马迹。

“铁生，铁生，你的厂子有救了，有救了！”柳花跑进来，兴奋地喊着。

“啥？有救了，怎么个救法？”铁生像看见救星一样，扔掉烟头，跑过来问道。

“今天我见到宝生了。宝生说，信用社明天就会停止回收贷款，还让信用社给你再贷十万块钱。”

“真的？我没听错吧。”

“是真的，宝生亲口对我说的。”

铁生一把抱起柳花，在她的嘴上亲了一口，原地转起了圈圈。

第二天前半晌，白铁生接到信用社打来的电话，通知他到信用社领款。因为事先已经知道了，所以铁生并没有显得有多高兴。当他坐车来到信用社，看见宝生也在，就准备跟他握个手，说一些感谢之类的话。不料，宝生打住他的话说：“柳花是个好姑娘，现在她已经是我的女人了，你以后尽量离她远点。”

“你啥意思？啥是你的女人？你给我说清楚！”铁生质问道。

“你回去问问她就晓得了。”

“你对她做啥了?”铁生瞪大眼，步步紧逼。宝生没有理会铁生，准备离开。铁生一个大步跨上去，死死拽住他的衣领，两团怒火在他明亮的眼眸中燃烧。

“你给我说清楚，不然你今天走不了。”正在这时，信用社跑出来两个保安，将铁生架了开来，宝生坐车扬长而去。

……

几天后，神树墕村的村小学开进了几辆大车，棉花加工厂的厂长白铁生把机器全卖了，买家今天来拉设备。和揭牌开工那天一样，村里来了很多看红火热闹的人。这次大家的脸上像染了一层灰尘一样，没有一点光泽。他们一方面为铁生这个后生的闯劲和干劲鼓掌，另一方面也为这个后生感到惋惜和难过。

白铁生看着那些拉着设备的大车出了村子，心口顿时一阵阵疼痛，这些大车不仅拉走了他们家所有的家底和积蓄，也拉走了他所有的梦想，他的心被劈成了两半，撕心裂肺地疼……

五　一个叫如梦的女人

自从去年和肖实好了以后，山杏就过上了另外一种生活。从她的穿衣打扮、日常生活可以明显地看出，她已经是个地地道道的阔太太了，过上了很多女人羡慕向往的生活。有房、有车、有钱，还有一个爱她疼她的男人，她已经很满足了。每天，她住在窗明几净的大洋房里，做饭、洗衣服、收拾房子……晚上，等那个男人回来和她一块吃饭，嬉戏在床笫间，享受两个人的欢乐时光。有时候，她一个人待在偌大的房子里，感觉单调无聊，就报了一个舞蹈班。山杏是个喜欢热歌劲舞的女孩，便练习性感热辣的钢管舞。她在家养了一只猫，无聊的时候，她就对着猫说话，聊聊心思，说说忧愁。山杏把母亲高爱爱接到了省城，想让母亲好好享受一下生活。可高爱爱待了一段时间以后，吵着闹着要回神树塬村。高爱爱对女儿说，在村里她一天就闲不下来，现在闲下享清福了，她反而不适应了，还是农村那个土窝窝好。山杏只好把母亲送了回去。无论是在物质上还是精神上，那个男人给她带来了前所未有的新奇体验。她像一块冰，是那个男人用他的热情和魅力一点一滴地融化了她，让她完全进入了他的生命大河中，接纳了他。她和肖实这个中年男人走在一起完全是被感动了，肖实就像小时候的父亲那般疼爱她，给她心灵上的呵护和物质上的关怀，在心里她是愿意嫁给肖实的，而且肖实已经发誓要和妻子离婚，和她在一起。

山杏很早便没有了父亲，从小到大，她渴望父爱。在学校里，她渴望父亲来看望她，接她上学。在社会上，她渴望能经常听到父亲嘘寒问暖的声音……她的骨子里严重缺乏父亲的爱。出于这个原因，她和与父亲年龄一般大的肖实走在了一起。不过，山杏始终觉得她与肖实的感情和铁生的不一样。她爱铁生，爱到骨头里，爱到可以发疯，爱到可以失控，在这个世界上再没有第二个男人可以替代他，哪怕在别人的眼中是一根不起眼的草，在她的心中就是一朵鲜艳盛开的花朵。有时候，她会想到铁生，知道他现在在村里已经把事情闹大了，从小就能看出，她心爱的铁生哥有一股不服输的劲，说话做事从来不落在人后，她为此感到高兴。相比以前，她现在不是那么依恋铁生了。在感情上，她暂时找到了一个归宿，一个情感依存的地方。偶尔会泛起阵阵伤感，她的所作所为辜负了双喜的一片真情。当初，是双喜带她来到这个城市，在地铁站口卖唱，在酒吧驻唱，成立“圪梁

梁”组合……留下了一段难忘的时光。无论在工作还是在生活上，双喜给了她无限的帮助和关心，她这辈子欠双喜的太多了，可她一直把他当作亲哥哥那样看待，没有想过亲情之外的任何情感。在双喜面前，她不用刻意掩饰，不用做作，想哭就哭，想笑就笑，很少考虑过他的感受。双喜爱她，但她不能违背自己的良心，她爱的人不是双喜。双喜的母亲去世后，她回茂林县找到了双喜。

“我已经和肖实好了，你要想开点。”山杏说。

“只要你过得好就可以了，不用在意我。”

“你怎能那么说？你对我的恩情我一辈子都不会忘记。”

双喜抬头看了一下湛蓝的天空，良久说：“有时候我会想，找一个伴侣，带她走遍世界的每一个角落，把我的歌声留在那里。但当你回头找的时候，却很难找得到。”

“你一定会找到的。”

“但愿可以，如果出现，我会行动的。”

不久，双喜去了煤矿工作，山杏回到省城过上百无聊赖的生活。天天像一只囚禁在笼子里的小鸟，山杏厌烦够了。肖实在自己所在的公司给她找了一份工作。去年腊月，肖实对山杏说，他要回家过年，和妻子正式提出离婚，然后他们结婚。整整一个春节，山杏苦苦地等着肖实和妻子谈离婚的结果，却犹如石沉大海，打他电话永远处于关机状态。山杏简直急疯了，她想去杭州找肖实，在这个时候，山杏的电话响了，打电话的并不是肖实，而是肖实的妻子。原来，肖实春节回家和妻子提出离婚的事以后，他的妻子也同意了，但肖实必须净身出户。肖实的岳父是这家外资企业的老总，肖实的一切都是女方家给的，他根本不敢得罪他的妻子。百般压力下，肖实选择了妥协，把工作关系也调回杭州的分公司。

正如他的名字一样，肖实彻彻底底地在山杏的世界里“消失”了。她不平、气愤、失望……抽烟、酗酒，在家里一顿乱砸，砸碎和这个负心男人的一切，甚至都想放把火把这里烧得干干净净。她把自己的爱情、青春、身体都交给了肖实，结果却是一场空梦。生活的巨浪扑面而来，我们的山杏丝毫没有一点防备，生活向她关起了大门，这个世界已经没有她眷恋的东西了，连最信赖的人都抛弃了她，心里所有的希望都破灭了，活着还有什么意思，只不过是行尸走肉……她想到了死！她一点也不害怕死亡带来的恐惧，反而有种解脱后的坦然和自在。

她想好好睡一觉，这一觉自己永远都不可能醒来。就在她把安眠药放在嘴边的时候，眼前仿佛看见了她母亲高爱爱，看见了神树墕村的山山水水……夏天，她在骆驼山、大华山和母亲高爱爱一块打猪草，出山劳动，赶牛牵羊。这些画面让她浑身战栗，拿药的手开始颤抖，她舍不得离开他们啊！母亲含辛茹苦把她养这么大，她怎么能干这样的糊涂事呢？她一直是个坚强勇敢的女孩子，同学们把她当成男生一样看待。她要活下去！就是天崩地裂，天塌下来，她也要活下去，迎接新的希望。

在经历一次生死劫难后，山杏有了回家的想法。曾经在失魂落魄的时候，还有一直暗恋她的双喜帮助她，可是，她已经把愿意为她付出一切的双喜弄丢了。如果回到神树墕村，要再次面对让她伤透了心的铁生，怎么和他相处？以朋友的身份？还是以恋人的身份？她不知道该用哪种身份来面对她深深迷恋着的这个男人。想到这些，她选择继续留在省城打拼。不久，她就从那个富人集聚的小区搬了出去，过上了普通人的生活。眼前，她已经过惯了那种安逸奢侈的生活，一下子很难转变过来，思想上的依赖性让她看不上那些靠体力打工赚钱的

工作。同时，她要让自己过得好一点，即使过不上以前那种物质充裕的生活，也不会委屈自己。最后，她来到了原来驻唱的那家酒吧，酒吧已经改造成了一家知名的夜店。

因为歌唱得好，还会跳钢管舞，山杏很快就成了这家夜店的演艺明星。每天晚上，这家夜店内人头攒动，香烟与美酒的味道混杂在空气里，口哨声、欢呼声、鼓掌声此起彼伏，舞池内灯光闪烁，劲爆的音乐冲击着耳膜，都市里的男男女女挤在舞池中央，摇晃摆动着身姿。就在一片璀璨灯光的照射下，山杏突然出现在舞台的中央。性感外露的着装，妖艳迷人的打扮，引来台下的阵阵尖叫和骚动。在这种热烈欢腾的气氛中，她充分展示着自己过人的舞台演技，她的表演简直能引爆全场的气氛，台下的人疯狂地跟着她的节奏舞动……表演结束后，她会拿起酒杯走进包房里陪客人喝酒，这些客人都是点名要她陪酒的，都是夜店老板的朋友，她不能拒绝。有时候，这些人会乘着酒劲抱她，亲她，甚至下流地摸她……有一次，一位客人喝醉了酒，强行要带她走，她委婉地说身体不舒服，不能出去。这位客人不由分说，拽着山杏的头往门上撞，骂骂咧咧地说，你他妈就是一个婊子，还要立牌坊，这里面的女人只要我喜欢，哪个敢不答应？这个醉酒的客人最后被保安架走。山杏的额头上被撞出一个大包。那几天，她没有去上班，只能在房间里静养。有时候，听到别人侮辱性地叫她交际花或者小姐的时候，愤怒和难过像利剑一样，猛戳她的心窝子。她默默忍受着别人对她的侮辱和不公。实在忍不住了，就和同在夜场上班的好姐妹出去喝酒、唱歌，当喝得分辨不清自己在哪，干什么的时候，就痛痛快快地哭一场，哭完，就痛快了……接着，第二天晚上，当音乐响起、掌声雷动的时候，她还会继续出现在那个熟悉的舞台上。

在夜店工作的收入是比较高的，山杏每晚上都能赚个八百一千的。有时候，陪客人喝酒也能拿到一点小费。山杏从来不吝啬钱，把挣来的钱买了好衣服、好吃的，当下时兴哪个款式的衣服、包包、化妆品、手机，她不用多想，就会满足自己所有的消费欲望。用她自己的话说，她要享受生活。那些好姐妹告诉她，她们吃的是青春饭，过了花样的年龄，人老珠黄就不可能在夜店干了，趁着现在年轻好挣钱，多攒点钱，将来开个店或者做个生意什么的。山杏没有把姐妹们的友好劝告当回事，她从来不规划以后的人生，走一步算一步，过好当下的生活就可以了，这是她的处事风格和价值标准。

山杏虽然心里喜欢这份工作，也逐渐习惯了别人的指指点点和刻意的指责谩骂。但她不想让亲戚朋友知道她在夜场工作，尤其是神树墕村的那些熟人们。她给自己起了一个艺名——如梦。现在，她已经对男人死了心。她暗暗发誓，再也不会相信男人了，天底下的男人都靠不住，爱情之门已经在心中死死地关上。进入夜场工作后不久，很多男人主动追求她，一晚上能收到几十枝玫瑰和花篮，有人邀请她逛街，有人邀请她看电影，有人邀请她吃饭，还有人想带她去外地旅游。不管是出于真心或者假意，对于一切追求者，山杏总是持着一副笑脸接受，内心却不为所动的态度，大多数追求者在几番无果后，都打了退堂鼓。

六　失魂落魄

铁生从宝生那里得知柳花被侮辱的事后，回村便找到柳花：“你为啥要那么做？你让我把脸往哪搁？”铁生涨红着脸，一副气急败坏的样子，好像要张开嘴把眼前的柳花一口给吞下去。

柳花抬起头，眼角带着几丝失望的神情："我不想看见你每天折磨自己，我想帮你，不知道怎么办，就去找宝生，结果那个狗日的……"

铁生用冒着火的眼睛死死地瞪着柳花喊道："我的事情不要你管，我们马上就要结婚了，现在出了这号事，你让我怎么办，怎么办呀？"

柳花抬起湿润的大眼睛问道："你是嫌弃我吗？嫌我身子脏？"

"不是嫌弃你。"

"那是啥？"

"我不知道，你不要问了！"

"你就是嫌弃我，你嘴上不说，心里就是那样想的。"

"随你怎么想！"铁生大声地喊道。

柳花转过身子，哭着跑了。铁生脸上青筋暴跳，胸中的怒火越烧越旺，朝着地上狠狠地跺脚，直到跺到脚麻木感觉不到疼了，他才停了下来。他越想越气，感觉自己太没用了，简直就是一个废物。生活真和他开了一个天大的玩笑。这几年，他白铁生在神树墕村也是一个响当当的人物，虽然比不上那风光无限的胡百福，但提起来很多人是会竖起大拇指的。现在，他亲手毁了辛苦打拼出来的工厂，父亲在一次加工棉花的过程中手指头被机器割掉两个，成为残疾，爱人也被糟蹋了。老天爷为什么对他如此不公，他白铁生到底做错什么，要这么惩罚他？他受的挫折和苦难还不够多吗？生活的惊涛骇浪不断向他打来，他还没有从工厂倒闭的阴影中走出来，又一个巨浪就差点把他打得栽倒在地，无形的压力压得他很难抬头做人了，以后，还有何脸面面对世人？

自打那天以后，铁生再也没有主动找过柳花，柳花也没来找过他。他从村里的"闲话中心"处得知，柳花病倒了，已经有一段时间没有去海红果厂上班了，他父母亲急得搞不清女儿害了什么病，不停地往家里请医生。倒是副县长宝生来过几回，宝生来了以后，胡根根两口子好吃好喝好招待，像是招待贵宾似的迎接这名副县长。

铁生原想去看看柳花。当他一个人冷静下来仔细考虑这件事时，又为自己不理智的行为和语言而懊恼不已。他不能责怪柳花啊，柳花受了这么大的委屈和伤害，已经够折磨她了，他还能再往伤口上撒盐吗？难道爱一个人就要狠狠地伤害一个人吗？那不是爱，那是愚蠢！再说，她那么做完全是为了他啊，他不应该冲动地责怪她，不理她，让她陷入绝望。可当他听到宝生去看望她的时候，他既失望又愤懑，大男子主义情绪使他立刻打消了去看柳花的想法。

那段时间是白铁生人生中最难熬的一段时间。他把工厂的机器处理掉，还掉了信用社的一部分贷款。眼下，他已经无力再偿还亲戚朋友的钱了。烦闷至极的时候，他跑到煤矿找到了好朋友双喜。双喜在煤矿上干得很不错，是煤矿综采队的技术员。他把棉花加工厂倒闭的前前后后以及现在面临的一些困境告诉了双喜。双喜对他说，最近他们煤矿上要招一部分临时工。年龄、学历、工作经验都没有严格的要求，如果他愿意来，他可以让他父亲托人把他安排进来。双喜说了这个煤矿的工作环境、条件以及工资福利待遇来打消好朋友的一些顾虑。说心里话，双喜很想让铁生来煤矿工作，最好，把他们两个人分在一个宿舍，一个睡上铺，一个睡下铺，那样，他们就可以天天在一起，一块谈天说地，说古论今。

铁生没有多想，就答应了下来。眼下，他太需要一份工作了。父亲因为他成了一个残疾人，家里还欠着一屁股债，全家人的吃喝等着他呢。父亲倒下了，他就是家里的顶梁柱，家里的雨中伞啊。他是太累了，多么想睡在那个暖烘烘的炕上，三天三夜不起来。可一想到家里现在的窘境，他怎能安心地睡着？无形中就有一双手推着他动啊！

铁生从煤矿上回来就把要再次下煤窑的事给全家人说了。放羊汉白志栓从指头被切断以后，整个人像大病了一场，看起来没有一点精神。小子工厂失败，自己又闹了一个残疾，家境更烂包，以后的生活怎么办呀？志栓不知道把这个问题反反复复想了多少遍，黑夜里想，白天里想，可就是想不出个所以然来，明明听到肚子叫了，可没有一点心思吃饭，真是让人活受罪，活着不如死了。现在生活已经把他折磨得不成样子了，脸上的皱纹似乎在几天内多出了一倍，所有心里的挣扎在他那张皱巴的脸上已经显露无遗了。身体和心灵上的失落让他一时间还难以缓过来，想要恢复以前那种脸上有光、精神有劲的状态，看来很难。

志栓烦闷地抽着旱烟，一锅完了接着另一锅，听完小子的话，并没有急于发表看法。换作是以前，他会一口把小子的话顶回去。上次黑窑事故的阴影在他心里还没有完全散去，怎么忍心让小子再去？他清楚地知道下煤窑的危险性，但凡可以干别的事情，大人是不会允许娃娃下煤窑的。但是，现在家里成了这么一个烂光景，他白志栓心疼小子，爱惜小子，可实在想不出其他办法来了。这时候，白志栓站起来说：“你想去就去吧，可一定要注意安全，那煤疙瘩可不长眼。你完完整整地出去，就要完完整整地回来。听到没有？”志栓几乎是用一种命令式的口气对小子说完这句话的。

七　走进煤矿

现在，白铁生来到了另外一个世界，一片煤的汪洋。这个世界他曾经来过，就是黑不溜秋、不见太阳、阴冷潮湿的井下。他是带着失落、愤懑和战战兢兢的心情来到这个黑色世界的。可以说，他是在万般无奈下来的，被生活所迫。

柳沟煤矿位于榆树湾村的隔壁村，属于年生产能力千万吨级的国有煤炭企业。白铁生进入这个煤矿以后，就被这个煤矿的条件和环境震撼了，彻底颠覆了以前对煤矿及矿工“傻大黑粗”的印象。矿区简直就是个花园式的小区，花团锦簇，绿树成荫。矿工统一打着领带，穿着白色的衬衣，黑色的西服裤子。他们脸上洋溢着自信和阳光，丝毫看不出来这就是煤矿工人，这和银行里的“白领”一样。在一边的操场上，工人们打篮球、踢足球、打网球……干净整洁的路面上看不到丝毫的灰尘和煤屑，就是那整天和煤打交道的原煤仓、四连仓看起来也是白白净净的。

采煤不见煤，采煤不见矸，只有在车站装火车时，才能稀罕地看见煤，一切都是那么井然有序。

铁生在双喜的带领下，在矿区走着、看着。每当碰见一个人，都会向他们点头或者问好。这把铁生弄得很尴尬，只能在仓促中回应人家友好的问候。双喜告诉他，无论是熟人还是陌生人，职工们见面都要点头问好，这是矿上的企业文化。

铁生不懂什么是企业文化，只明白高素质的人才会这么做。在双喜的介绍下，他又陆陆续续参观了柳沟煤矿的餐厅、公寓楼、洗煤厂和多功能厅，一圈下来，可让铁生开了眼界。

接下来，是为期十天的新职工上岗安全培训。铁生和一同来的三十名临时工一块接受了培训。在培训的过程中，他了解了煤矿相关的知识，在讲师的带领下，学习了很多的煤矿事故案例。一个个真实的案例让他进一步加深了对煤矿的认识。

就在上岗的前一天，矿上组织他们一批人到井下参观。铁生换上干净的工作服，戴上矿灯、自救器、定位仪穿过长长的人行通道，来

到了坐车下井的地方。车已经在等他们了。在上车之前，他们要经过一道严格的安全检查，几个安全检身工列队站成一排，拿着电子扫描仪在他们身上仔细排查着，从上半身开始一直扫描到脚底，看入井人员有没有带打火机、烟、易爆物品以及有没有喝酒，有没有异常情绪等。和铁生一块来的大部分来自本省关中地区和陕南山区，都是刚刚从煤炭技校毕业的大学生，他们从来没有下过井，所以看见煤矿他们有一种按捺不住的激动，紧张和好奇写在了每一个人的脸上。他们交头接耳地一边指着，一边说着。相反，曾经下过小煤窑的铁生显得很淡定，他下过榆树湾村的“黑口子”，因此对煤矿没有留下什么好印象。心想，柳沟煤矿虽然矿区看起来美丽壮观，职工也很有素质素养，但天下的井都一样，底下的环境比那“黑口子”好不了多少。一种先入为主的思维模式使他对煤矿没有多少好感，因此，就在人车缓缓驶入井口的时候，他竟然迷迷糊糊地睡着了。

“啊……快看，太漂亮了……看墙上那壁画，跟真的一样，看这，那还有……”一连串啧啧称叹的声音把铁生从睡梦中惊醒，原来，他们已经坐车到了深不见底、不见阳光的井下。铁生打了一个哈欠，睁大眼睛，顺着众人手指的方向看了过去，眼前的景象立刻把他惊呆了。

不远处的煤墙上画满了各式各样的画，有山水，有楼阁，有人物……一幅幅色彩鲜艳、浓墨重彩的画仿佛一下子把人带入了另外一个世界……

这简直就是一个童话世界，一个魔幻世界，一个多彩缤纷的世界！

据车里的讲解员介绍，墙壁上这些画并不是请专业的画匠画的，而是矿上的画画爱好者利用业余时间画上去的，他们有一个响亮的名号——“矿山艺术家”。他们这样做的目的就是为了改善员工作业环境，使矿工兄弟们在心情舒畅的环境下工作。

车行驶在干净明亮的水泥路面上。巷道两边的反光牌整齐划一地吊挂着，一直向远处延伸去，逐渐消失在巷子深处。里程提示牌、地点指示牌干净明亮，所有的这些和墙上的那些“艺术作品”相得益彰，简直像是到了一处风景别样的旅游胜地。

车子一直开到了工作面才停了下来，车里的人并没有见到一直想见的进口大功率采煤机，首先映入眼帘的是灯火通明的艺术化亮点硐室。

讲解员说，这个硐室是井下矿工们吃饭休息的地方，是矿工们自己设计、制作完成的。这个吃饭休息的地方真的很漂亮，里面摆满了各种盆景花卉，中间摆着一排桌子，桌子的玻璃下面压着这个工作面所在综采队每名职工的全家福以及亲人、朋友的安全寄语。两排高脚凳分列左右，这些在酒吧里面有的东西竟然搬到井下来了，简直不可思议。硐室两边立着几个橱窗，里面摆放着本工作面的介绍、相关设备的简介、各岗位作业工的岗位描述以及各种危险源辨识等图纸。旁边的一个柜子里放着方便面和一些速溶咖啡，井下二十四小时供应开水，哪名职工口渴了或者肚子饿了，可以利用休息时间，吃桶泡面或者简单地喝一杯咖啡，缓解一下疲劳和乏困。最边上还放着一个小柜子，里面是一个急救箱，矿工若有小的擦伤，可以先进行简单包扎。那个年轻的讲解员自豪地说，不仅仅是这个工作面有艺术化的亮点硐室，类似的硐室在井下面是随处可见。他还说，干活干累了，坐在高脚凳上，泡一杯咖啡喝，欣赏着周围的花花草草，真是别有一番滋味在心头，这是煤矿工人的尊严和福分呢。

铁生再也没有了睡意，从大巷一直到工作面，他都目不暇接地看

着车里车外的一切，除了震撼还是震撼。当初他下的那个“黑口子”，简直是个地狱。而这丝毫感受不到漆黑带来的恐惧感。他坐在高脚凳上，看着眼前的一切，顿时一股感动从心底升腾起来。

煤矿工人应该为此而感到自豪！

接着，他们到了工作面。这是他们以后日日夜夜工作的地方，一排排的液压支架顶着顶板，显得很有气派。灰白的灯光打通了液压之间的人行通道。那个人人都想看见的采煤机终于浮现在了众人的眼前。这个价值二十多个亿的大家伙真是一个宝贝，全矿所有人的吃喝都要靠它，这个大家伙工作起来很厉害，一天的采煤量就相当于一个小煤窑一年的产量。

铁生在井下参观了一个上午，坐车升井后，并不觉得疲惫，反而有一种意犹未尽的感觉。洗澡的时候，脑海里再次浮现出了柳花的样子，意识到自己还背负着很多的东西。他眉头紧锁，顶着风向宿舍走去，刚才在井下面的那种新奇感已经消失殆尽。明天，他就要正式上岗了，再次成为一名矿工。人生有时候充满了戏剧性，很多事情不是以人的意志为转移的。对他来说，他将再次踏上不寻常的道路，不管以后的道路是一片坦途还是布满荆棘，他都要认认真真地过好每一天，每天迎着朝阳，挺起胸膛，继续去追逐心中的那个梦。那就是改变自己的命运，改变家庭的命运，他要告诉这个世界，他要重新开始努力奋斗！

第六章　月　　圆

一　宝生进村

宝生上次在那家化工企业考察完，在一片矛盾纠结中，战战兢兢地收下了那八万块钱后，不久便从这种痛苦和矛盾中挣扎了出来，他逐渐原谅了自己的这种行为。人在某一件事上一旦尝到甜头后，就会一发不可收拾。那次以后，他又陆陆续续收到了几批请他帮忙的钱财。在日常的生活中，他也逐渐开始放松对自己的要求，常常用那句“他为公家的事付出了这么多，也该适当享受一下”来安慰自己。这些享受首先从他的衣食住行开始。他很少住在县政府家属楼里，他在县城有多套房子，在省城和北京、上海、广州都有房产。其次他外出的小车也换了更高档次的车。工作间隙，他就跑到一些老板开的会所里，与圈中那些朋友吃喝玩乐。宝生还做了很多的投资，县上很多厂矿、宾馆、酒店都有股份，有些是他确实掏钱入了股，有些纯粹是干股，不用他拿一分钱，到年底分红就可以了。无论是真股还是假股，宝生都做得密不透风。宝生有自己的一套办法和原则，对送上嘴的肉，不是不分青红皂白就吞到嘴里，他只会笑纳那些和他关系走得近并且确定和他是一根绳上的蚂蚱送来的东西。不过，宝生在工作上，

仍然是雷厉风行，工作能力也是被县委领导班子认可的。他年轻，前途无量，即使有人跟他政见不同，也起不了多大作用。他舅舅和丈人为他的顺利仕途铺好了道路。

有些大老板为了攀上白宝生这根高枝，想方设法，费尽苦心，撬不开白宝生的嘴，就从他的娃娃、婆姨、父母亲身上下功夫。这些直系亲属往往分不清好赖，看不到事情将来的严重性，只要送上门，都统统收了下来。就拿他父亲志平来说，这老汉现在可是有享不完的清福。他现在不仅是神树墕村的支书，而且还是县里老年协会的副会长，说是副会长，自打当上以后，志平总共去了两回。第一回是认门，第二回协会换届选举不得不去。剩余的日子，他等着领工资就行了。走在大街上，志平也是威风八面，碰到个熟人，老远处就喊他白会长、白会长。志平那个高兴劲就像买彩票中了大奖一样。有人为了感谢和报答宝生，在不打招呼的前提下，偷偷把志平老家的房子重新装修了一番，院墙比以前更高了，门口的石狮子比以前的更大更威武了，整个院子装潢得十分漂亮。甚至，在大门外面的不远处，还用大理石做了一个辕门，上面刻着“紫气东来”。神树墕村的大人娃娃都羡慕死了，这不是往白家祖坟上添土嘛！

白宝生在个人事业上是空前的成功，但在感情方面是个十足的失败者。虽然他接受了现在的婆姨，但从内心深处上，那只是为了完成一项任务，尽一个丈夫的责任。他没有得到爱情雨露的滋润，感情世界一直是一片真空地带。多年来他将自己的情感诉求深深地埋在内心深处，从来不轻易去碰触它，也不向外人提起。有时候，工作上接二连三的事情使他顾不得想个人感情上的得失，不想并不意味着不存在。当夜深人静、躺在床上的时候，他会想起这些年自己的感情经历，可谓是苦涩难咽。当年，他喜欢柳花，柳花却早已心有所属，爱上了他的堂弟铁生，这让他常常陷入一种两难的境地而难以挣脱出来。后来，他选择听从家里的安排，和一个自己不喜欢的女人生活在了一起。现在，他的官越做越大，已经有足够的能力来重新找回自己当年失去的爱情。为此他专程跑到省城，给在省城上班的柳花细致的照顾，帮助她找工作。他以为柳花会感激他所做的一切，和他好。没想到，自己的良苦用心，换来的却是柳花和铁生就要结婚、一搭里过日子的消息。这让他刚刚燃起的一点点星星之火马上就被扑灭了。宝生并不甘心，他已经不是当年的白宝生了。有时候，他可以让黑的变成白的，让哑巴吃了黄连还能说出口，让死人都可以再次开口说话。他白宝生要报复，夺回属于自己的一切，他要让白铁生破产。在得知铁生的工厂陷入困境的时候，他让信用社追回其所贷的款。这在一定程度上，加速了铁生厂子的倒闭。在这个节骨眼上，柳花为心爱的人向他求情。那天，在半推半就的情况下，他得到了柳花的身子。多年来，对柳花所有的牵挂、思想和魂牵梦绕在那天得到了充分的释放，心里得到了前所未有的满足，他日思夜想的人啊！终于得到你了！

可没过多久，宝生就改变了自己最初的想法，他不仅要得到柳花的身体，还要得到柳花的心。如果柳花愿意，他可以和现在的婆姨离婚，和她过日子。他跑到神树墕村柳花的家里，请求柳花的原谅。

宝生对柳花说:“我是因为爱你才做出那样的行为，你要原谅我。”

柳花自从被宝生侮辱以后，就很少出门，她身体和心理上承受着别人难以想象的煎熬。现在，她和铁生的感情遭遇了前所未有的危机和挑战，眼看他们七年“马拉松”式的爱情长跑就要圆满地画上句号了，没想到出了这事。无论白天还是晚上，柳花无数次地期盼着铁生能来找她。有时候，她会为此而高兴地流泪；有时候，她内心又有一种深深的恐惧感，担心铁生再不来找她，再也不理她。就这样，她天

天期盼，换来的却是无尽的失望。直到有一天，他父亲胡根根告诉她，铁生到柳沟煤矿下窑去了，她的心彻底死了。她一度想过主动去找铁生，挽回这段感情，可自己也是受害者啊，她不甘心啊！她将所有的怨气和憎恨归结于宝生。这个禽兽不如的家伙把她祸害成什么样子了！如果不是考虑到自己的名声，她会将他的卑鄙行径告诉神树塬村的老小，让他们知道白宝生是个什么样的人。想到这里柳花站起来骂道："你赶紧给我走，我不想看见你这个猪狗不如的东西！"胡根根和婆姨李冬平不知道其中的缘由，连声责怪女子："你这个娃娃，说啥了？白县长好心来看你，看你那狼不吃样。"

柳花一气之下，跳下炕，拉上一双鞋，一声不吭地出了门。胡根根叹了一口气说："白县长，你别介意，这个丫头现在是越来越不像话了，女子大了，父母管不动了。"紧接着，李冬平也说："这丫头最近情绪大变，问她也不说，能愁死人，宝生你们都是年轻人，你好好开导开导她。"胡根根立马打住婆姨的话："白县长公务多，哪有时间管这些闲事！"

柳花从家里跑出来，想找个清静的地方躲一躲，便来到自己在海红果加工厂的办公室。直到晚上，她才回了家。

没过几天，宝生又来了。每次来，他都要拿一大堆东西。胡根根和婆姨李冬平当然很高兴，县长能来他们家，那是给他胡根根面子，是他家的光荣和福分。以前，老两口想把女子柳花嫁给宝生，在他们心中，无论是地位还是家境，宝生都是最好的选择。可女子一口回绝了他们，打碎了老两口美好的愿望。

宝生连着吃了几回冷落，便再没有继续回村看柳花。

孝顺的柳花见父母因为自己也是满脸愁容，便和往常一样，到海红果加工厂上班。只是一个人的时候，她会出神发愣，致使工作时犯一些低级错误。她意识到不能再以这副状态生活下去了，那样迟早会发疯的。爱情，不应该成为一个人生活的全部。除了爱情，生活中，还有很多值得珍视的情感和东西，比如亲情、友情，还有一生为之奋斗热爱的事业。柳花把全部的热情都放在了加工厂的日常管理上，不断提高加工厂的产量，增加职工的收入和福利待遇，把这张村名片打出来，打响亮。为此，她决定报考函授的研究生班，进一步提高自己的学历。白天她努力工作，晚上，复习一些学习资料，记笔记。夏天，夜深人静的时候，她站起来，透过窗户，巍峨的骆驼山已经淹没在了一片黑色中，喜鹊河涓涓的流水声从心间流过，到处都是蟋蟀凄切的叫声，月光舞步轻盈地泻下来，小虫子在草丛里蹦着，地里各种庄稼秆儿生长着，山野中也有万千生命在欢腾着……

二　人往高处走

茂林县的大地像是穿上了一件金黄色的外衣，低洼处的山地里，糜谷熟了，金黄金黄的像是在地里铺了一层厚厚的金子。农人们套上车，拿上镰刀又将进行一年一度的“秋收大会战”。秋天是一个美丽的季节，是一个收获的季节。

铁生在柳沟煤矿下井干活到现在已经有三个月了。三个月看似很短，但对一个要转换人生角色、重新定位自己人生目标的人来说是很长的一段时间。首先是身份上的转换，铁生以前是棉花加工厂厂长，大小也是一位民营企业老板，现在成了柳沟煤矿的临时工，这需要经过一番心理挣扎才能平静地接受事实。好在铁生从小吃惯了苦，这对经历了几次人生重大转折的白铁生来说不是一件很难的事情，很快他就较为平静地接受了自己是煤矿工人的现实。白铁生常想，人活着不

是为了证明苦难，而是亲历过黑暗，才配拥有光明。所谓人生，并不是与他人的斗争，而是与自己的斗争。

白铁生很少向工友们提及他曾经的“辉煌历程”，只是说自己是个农民。从他平时的穿着和言谈举止上看，工友们很信服这点。实际上，白铁生倒很庆幸自己能成为一名国企的员工，倒不是因为能挣多少钱，只是没有以前他开工厂那么累了。以前，这个工厂的大小事都要经他手，工厂的日常管理、销售、工人的吃喝拉撒都要他一个人操心，事无巨细。虽然他名义是老板，其实比工人都累。现在下班以后就什么事都没有了，一身轻松。其次，刚来的时候，铁生很不适应矿上的管理。柳沟煤矿是一个管理很严格的矿井，尤其体现在安全管理上。柳沟煤矿推行安全精细化管理，无论是人还是物，管理都很细致，小到一颗螺丝钉，大到采煤机，都有一套严格的管理办法和流程。操作一台机器，职工都必须按照规定的流程和动作进行操控。如果是岗位工，就必须要掌握本岗位的应知应会，会辨识危险源，这对自由惯了的铁生来说是很难适应的事情。但为了尽快融入工作，下班后，他加紧背诵岗位应知应会，摸清岗位上的一些危险因素，现在，基本上没有大的障碍了。最后困扰他的是和柳花的感情，到现在他也没有主动给柳花打一个电话。其实，他心里早已经没有怨怪柳花的意思了，但他就是过不了那个坎。他还是像以前那样爱着柳花，一刻也没有改变过。有时候，他为了转移注意力，就在井下拼命地干活，用这种折磨自己的方式来缓解对柳花的思念，只有劳动才能让他思想上得到暂时的解放，不去想和柳花的那些点点滴滴。

铁生被分在了综采一队，和他一起来的大学生，除了有几个分在了矿工会和宣传部外，其余的都分在了综采一队。综采一队在柳沟煤矿被称为“大学生采煤队”。的确，这支队伍百分之七十五以上都是大学生。年轻化、学历高、素质强是综采一队的特点。

这天早上，双喜和铁生相跟着来到学习室。学习室里已经坐满了人。学习室装潢得很豪华，看起来温馨别致。学习室里装有空调、投影仪，正面的墙上挂着一个大液晶电视机。“以人为本、安全为天”八个大字在墙上特别显眼。学习室左右两边的墙上贴着员工的艺术作品，比如剪纸、绘画、书法、摄影等。除了这些外，墙上还贴着利用大数据分析得来的设备故障分析图以及一些操作流程图。完全是利用现代科学技术来采煤啊！学习室的后边是一排书柜，书柜里放着职工的学习笔记本，每个笔记本上面都有编号，所有的笔记本构成了一幅图，缺哪一个，一眼就能看出来。这样做的目的一来是为了方便职工找到自己的笔记本，二来美观整齐，非常好看，这也属于精细化管理。

整个学习室不仅有现代化的气息，还时时刻刻体现着家的温暖。学习室每名职工的桌子上贴着他本人的全家福和亲戚朋友的安全嘱托，铁生的桌子上面就贴着一张全家福。每天上班，职工们都能看见与父母、妻子、孩子的合影，看到他们的安全嘱托，然后安全上岗，按章操作。现在，班前会开始了，综采一队的队长赵大海和技术员高双喜已经坐在了前排的主席台上，准备主持召开班前会。

高双喜对着话筒喊了一声：“开会!”下面各种纷乱的嘈杂声瞬间没有了。接下来由技术员高双喜组织职工进行“每日一案例”的学习。双喜按下遥控器，学习案例已经出现在了前面的液晶屏幕上。高双喜翻开提前备好的讲课教案，开始为职工们讲解，讲完后，他让下面的职工结合自己的本职岗位谈体会，比如怎样按章操作，如何保障安全作业等。接下来队长赵大海通报了上班工作情况，安排了本班工作任务。最后，全体职工举拳进行了安全宣誓。铁生来到这个煤矿后

最大的感受就是抓安全抓得很紧，无论是矿区地面还是井下面都营造出了浓厚的安全生产氛围。总之，要求职工无论干什么事情都要首先把安全想在第一位，放在第一位，时时刻刻保安全、为安全。铁生也逐渐接受了这里的环境和氛围。

因为他刚来不久，还没有学成一门技术，因此没有具体的岗位，队里就安排他干一些杂活。可是铁生干了一段时间以后，便不想继续干了。一来干杂活工资低；二来他想学技术，学一门手艺。学会技术，有了具体的岗位，就不用每天被人喊来喊去，一会儿叫他去扛个东西，一会儿叫他到巷道里面清煤，啥也学不到，还要受一窝子气。每天，那些检修工趾高气扬地从他跟前走过，那副神气的样子全体现在那张脸上了。分明在说，看好，我是有技术的，你们这些没技术的就干体力活去吧！屁股后面的五件套工具随着屁股的摆动而上下招摇着，有力地证明了这点。像铁生这些干杂活的，一般是没有那“五件套”工具的。在一定程度上，屁股后面挂着的“五件套”是矿工在队里身份和地位的象征。为此，铁生不服气，他有胳膊、有腿，脑子也没问题，凭啥让他干杂活？他要像那些“大拿们”一样得到队里的重用，拥有自己的五件套。这不完全是为了高工资，有时候是为了争一口气。

于是，铁生找到了好朋友双喜。经过双喜在队里的协调，安排他跟着一位师傅学检修煤机了。煤机检修工也是他最喜爱的一个岗位，当他第一次看见那个大家伙，浑身便产生了一种说不上来的亲切感。那个几十吨重的“铁疙瘩”的切割头运转起来的时候，多么坚硬的煤块都会乖乖地掉下来。每天，他跟着师傅趴在煤机上检修。当然，检修工作主要是靠他师傅来完成，他只是打个下手。当干得热火朝天的时候，他索性把防尘口罩拿掉，光着膀子就干了起来。有时候，为了不耽误生产班的出煤任务，他干得连饭也忘了吃，当看见煤机哗哗地转起来后，这才意识到肚子难受还没有吃饭。经过一段时间的学习和实践，煤机上的一些小问题他都能拿下来，那些棘手的大问题还得靠他师傅。有时候，煤机上一些复杂的电路出了问题，他师傅也没招了，队里只能叫来厂家售后服务人员来处理，那些操着一口流利英语的老外三下两下就把问题解决了。

第一个月工资发下来的那天，铁生回了一趟家，除了给自己留了一点生活费外，把剩下的钱都给他父亲放下了。全家人看着这些钱，陷入了各自的沉思中。

放羊汉白志栓从手残疾后，就一直在家养着，可他哪能坐得住啊！铁生的工厂倒闭以后，他曾长期陷入忧虑和担心中，没弄下个好光景，还把自己给搭进去了。铁生没有营生干，全家人的吃喝都要靠他，可他又弄了一个残疾。幸好婆姨兰萍卖碗饦儿能勉强支撑日常的花销。志栓顾不上指头的疼痛，天天跑到地里营务庄稼。这个家谁都可以倒下，唯独他不能倒下，他倒下，意味着这个家就塌了。他这个年龄操心的事太多了。从远的方面讲，铁生到今年都快三十的人了，至今连个媳妇都没有问下，如果这事情放在他那个时代，是不敢想象的事情，这成了他最为头疼的事情。他不知道向小子提了多少回了，让他赶紧谈个对象，家里趁早操办，也了却了他和兰萍的一桩心愿。可小子给他的答复是自己还小，不着急，他心里有计划了。志栓知道小子和柳花在处对象，柳花这个娃娃他也能看下，可是老汉一直担心柳花，人家一个名牌大学生，出身好，家里条件也不错，怎能看下他家铁生了？再说门第观念极重的胡根根是不会轻易把女子嫁到他家这个穷圪塄的。在志栓的心目中，最佳的儿媳妇人选是离他家不远的寡妇高爱爱家的女子山杏。门当户对不说，主要是山杏这个女子他从小

看着长大，心实诚，孝顺，是最理想的结婚过日子的对象，可小子却不喜欢。结果，小子为了等柳花竟然熬了四五年，好不容易等到今年小子说要结婚，志栓想着不久的将来他和老伴就可以抱孙子了，家里好长时间没有喜气了，让孙子冲冲喜。他心里已经决定好了，就是砸锅卖铁，磕头上门，求爷爷，告奶奶，也要把这彩礼钱置办齐了，而且要闹得红火热闹。他一辈子就这么一个小子，不想留下什么遗憾。但就是这个节骨眼上，他觉得铁生和柳花的关系看起来没有以前那么好了，好像两人发生了不可化解的矛盾……好在，志栓担心小子精神受打击后会发生的那些可怕的事并没有发生。小子在煤矿上找到了营生，不管挣钱多少，总有个事干，这样一天不用胡思乱想。

志栓愁苦的事并不在小子铁生一个人身上。二女子蓝妮大学毕业后，现在正四处找工作。女子不想回来，想去南方的一家企业工作。志栓不同意女子的愿景规划，跑那么远的地方，想见女子一面都不容易，万一将来女子在那边成家或定居了，他老两口就是想死女子也见不上。虽说交通条件好了，可他们都是一把老骨头了，就是女子有那个孝心，他们也折腾不起了。他们村就有几个女娃大学毕业后，有些是工作在了外地，有些是直接嫁到了外地，逢年过节，父母连面都见不到，那种凄惶就不必说了。这些虽然暂时还没发生在他白志栓身上，但他能感觉到那种无奈……志栓想让女子回茂林县找份工作，即便不回来最好是留在本省工作。志栓想，现在的茂林县已经不是几年前的茂林县了，当下的茂林县发展速度是惊人的，人们的生活水平不知道提高了多少倍，有钱人遍地都是。所以，女子在茂林县发展也不受罪啊。往坏处想，即便女子不听他的话，到外地工作，将来成了家，安了家，他心里也没有多少失落感，女子即使再好，早晚也得嫁人，迟早都要离开他的。况且，养老送终的时候，他还有小子和大女子。很多事情，放羊汉志栓没有办法对家人说，只能心里默默地承受着。他性格窝窝囊囊不假，但他不想在家里面窝囊。当一肚子烦恼排解不开的时候，志栓就去地里干活，去劳动，或者溜达到骆驼山上，看看风景，散散心，坐在山上抽上几锅子旱烟。

志栓看见小子拿回来钱，既高兴又难受，高兴的是小子已经成熟了，知道为家里分忧解愁了，难受在于他能为小子做的太少了。

铁生点着一根烟，猛力抽了一口说："爸，把这钱给我姐姐、姐夫，能还一分是一分，信用社的钱有我呢，你不要操心这个。"

"爸现在也帮不了你什么了，你自己在井下面做营生要多操心，家里的事你不要分心。"志栓低着头坐着，沉闷地吸着旱烟锅子，一头白发在昏暗的灯光下显得特别扎眼。

"听说那井下面又黑又脏，潮湿生冷，可要把衣服穿厚点。你爸这辈子没给你什么，你也不要责怪我们……"没等说完这句话，赵兰萍已经哭开了。她哭主要原因是心疼小子，不想让小子受那罪。

"你爸这个人，胆子小，一辈子没出息，不像人家的父母有钱有势，儿女们啥也不用发愁，都给置办齐整了。想想这些年，我跟他受了一辈子苦也就算了，还让你们也跟着受苦，妈这心里像刀子扎一样。"赵兰萍一边擦眼泪，一边说。

"你说这些事情干啥？没事的话就赶紧睡觉去！"志栓把烟锅子在鞋帮子上一磕，站起来喊道。

"为啥不说？我偏要说，把你那些毛驴败兴的事让世人都知道！"赵兰萍一分也不让。

"你……"志栓瞪着婆姨，欲言又止。

……

过了一会儿，铁生站起来，一句话没说，头也没回地走了。赵兰

萍在屁股后面撵着小子问道："铁生，你去哪呀?"

"我去河边走走。"

"晚上天凉，早点回来。"

"知道喽。"

"柳花前几天来找过你，你去找找她。"

……

铁生冒着夜的黑，出了大门，径直向河边走去。窑里的气氛太压抑了，一刻也不想在那里多待。父母亲为了他吵了起来，原本的好心情一下子就没有了。刚才听到母亲在后面喊"柳花前几天来找过你"，他的心"咯噔"了一下。柳花什么时候来过他家?找他有啥事?多少个日日夜夜，他曾盼望柳花能来找他，或者给他打个电话也行。但是即便柳花跑来找他，他会跟她说什么?心里的那道墙堵在他们之间，让他常常痛苦不已，甚至半夜一下子被噩梦惊醒，从床上倏地爬了起来……

铁生来到喜鹊河边，坐下来，掏出一根烟，慢慢地抽了起来，心里杂乱无章地想了一通。河边的风迎面向他吹来，使他不禁打了一个寒战。是啊!秋夜是寒冷的，月朗星稀，他的心也是寒冷的。11 点后人都睡了，四周真寂静啊，远山、近树、海红果林全都朦朦胧胧，像是罩上了头纱，只有脚下的喜鹊河水永远不知疲倦地流动着……过了一会儿，他站起来，沿着河边走来走去。刚才他看见柳花家的灯还亮着呢，现在已经漆黑一片了，心想柳花一定是睡下了。他又重新坐下，掏出烟继续抽。

不知道过了多久，远处玉米地里传来一阵急促的脚步声，铁生心一紧，下意识地喊了一句："谁?"

"这么晚还不回去睡觉。"志栓从河边的一片玉米地里钻了出来。

三　最长的会议

去年已经从小学校长退休下来的胡根根这天坐一辆顺车回到了神树墕村。刚到村口，几个老汉和老婆子相继问道，根根上县了？根根上县了？胡根根一一点头答复。这时候，村头几个七八岁左右的碎脑娃娃跑过来拉住根根不让他走。根根从兜里掏出一把糖，分给了那些调皮的娃娃们。碎脑娃娃们拿到了想要的东西，笑着、叫着跑到了神树下，又开始了跳皮筋的游戏。

根根看了一眼那棵百年老槐树，郁郁葱葱的枝叶盘根交错，一派神气的样子。今天他去盘龙镇走了一趟，主要是把村里准备盖集体蔬菜大棚的计划向镇里有关领导做了汇报。

现在，神树墕村村主任胡根根的事业是甜蜜的，但甜蜜中偶尔也有一些苦涩感。

我们先说说根根甜蜜的事业。新农村建设的到来使农村的环境发生了很大的变化，农民的生产生活条件得到了一定的改善。但随着我国城镇化速度的加快，加上茂林县这几年依靠煤炭资源，经济得到了飞速的发展，广大农民依靠传统农业这种单一的模式已经满足不了他们日益增长的物质需求了。和新农村建设几乎同步开始，茂林县的农民纷纷走出农村，拥向了有更好的公共服务条件、有更多的就业机会、有更好的教育、医疗条件的城市。农村成了空巢，土地成了被野草吃掉的闲置地。就拿新农村建设受益最大的排头兵神树墕村来说吧，在国家政策的支持下，村子建造得非常漂亮，宽敞干净的水泥路，排列整齐的路灯，道路两边翠绿的樟子松，自来水、沼气池……

近几年，村里新盖了村委会，盖了敬老院，建造了全县最大的海红果加工厂……

可谓一片欣欣向荣的景象。

但新的问题出现了，这么好的地方、这么便利的条件竟然没人使用，大量的农民，尤其是年轻人不愿意在农村待，不愿意继续像他们的父辈那样在土地上折腾，而是选择去大城市打工。这样，老人和那些碎脑娃娃们成了生活在农村的主力军。他们还有一个响亮的名字叫“农村留守老人和儿童”。胡根根想把村里那些出走的农民叫回来，为此他和当时还是驻村干部的白宝生一起努力，依托本村大量的海红果资源，建造了海红果加工厂。村里很大一部分农民都回来在厂里干了起来，胡根根本人还成了厂里的顾问。但这只是解决了一部分农民的收入问题，剩下的农民还在城市里辛苦地打工赚钱。这几年，胡根根就盘算着在村里搞个集体蔬菜大棚，还让女儿柳花在网上收集了一些相关的资料做参考。今年，他想把这个宏伟的计划变成现实。开春以后，就隔三岔五地往镇里跑，找领导，让他们支持这个事。虽然，志平还是村支书，但支书很少回村里，对集体的事不闻不问，其他几个村干部都在县上或者外地打工，所以，村上的事都得靠他胡根根跑前跑后。紧接着，他把村民喊在一起，开村民大会，给他们做工作，让他们不要在城里打工了，都回来种大棚蔬菜。第一次开会，在外的和在村里的村民都拥进了新盖的村委会，当胡根根把这个大胆而新潮的计划向村民说了以后，引来下边七嘴八舌的议论。一阵热议之后，众人说什么的都有。

“大棚蔬菜那是个技术活，我没那头脑，受苦行了，绣花咱可不会。”

“根根，你尽拣好听的说，这大棚建起来，赔了怎么办?”

“我在外县见过人家盖蔬菜大棚，可能挣钱了！如果村里牵头，我第一个愿意。”

“工地上还有营生了，我先走了……”

“建大棚蔬菜，我举双手赞成，掏钱给我说一声就行，你们先商量着，厂子里的事情一大堆呢。”

……

什么结果也没商量出来，第一次村民大会就这样无疾而终了。第二次开村民大会的时候，连一半的人都没到齐，胡根根一气之下，就宣布散会。

胡根根回去想了几天，村民不愿意回来建蔬菜大棚的主因是怕赔钱。村民对这个东西不了解，对它的市场前景也是一知半解。看来，村民的思想工作是最难做的，想要让所有的村民短时间内统一思想，是不现实的，这是个持久战。

胡根根生活上的忧虑感来自于女子柳花。胡根根没有小子，所以很疼爱柳花。他对女子各方面都满意，唯独不能接受女子和放羊汉白志栓家的小子铁生搞对象。他曾经三令五申地对女子说过，让她赶快死了这条心，他是坚决不同意这门亲事的。胡根根倒不是对铁生这个后生有什么不满，相反，他很是佩服这个后生。当年，铁生高中毕业后，由他介绍，在村小学当了民办教师，还临时当了一段时间的村会计，那段时间，工作上的往来和频繁地接触，使他对这个后生有了更深一步的了解，对这个后生的秉性和做事风格是认可的，认真，吃苦耐劳，敢想敢干……

让他对铁生刮目相看的另一件事是，年纪轻轻的铁生在一没有资金、二没有人脉、三没有人手的情况下，竟然奇迹般地在村里建了一座气派的棉花加工厂，当时任镇长的宝生还出席剪了彩。当了厂长，

铁生成了可以在村里呼风唤雨的能人了，在喜鹊河沿河一带的年轻人当中，算出类拔萃的一个。胡根根心想，如果铁生厂子的生意能稳定下来，作为厂长的铁生能配得上他家柳花，那时候，他可以同意他们的婚事。但是，胡根根的满心欢喜换来的是铁生厂子倒闭的消息，这样，胡根根就彻底打消了让女子嫁给铁生的想法。实际上，胡根根不愿意把女子嫁给铁生，最根本的原因在于放羊汉志栓家太穷了，他把女子嫁过去，是把女子往火坑里推。恓惶了一辈子的放羊汉白志栓实在是穷得叮当响。所以，不论从哪方面讲，他是绝对不会同意柳花和那个不知道天高地厚的铁生搞对象的。

胡根根鼻子里喷着怒气，心里直骂：穷得尿顶炕板石了，甚事也想做了。志栓你撒泡尿照照自己，看你那副败兴样子。

胡根根一会儿想着队里盖蔬菜大棚的事情，一会想着柳花前途命运的事情。不知不觉中，已走到了自己门头上。老伴李冬平出山还没有回来，但他知道门上的钥匙在哪里。胡根根在门头上摸出钥匙，打开门，进了屋，他倒了一碗滚水喝了起来，喝完后，抓了一把米食喂了鸡。

不能再耽搁了！根根站起来欠了欠身子，回了屋，拿出一叠纸，开始写。昨天他通知了每个村民，今晚继续开村民大会，商讨盖蔬菜大棚的事情。

各位村民：

大棚蔬菜就是把西红柿、黄瓜等蔬菜通过大棚栽培，进行反季节生产，这种种植模式现在已经相当普遍……镇政府领导已初步口头答应给咱们神树塌村提供一部分资金，镇农技站还会派专家吃住在队里，手把手指导咱们盖这个蔬菜大棚……我们要丢掉过去那种思想，只有丢掉落后的思想，积极响应国家的好政策，建设好我们的新农村，利用好我们的新农村，那样我们才能赢来新生活。只有我们团结起来，拧成一股绳，没有干不成的事业，我们必将迎来更加美好的明天……

夜色刚落下帷幕，神树墕村村委会院子里，灯火通明，村民们相继到了村委会。有些是从县城开着车赶回来的，有些出山的农民还忙着没顾上回家，直接从地里赶了过来。一时间，不大的院子，被人流围满了……

7点钟，会议正式开始，主席台上面，坐着村主任胡根根，两个支委，还有镇农技站派来的两位同志。

这次会还是像前两次一样，等胡根根把写的稿子念完以后，下面有的赞同，有的反对，有的沉默，有的交头接耳说话，有的打电话……乱成了一锅粥。

眼看着这场会还是没有取得任何实质性的进展，台上的几位村干部和农技站派来的两位同志都面面相觑，不知道怎么办？这时候，胡根根站起来，大声地喊了一句："我胡根根第一个站出来建这个蔬菜大棚，我给大伙做个示范，打消你们心中的顾虑，将来就是蔬菜烂到臭到地里面，是我胡根根的，大伙就放心回去等消息。散会！"

四　童真世界

让我们暂且把目光从神树墕村移到繁华热闹的省城。

位于省城中心地带的这家有名的夜店里，一个打扮妖艳、性感十足的女子正在舞池中央表演着，四周围着十几个男男女女为她伴舞。

红唇、高跟鞋、镂空透明装、丝袜，她仿佛就是一个精灵，天生就是为舞台而生的，她的舞技丝毫不逊色于专业的舞蹈演员，甚至有过之而无不及，举手投足间，又多了几分灵气和魅惑。她动感曼妙的舞姿在歌曲的伴奏下，引爆了全场热情。

她的气场很足，所有的人都为她的歌舞疯狂。

没用了多长时间，白山杏，艺名“如梦”的这个女子已经成为这家夜店名副其实的台柱子，很多来这里消费的客人十有八九都是冲着她来的。夜店老板喜欢她，客人喜欢她，她简直成了一块人人都想要叼到嘴里的香饽饽。她在省城夜店行业内声名鹊起，很多夜店、酒吧都高薪把她请过去“救场”。

所有的人都不知道她叫“白山杏”，来自茂林县的一个小山村。她把身份换了，丢掉了身上所有能识别身份的标签。通常那些从外地来到省城的人想去体验一下夜店，出租车司机都会笑着推荐：“如梦，那是名角，不看可惜。”

如梦的世界里，从来不缺少追求她的男人。有人在她表演的时候，就手捧一大束玫瑰花冲上来，大言不惭地说，喜欢她，要娶她。有人天天给她小费，有人想请她吃饭，有人问她要电话，有人想请她看电影，有人想花重金和她过夜……在这一方面，如梦游刃有余，通常她会礼貌性地回绝，如果碰到那种不讲理、死缠烂打的小流氓，她要不破口大骂，要不就直接打电话报警。

如梦在这家夜店演完，就要退场，可现场观众的热情太高了，他们叫着、喊着，不让她走，让她再跳一场。有些胆子大的人，想要冲上台去，抱抱、亲亲她，最后被保安强行架走了。

在一片躁动和拉扯中，如梦在保安的护送下，艰难地走出了人群，来到了后台。在后台卸妆后，她来到了夜店的包厢内。包厢里面坐着各种行业的头头脑脑，这些人如梦是惹不起，也不敢惹的。她拿着注满红酒的高脚杯来到这些人跟前，说着酸辣辣的情话，打情骂俏，她的身体已经不是自己的了，脸蛋、臀部、大腿已经让摸了个通透。

“梦梦，晚上跟我走吧，我天天想你想得觉都睡不好。”人群中响起一个声音。

“你个没良心的，嘴跟抹了蜜一样，都不来看我。”如梦回答。

说话的人在如梦的屁股上拧了一把，嘴角露出贱贱的笑。

如梦在包厢里大约待了半个小时后，坐车来到了另外一家夜店。

这家夜店之前生意不好，快要经营不下去了，自从如梦来了以后，人气在几个月时间内急剧飙升。似乎所有的人都在等待她的出场，火苗在人们的心中燃烧着。

灯光熄灭，音乐响起，舞池的正中央如梦不知从哪冒了出来。

我有花一朵，种在我心中，含苞待放意幽幽，朝朝与暮暮，我切切地等候，有心的人来入梦……

如梦一口气连跑了四个场子，第四个场子演完后，已经是凌晨的3点钟了。她拿到了所有的报酬，叫了几个要好的姐妹，开着车来到了本市一家二十四小时营业的火锅店，她要好好犒劳一下自己。她们几个人一边吃，一边喝，一边哭，一边骂。这些好姐妹也是夜场的舞女，在里面辛苦地赚钱，想要靠自己的双手养活自己，想要出人头地。她们有的人想开美容店，有的想住洋房、开宝马，有的想自费出国念书，有的想嫁给有钱人……只有如梦不哭不骂，反而笑那些哭骂的姐妹们。她没有那些宏大的理想，只想过好现在就可以了，自己吃饱，全家不饿，对自己要好，管他明天会不会来。

如梦用演出的费用买了一辆不错的轿车，闲暇时，她要么独自一

人，要么和在网上认识的网友结伴去旅行。酒饭饱足后，姐妹们喝醉了，她们各自打车回到了住处。

如梦躺下后，一觉醒来已经是第二天中午的12点了。今天有一件很重要的事情，她昨晚在梦里都提醒自己不要忘记。

如梦简单地收拾了一下自己，开车来到了本市的儿童福利院。

白天的如梦看起来和晚上判若两人，那些贴在身上有关性感的标签没有了。她化了淡淡的妆，穿得朴素、干净，不过，在眼角眉梢间还能流落出一些骨子里面才有的东西，那摄人心魄的魅惑。

旁人很难发现这就是本市夜店有名的舞女：如梦。

两个月前，如梦成了这家儿童福利院的志愿者。进入这家儿童福利院，完全是一种机缘巧合。一天，她和几个要好的姐妹上街，看见福利院招募志愿者，当时，如梦抱着一种玩的心态糊里糊涂就报了名。途中，一块报名的几个姐妹因为种种原因都退了出来，只有如梦留了下来。她没有看到姐妹们嘴里所说的脏、累、麻烦等，反而体验到了一种前所未有的快乐。她每天工作两个小时，从下午的1点到3点，无偿的一种奉献行为。

福利院的这群娃娃真是太可爱了，他们是被父母遗弃的小生命、小天使。他们有的是刚出生的婴儿，有的是身体残疾的儿童，有的是很健康的娃娃。

如梦走进院子，将手里的东西交给了福利院的一位老师，这是给娃娃们买的吃的。她每天来，都要给娃娃们买吃的或者玩具。

如梦很喜欢和这群娃娃们在一起。娃娃们萌动的眼神、搞笑的表情和可爱的样子总能给她带来很多快乐。和这群娃娃在一起，她轻松自在，想笑就笑，想说就说，不用伪装，不用做作。

在福利院里，她主要给娃娃们教舞蹈。这群娃娃一见到她，把她围住，就喊着叫“梦姐姐，梦姐姐”。

“梦姐姐，我会压腿了，我表演给你看!”

“这是我画的向日葵。”

“东东借了我的橡皮不给我还，你要评理。”

……

娃娃们似乎有说不完的话，有表演不完的动作。面对娃娃们所有的问题，如梦都一一给予回应和解答，完了以后，她就给这群娃娃教舞蹈和唱歌。有时候，她也扮作小孩，和娃娃们玩游戏。

娃娃们的世界是充满童话色彩的世界，是无忧无虑的世界。但是这群娃娃又是不幸的，他们没有亲人，不知道自己的父母是谁，有的娃娃眼睛失明看不见这个多彩的世界，有的耳朵失聪听不到万籁的声响，有的不能说话无法表达自己的情感，还有的身体多处残疾生活都不能自理……

当如梦走近这群娃娃的时候，她震撼了。是娃娃们给她传递了一种向上的力量，继续活下去的勇气，还是永远快乐，笑对生活的态度？她无从说起，但她的生活因此变得丰富起来，每天走出福利院的时候，心里很充实。

正在这时，门口跑过来一个娃娃，朝着她一个劲地笑。这个娃娃叫团圆，听福利院的负责人说，这个娃娃是两年前的除夕夜，他们在福利院的门口捡到的。当时外面下着小雪，他们看见小团圆的时候，身上已经厚厚地裹了一层雪，身上的棉被已经湿透了，团圆脸蛋发青，身体冰冷，不知道是不是已经冻坏了。这时候，有人逗了一下团圆，不料，团圆突然张开嘴巴，扑闪着眼睛，笑出了声。因为是除夕夜万家团聚的缘由，福利院给他起了一个名字叫团圆。福利院在网上发了小团圆的照片，希望团圆的父母能看到，把小团圆领回去。可是

如泥牛入海，直到现在，还没有人上门认领。小团圆现在已经快三岁了，但仍然不会说话。医院诊断说，团圆是早产儿，声腔器官还没有发育好，因此这辈子是不可能说话了。

如梦第一次看见小团圆的时候，就彻底喜欢上这个小家伙了。小团圆看着她，不停地冲她笑。一头卷发，长长的睫毛，大大的眼睛，肉肉的脸蛋，小巧的嘴巴，白皙的皮肤，就像画出来的。这个小家伙长得太可爱、太漂亮了。这些日子，她几乎把小团圆当成了亲生骨肉那般看待，给这个小家伙喂饭，换尿布，买衣服，逛街……如梦想把小团圆领回去，又担心要去夜场上班，怕不能更好地照顾小团圆，因此打算让小团圆继续留在福利院，等小团圆长大一些再做打算。

如梦一把抱起团圆，在他的小脸蛋上亲来亲去。小团圆嘴里咿咿呀呀地想要说什么，可是一句话也说不出来，白白的小手在她的脸上挠来挠去，看着小团圆清澈如水的眼睛，一种说不上来的难受漫上她的心头，他这样小小年纪就要承受这样的不公平。

当如梦走出福利院，坐上车的时候，突然电话响了。她接起电话，“喂”了一声。

“你过得好吗？我是双喜。”手机那头传来低沉的声音。

五　夜深沉

陕北大地在一场大雪中迎来了 2012 年。一抹抹的白雪盖住了大地上的一草一木，凛冽的寒风从山背上刮过来，让人们心中寒意四起，与陕北大地遥相呼应的是煤炭市场突然来袭的“寒流”。

2012 年开始，受多重因素的影响，一路飘红的煤炭市场开始地震了。为什么会地震？经过有关人士分析给出了答案。首先，根本原因是经济增长放缓抑制煤炭需求继续增长，导致煤炭需求下降。由于经济增长放缓，主要耗煤产品产量增速均显著放缓，煤炭需求量剧减。其次，能源结构不断调整也是抑制煤炭需求增长并导致煤炭需求下降的重要原因。最后，国际经济更趋缓，欧美煤炭需求大减，国际煤价下跌，大量进口煤冲击着国内的煤炭市场，最终导致了这场国内煤炭行业的灾难。

虽然煤价一再下跌，但并没有引起吃惯了煤炭红利，已经满足到麻木的煤炭人足够的重视。他们普遍认为没什么，过一阵煤炭市场就会回暖，煤价还会回到以前的黄金价位，幸福的日子还会延续下去，牛奶、面包的日子继续享有。但他们万万没想到，这股猛烈的飓风并没有停止肆虐的脚步。从下半年开始，煤炭价格飞流直下，而不是前半年的小幅度降价。煤炭人这才醒了神，慌了脚，原来煤炭市场的暴风雨真的来了……没办法，他们在十万个不情愿的情况下，只能接受这冰冷无情的现实。

煤炭暴利时代已经结束，所谓的“黄金十年”也挥手告别了。煤价下降幅度之大、持续时间之长，让煤炭生产地区遭受重创。山西、陕西、内蒙古西部这三个煤炭主产区首当其冲，受伤最深。一时间，煤矿大面积停产、停工，工人降薪，以煤矸石抵工资乃至连续几个月发不起工资。各种声音充斥着人们的耳朵。有新闻报道，有些煤企，卖一吨煤赚的钱不到六块，连两瓶饮料都买不起。有的企业甚至是产一吨煤亏二十多块钱。真是“黑金”变成了“白菜”，与前几年煤企有 100% 以上的暴利形成了鲜明的对比。

如果说不单依靠煤炭资源而带动经济发展的地方，还可以缓一口气，过得好受点，那么像茂林县这种主要靠煤炭资源发展的县城，煤炭市场吹来的这股寒流简直成了当地人的梦魇。他们受不了这么惨痛

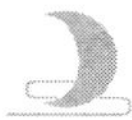

的打击，尤其是那些靠煤起家发财的人，更是捶胸顿足不愿意接受。和其他地方一样，茂林县一带大部分小煤窑都关了门、歇了业，实力强点的还能勉强维持，但也不得不做出限产、裁员、节支的艰难决定。少部分煤企不得不开始转变经营思路，改变单一的煤炭生产经营模式，逐渐向煤电一体化、煤化工等领域扩张，以兼并重组的方式向多元化方向发展。通过煤炭深加工向产业链的下游产品发展来寻找出路，谋求新的发展。

但是受伤害的绝不仅限于煤炭行业。近几年，随着经济的急速膨胀，民间借贷之风在茂林县盛行。2008 年前后，茂林县进入了高速发展期。这一时期，煤炭价格飞涨，每吨从 2005 年的五十元升到五百元。2009 年开始，茂林县炒露天煤场之风盛行，炒家从本地炒到鄂尔多斯，甚至远赴新疆。有些人承包煤矿或者入股煤矿，投入一个亿，第二年就能收获两个亿，致富速度惊人。购买煤矿需要大量资金，很多老板就以高额利息向社会融资。一股民间借贷之风在茂林县迅速刮起，很多人将投资机会较少的普通人手中的游资汇集起来。没过多长时间，茂林县的大街小巷上出现了很多的投资公司、担保公司和典当行。因为其远高于银行贷款的月利息，无论是农民、工人、还是商人，纷纷愿意将手中的钱给贷款人，贷款人只需手写一张借款单就可以了。发展到后来，甚至有人用银行贷款放到典当行里吃高额利息差，有些老农民将自己辛苦了一辈子攒下的钱交给了这些人，等着收利息。2010 年，茂林县出现了十年来首次金融机构存款规模连续滑坡的现象，主要原因是民间借贷的地下钱庄高息吸收了大量存款，居民散户资金被少部分老板集中贷走流向了西安、北京等地的房地产开发和内蒙古的“明盘”开采。民间借贷的钱有六成到七成流向房产、煤炭、化工电力等行业。剩下的一部分用于个人消费，甚至流向了赌博市场。在当地，有钱人赌博的规模越来越大，一次动用的赌资高达千万元。同时，很多规模小、利润率低、信用度低，很难在银行贷到款的民营企业，为了生存发展需要，唯一快速、便利的解决办法就是从民间借贷市场上融资，这又为民间借贷创造了一个巨大的市场。可以说，民间借贷几乎是一场全民参与的大会战，几乎人人都直接或间接地参与了进来。民间借贷鼓了很多人的钱包，茂林县的民众享受着民间借贷带来的红利和刺激。所谓饱暖思淫欲。每天晚上，茂林县大街上的KTV、洗浴中心等娱乐场所霓虹闪烁，不用等到晚上，就有好多人开着豪车来这里玩。夜夜歌舞升平、天天灯红酒绿。而茂林县的豪车数量要是以单位面积而论，肯定是全中国豪车最多的地方。

现在一切都变了，随着煤炭市场的持续低迷，民间借贷的资金链快速断裂。煤不再像过去那样值钱，自然要少掉很多利润，煤炭价格回落到每吨三百多元，煤炭积压成灾。“煤城”鄂尔多斯高利贷崩盘，大批淘金者血本无归。而一些经过多番击鼓传花式炒卖的“明盘”在煤价下跌后，高位接手者挖不回来成本，没法开采，只好停工，涌入这里的资金被深深套牢。

投入煤矿的钱一时间打了水漂。

茂林县那些最受信赖的集资大户的贷款越收越少，对“下线”们的利息支付能力逐日减弱，最后直至中断。拿不到利息，甚至本金都讨不回来的人开始惶惶不安。饭店里，人们聚拢一起，窃窃私语，唉声叹气；村庄里，人们面带忧愁，魂不守舍，等待一个谁也说不清的灾难的降临。几乎全民参与的民间借贷，让人们从高山上跌到了悬崖下。

人们在耐着性子等待了一段时间以后，最后忍无可忍，只能采用粗鲁、极端的方式要回放出去的钱。他们跑到那些集资人的家里，卷走了屋子里一切值钱的东西。汽车被开走，房子被霸占，老婆、娃娃

被要账的人监视生活。一些狂怒的讨债人甚至将集资者抓为人质，逼他们交出钱款才肯罢休。面对蜂拥而来的债主，一些参与民间借贷的集资人纷纷“跑路”的故事不断传来。这些“跑路”者一夜之间不知去向，而他们身上欠着上千万到数十亿不等的民间款项。那些没有来得及“跑路”或者跑不成的被起诉，被拘留，甚至有集资人不堪重压在酒店割腕自杀、跳楼。

有人估算，近半年来有二百人出逃，近百人被刑事拘留。与此同时，茂林县城内大量的小额贷款公司开始关门，街上偶尔可以看到十多人到一些关门的小额贷款公司讨债的场景。停放在街道两旁的高档名车落满灰尘，上面写着“转让”的字样，这些都是因借贷纠纷被债主扣押来的。一些出售抵债房屋的信息贴满了街边的广告栏。

席卷而来的民间借贷危机也打垮了楼市，原本火热的房屋如今无人问津，茂林县城区内出现了大量的烂尾楼。来茂林县打工的人锐减，县城很多KTV、桑拿店、娱乐会所都关了门，餐饮业也是一片萧条……

这场民间借贷给茂林县人民带来的不仅是财产上的损失，心灵上的挫伤，还有对社会信用体系的破坏。人们被骗怕了，被骗神经了，更关键的是，谁也不相信谁了。朋友骗了朋友，同学骗了同学，亲戚骗了亲戚，有钱的让没钱的骗了，有文化的让不识字的骗了。

究竟谁骗谁呢？全都是自己骗自己。

最后，朋友没得做了，亲戚没得做了，父子成仇，兄弟反目……恍然如一场梦而已，只不过是理性又返回了现实。十多年前，茂林县还是一个全国贫困县，唯有在梦中，人们才是富有的。可是突然间，梦幻变成了现实。煤炭所带来的巨大财富突兀而来，让这里的人有些措手不及。

就在这种激荡变动的环境下，白宝生赢来了仕途上的另一个高峰。元月份，白宝生被组织上提拔任命为茂林县的县长，原来的县长被调到了市委。白宝生因此成为茂林县历任县长中最年轻的一个。消息刚一出来，很多人充满了质疑，认为他升迁太快了，以往按照他这个年龄，还远没有到正处级这个级别，还有人质疑新任县长的学历造假。宝生的政敌们甚至公开喊出了提拔违规，要到市委、省委去告他。面对白宝生身上这么多的疑点，官方很快给出了回应，表示白宝生的提拔任用合情合理，是严格按照组织有关程序走的，没有任何问题。可以说，宝生刚上任，就站在了风口浪尖上。那个时候，他压力很大，就在开干部大会的前一天晚上，他竟然失眠得睡不着觉。那段时间，他的一言一行都在公众的监督之下，他为人处世格外小心谨慎，为了不给那些别有用心之人制造口实，他还让父亲白志平辞掉了县老年协会会长的职务，让自己的婆姨平日低调做人。

总体来说，宝生在两年副县长的位子上是成功的，如果不是因为前年一处黑煤窑违法违规组织生产，死了十几个人，给他政治版图上涂上了一点难看的黑色的话，他早就坐上县长的位子了。在他的带动下，茂林县相继淘汰了一批生产工艺落后、产品市场前景不好的工矿企业。他大胆招商引资，很多国内外知名企业都来到茂林县投资。正是由于他的大胆改革创新，审时度势，使茂林县的工业产值年年剧增。

宝生是个颇有政治家潜力的人，一个会做官的人。但是他一刻也没有停止过享受。这两年中，他过惯了声色犬马的生活，生活中极尽奢靡。当忙完工作上的事后，他就怀着愉悦的心情接受形形色色的人的邀请。在一些秘密会所里面，或喝酒，或唱歌，或跳舞，或肉体上的交易。白宝生对钱财看得不是很重，最难抵挡的是美女的诱惑。于

是，那些想攀上白宝生这棵大树的人是想尽办法满足他的这个“爱好”，白宝生也从不拒绝，一一笑纳。后来，宝生逐渐厌烦了这种空有其表的女人。在工作中，他先后认识了几个女人，这些女人有政界的后起之秀，有下海的商人，还有文艺界混得不行的艺人，后来就与他逐渐发展成为情人关系。

不过，这些女人都比不上柳花在他心目中的位置，他这辈子也真正只爱过柳花一个人。去年他曾亲自上门，希望柳花能原谅他，和他继续交往。他还想着利用自己手中的权力和金钱，把柳花发展成为自己的情人，让柳花过上所有女人都羡慕的日子，可惜换来的是柳花的斥骂和冷落，这个计划到最后没能实现。

白宝生很少回家，因此他婆姨和娃受到了冷落。他的娃娃今年已经四岁了，上幼儿园了。宝生从来没有送过孩子，对孩子的学习和生活情况没有问过一句，只是在物质方面不遗余力地满足孩子，让孩子进最好的学校，接受最好的教育，吃最好的食物，穿最好的衣服……

他的妻子受不了长期的空床寂寞，整天在外面鬼混，秘密地在外面养了一个小白脸。当宝生发现妻子在外面的不轨行为后，气得脸色发白，几个嘴巴子过去，妻子的嘴里、鼻子里都是血。

妻子捂着发青的脸蛋，恶狠狠地瞪着他：“你在外面可以花天酒地，凭啥让我在家里独守空房？你可以在外面养女人，为什么我不能养男人？这几年，你回过几次家，关心过我几次，孩子你问过没有？”

面对妻子的咄咄逼问，白宝生回答不上来，愧疚之情在心中翻来覆去，他心烦意乱地掏出烟，抽了起来。回想起这几年，他的确没有尽到一个丈夫和父亲的责任。他原以为，让婆姨娃娃过上不愁吃穿、不愁钱花的生活就可以了，他可以放手在外面干事业。但从事实来看，他的想法是错误的，是一厢情愿的。白宝生虽然认识到了错误，但他并没有承认自己的错误，他没有去扶妻子，也没有对妻子说几句宽心的话。白宝生将门“咣”的一声狠狠地关上，开着车来到了一个情人的住处。他原本想在情人这里得到心情上的安慰和欢乐，没想到，情人嫌弃他长时间不来看他，冲他大喊大叫说，自己今天身体不舒服，让他回家去吧。宝生受不了，朝着情人的胸口就是一顿暴打。这个女人也不甘示弱，在宝生的脸上抓来抓去，扭打中，趁他不注意，用高跟鞋的鞋尖朝他的命根处猛踢了一脚。白宝生疼得要命，捂着裤裆“妈妈老子”直叫喊。情人的这一脚彻底点燃了他心中所有的怒火，他眼里冒着两团怒火，嘴里骂着：“你妈的，你这个婊子，竟然踢老子这里!”边说边拽着女人的头就朝墙上撞了过去，只听“咣当”一声，那个女人不再反抗，翻着白眼，手从空中软绵绵地跌落下来，殷红的鲜血从墙上流了下来，快速地流向了地面……

看着眼前的惨状，白宝生害怕了。刚才气过头了，他没有顾忌手脚的轻重，只是想好好教训一下这个女人。但愿不要出什么事。他走过去，用脚踢了一下那个女人，喊道：“快醒醒，不要给老子装了!”女人没有任何反应。他蹲下来，用手指在她的鼻子处探了探。这一探彻底把他吓死，那个女人没有一点呼吸，显然人已经死了。他的后背仿佛起了一股风，直蹿向他的脊梁骨。

白宝生瘫坐在地上，思维高速地运转着，他一方面为自己刚才失去理智的行为后悔自责，另一方面，他在想应对的办法。他已经做了最坏的打算，他现在已经是县长了，有能力来弥补这个错误，即使他搞不定，还有当市委书记的舅舅和在外省当政协副主席的老丈人呢。所以，他没有必要过度惶恐和不安。

惊魂初定之后，他把这件事情做了全盘的考虑，制订了一个精密

的计划。他赶快叫来了最好的一个朋友，一位房地产老板。那人很快开车到了这儿，两人精心把现场布置了一番。最后，房地产老板拉着尸体，一路向北，向省城方向开去。

六　副班长的一天

已经是晚上的12点钟了，柳沟煤矿地面和井下仍然是一番繁忙而热闹的景象。夜幕下，柳沟煤矿办公楼高处耀眼的激光灯刺破了无边无尽的黑夜，消失在夜幕的最深处。这边，四连仓下面，装煤车整齐地排着队，进站，过磅，出站。过磅工一边喊着口令指挥车辆进站装煤，一边握紧操作按钮，随时准备打开漏斗卸煤。原煤仓里面，装载机发出震耳欲聋的响声，十几辆装载机你进我出，井然有序地装着原煤……

综采工作面刚刚割完最后一刀煤，采煤机司机白铁生手拿着开关将煤机停好，关掉机身上的喷雾，然后，朝支架内的扩音电话喊道：“各个岗位操作工，把你们各自操作的机器停好，确认开关是否闭锁、加锁？填好交接班记录，等待零点班的来接班。”

在综采工作面的各岗位人员听到副班长白铁生的喊话，纷纷关掉机器，整理岗位，闭锁、加锁，等待接班的人到来。

白铁生将落在肩上、身上的煤屑抖掉，把别在矿帽上的矿灯拿下来，沿着支架巷、三百多米长的设备列车，停一停，照一照，看一看，确认没有任何遗留的安全隐患后，他来到了亮点休息硐室，从柜子里拿出杯子，在防爆饮水机上接了一杯热水，喝了起来。

此刻，他咧嘴笑了笑，心情格外畅快。一会儿，拿出手机，给队里值班室做了汇报。队里值班人员通过监控系统已经看见了正坐下喝水的白铁生，对他说：“恭喜你啊，铁生，你们这个班再次刷新了咱们队的原煤产量纪录。”

白铁生放下电话，心里顿时涌上了一股热乎乎的气流。每当这个时候，他心里就有一种成就感，这是一种事业上的满足感。扳动按钮，那一百七十吨重的采煤机便哗哗地割起了煤，煤顺着溜子通过两米宽的皮带运到了地面，经过火车、汽车拉到用煤的地方，万家灯火就是这黑色精灵创造的结果。一年多的时间里，他已经和这个大铁疙瘩产生了深厚的感情，在一定程度上，他们是兄弟或者是朋友。多少个夜晚，他就是和采煤机相伴，在地心处，干着人类历史上最伟大的事业，采掘光明。人活一辈子，到底是为了什么？所谓的金钱、名誉和权力都如同刹那间烟消云散的一抹灰烬，只有懂得奉献的人生才是最有价值的，才是最出彩的。

白铁生的成长是队里有目共睹的，他现在已经是综采二队生产一班的副班长了，这些都是他努力换来的结果。当初，他跟着师傅学检修煤机，凭借着钻研好学的劲，逐渐学会了检修煤机，一般的故障，他都能轻松解决。有一次，队里计划培养几名采煤机司机，铁生就踊跃报了名。当时，很多人对他说，采煤机司机累，危险，煤尘污染大，不要去。搞不好，将来还弄个尘肺病。铁生想学煤机主要从两个方面考虑，一是煤机司机工资高，他急需多赚钱，还信用社的贷款，这半年多来，为了多挣钱，他几乎月月上满班，身体再累，他都咬牙坚持。双喜对他说，不要有压力，要休息好，不要疲劳上班。可他没办法啊，他只能这样加班加点多挣钱。每月他留够生活费后，就把钱都存到银行了。他的生活原则是可以不买的坚决不买，必须买的尽量少买。同时，他积极参加矿上组织的一些技术比武和文体活动，可以拿到一些奖金。总之，他是想方设法增加收入，一个月下来，他竟然比正式工的工资还高，常常让队里的其他临时工羡慕不已。二来他现

在还是临时工，说不定哪天矿上政策变了，就被打发走了，卷铺盖回家了。他要在岗位上好好表现，让队里认可他，让矿上认可他，那样他才有转正的机会。铁生没有听工友们友好的劝告，去了生产班学习开煤机。开煤机这个活不是靠一腔热情就能干好的，有时候，没有掌握好进刀方向，割偏了，影响工程质量。有时候，思想不集中，坚硬的煤矸石就会损伤煤机上的截齿，影响割煤进度。无数个黑夜，他就是在这种不断犯错、改正的情况下，掌握了开煤机的技巧，现在已经成了一名优秀的采煤机司机了。今年 7 月份，他被队里提拔成了副班长，这在综采二队甚至基层区队里面成了一种美谈，一个临时工成为副班长，这在柳沟煤矿历史上还是第一次。每当看到那张花名册上写着副班长白铁生时，铁生心里像放着一个炉子一样暖和，心里顿时泛起一阵阵的自豪和骄傲。铁生还想入党，想进步，尽管目前他还不清楚入党的一些程序和原则，但他明白，事业上追求进步的人都愿意入党。他决定就在这几天写入党申请书，上报党支部审核。

今天，班长休班了，所以他这个副班长临时当了一回“正班长”。零点接班的人已经下来了，各岗位交接工作完成后，白铁生就带着班里的职工坐车升了井。

到了澡堂子后，铁生躺在浴池沿上面，从身上摸出一根烟，舒服地抽了起来。在井下面干八九个小时的活，离开它，真把人能憋死。矿工们都顾不上洗澡，首先舒舒服服地来一根。抽完烟后，全身心放松了，然后脱了衣服，热热乎乎地洗个澡。对煤矿工人而言，洗澡是对他们身体最高的奖励。铁生和工友们跳进冒着热气的浴池里面，兴奋得直叫喊。他们操起脏兮兮的大手，击打水，谈论着女人。

“二栓，夜天跟你老婆弄了几次？怪不得今天干活尿力也没，今天可不敢了，身体要紧哟。”

“治兵，是不是把人家女娃给红火了？你这干甚事情都火急火燎的，这个毛病要改了。”

“我看见你妹妹长得不错，能看下挖煤的不?”

……

大伙一边洗澡，一边有说有笑。这个时候，煤矿工人一般不谈论营生上的事，女人和性往往会成为中心话题，大家东拉西扯，其乐无穷，快到凌晨两点了，铁生和工友们才陆陆续续回到了宿舍。

铁生躺在床上，望着天花板，陷入了无穷无尽的遐想中，刚才煤机、皮带高速运转的场景似乎还停留在脑海里。虽然身体疲乏，很瞌睡，可他却兴奋得睡不着觉。明天亲爱的妹妹蓝妮就要来柳沟煤矿了。一个礼拜前，经过严格的面试和笔试，蓝妮被柳沟煤矿招为一名正式员工了，这是这个月他听到的最高兴的一件事。首先，他为人生中某种不期而遇的事情而高兴，他万万没有想到，蓝妮能和他在一个地方工作和学习，这是上苍冥冥中自有安排。二来为妹妹能找到一个不错的单位而高兴。当初，蓝妮大学毕业后，想去南方发展，便应聘了一家南方的企业，结果家里人都嫌地方远，不让她去。铁生理解妹妹的决定，没有在这件事上表态，妹妹已经长大了，知道走怎样的人生道路，如果她硬要去，别人是左右不了的。孝顺的蓝妮并没有去南方，而是听了家里人的话，选择到柳沟煤矿来工作。当他在电话里听到妹妹的这个决定时，差一点流泪了，从骨子里讲，他还是希望妹妹能留在家人身边，留在茂林县，留在这块黄土地。虽然这块黄土地曾经贫瘠、荒凉，但毕竟根在这儿，家在这儿。

铁生侧过身看了看左边空空的床铺，双喜现在正在井下带班。尽管现在还没有公开，但他隐约感觉到妹妹蓝妮和双喜不知从什么时候已经开始处对象了。他不好意思问两人，两人也没有告诉他。说实

话，他是一千个、一万个同意。双喜是个好后生，家境也不错，妹妹将来能和双喜一搭里过日子，他是放心的，他的家人也是放心的。

就这样，铁生东想想，西想想，一晃两个小时就过去了……今晚的月好美啊，注定是个不眠之夜。不知到了几点钟，那双早已疲倦不堪的眼睛才闭上了，梦中他看见自己哭了，柳花正朝着他笑，那笑容很美、很甜……许久以来，他没有这样放纵过自己的眼泪，没有这样放纵过心底那不敢碰触的思念。

七 雨中葬礼

开完村民动员会不久，胡根根就着手开始在神树塌村的土地上建造他的蔬菜大棚王国，这是他这几年最大的一个心愿。看着这么美丽的农村没人住，他的心情常常是郁郁寡欢的。但事情往往是说起来容易做起来难，动员会开了好几次，走家串户耐心地给每个村民做思想工作，细致地讲蔬菜大棚的发展前景和市场需求，但村民接受一个新鲜事物，转变观念是一个比较慢的过程。胡根根决定兑现在会上的承诺，今年开春，就和一批愿意种植大棚蔬菜的村民开始盖蔬菜大棚。

从这天开始，村主任胡根根作为总负责人就再也没有睡过一个好觉。他和村民一块到县上采购材料，为了能买到货美价廉的东西，和厂家的人讲价，吵嘴，争得面红耳赤。各种材料都备好后，浩浩荡荡的集体盖大棚工程开始了。

胡根根给自己立了一个军令状，这次只许成功，不许失败。这次成功了，那些持观望态度，犹豫不决的村民不用做思想工作都会主动加入进来。那时候，全村的人都来种蔬菜大棚，农村美好的生活还怕不会来嘛。

镇农技站派来的五位技术人员相继住到了村里。在这些专业人员的帮助下，两三个月时间，各家各户的蔬菜大棚就盖起来了。先前盖起来的人家已经将秧苗种到地里去了。现在所有的种植户里就剩下胡根根家没有盖了。提起这事，胡根根的婆姨李冬平最来气。刚开始，她就给丈夫，千说万说，让先盖她家的。农技站的同志他认识，说上话，肯定没问题的，可这个犟驴脾气的丈夫偏偏不先给自家盖，而是帮着别人家盖大棚去了，一大早上出去，大半夜才回来。李冬平一想就有气，觉得心酸、委屈，就不理胡根根，见了面就低着脑袋，噘着嘴巴，脸蛋上黑哇哇的一片。直至有一天，李冬平再也忍不住了，就和胡根根闹，拣世上最难听的话骂丈夫，脾性温和的根根不和婆姨闹，披了一个衣裳就躲到别的地方去了。

胡根根有自己的难处，他作为党员和村干部，要起带头表率作用，如果先给他家盖，即便是大伙不说什么，他心里也过不去，这是几十年来养成的工作作风。自己搭棚，让别人乘凉。就是在这种观念的支撑下，他才赢得了上级领导的认可和村民的拥护和爱戴。他胡根根有多大的本事，凭什么每届选他当村主任？还不是因为他处处为别人着想的秉性。虽然他在动员会上说他第一个建，那只是策略，想激起更多的人参与进来。所以后来，在给自家搭棚的时候，根根格外卖力，为的就是弥补对婆姨的亏欠。

这天，根根和婆姨李冬平，女子柳花搭接一根大梁，搭好这根大梁，他们家整个大棚就算完成了。根根站在板凳上，吃力地将一根大腿粗的槐木举过头顶，准备放在架子上。这时候，肚子突然剧烈地疼了起来，像刀扎了般。根根腿一软，一头从凳子上栽了下来，那根粗壮的木头不偏不倚正好打在了他的太阳穴上，人一下子便没有了任何反应。李冬平、胡柳花见状，吓得赶紧把根根抱了起来，母女两个哭

喊着，送医院的途中，两个人已经哭成泪人了。

根根这次闭上眼后再也没有醒过来，他再也不能看见他的大棚蔬菜王国在神树墕村广袤的土地上开花结果了，他甚至都没有给爱他的亲友和乡亲们留下一句话。

胡根根去世的消息在神树墕及喜鹊河沿河一带传开以后，大量的人拥进了茂林县县医院看望这位好村主任。可胡根根永远都站不起来了，再也不能继续为大家服务了。

几乎没有人组织，没有人发动，每个人都是自愿的，胡根根的灵柩往村里拉的一路上，很多人扶着灵车往前走。所有人的脚步是深沉的，心情是沉重的。

很快，县委组织部发文授予胡根根“优秀共产党员”称号，紧接着县委宣传部、县文明办联合下文广泛宣传胡根根感人事迹，号召全县各行各业向胡根根同志学习。一时间，“人民的好村主任”“村主任的榜样”“新农村建设带头人”“老百姓心中的山”等胡根根先进事迹不断见诸报纸、广播、电视台。

盘龙镇和茂林县的领导知道胡根根去世后，心痛不已。这么多年来，胡根根的口碑在整个盘龙镇是响当当的，镇里的领导换了几届，县里的领导换了几届，但是他村主任一干就是几十年，几十年如一日，并且尽最大的努力当好了这个父母官。

镇党委决定给胡根根举办一场追悼会。完成农村丧葬的一些礼数后，在遗体下葬的前一天上午，追悼会在村里的戏台广场上举行。胡根根的追悼会规模是空前的，主要表现在参加人数上和花圈数量上，黑压压的人群把戏台广场围了一个水泄不通。神树墕村无论是在外地打工还是在村里的大人娃娃都来了，他们就是耽误了什么也不能耽误了这场追悼会。榆树湾村和周围几个村子也来了一些人，这些人都是自发来的，他们一人送一个花圈，虽然胡根根没有和他们打过交道，但是他们很佩服这位教书匠的为人处世。全县教育系统也来了很多人，胡根根生前很多学生和同事来为他送行，胡根根当了二十多年的榆树湾小学的校长，可谓桃李满天下。花圈多得简直没有地方放了，从灵柩两边摆开沿着道路，一直快到喜鹊河畔了。

老天似乎被打动了，追悼会刚开始，就下起了蒙蒙的细雨，没有一个人愿意离开，明明手里拿着伞，却不愿意打开撑到头顶。泪水和雨水化成一团，流过了泥泞不堪的道路，一直流进了呜咽的喜鹊河里。那撩人的丧曲都快把人的心吹碎了，人们是多不愿意他们的根根离开啊……

县长白宝生在镇领导的陪同下来到了追悼会现场，他代表县委做了讲话。他说，他也是神树墕的儿子，在他的心中，胡根根就像自己的父亲那般亲切。在他还是驻村干部的时候，胡根根就给了他工作上无私的帮助，给他开了个好头，树了一个良好的榜样。胡根根是一座丰碑，是一面旗帜，是一根标杆，是一个真正的共产党员，是人民的优秀儿子。他对党、对国家无限忠诚，对人民群众充满深情厚谊；对工作、对事业兢兢业业，任劳任怨；他是一个充满深情的人，他的这种爱，不是一种平常意义的、狭隘的爱，而是一种无私大爱。是神树墕村的山山水水、一草一木滋养了他，他以自己的实际行动，用自己的大爱情怀，爱党，爱祖国和人民，爱自己的亲人……

人们一边听，一边哭，听完再哭，哭完再听。铁生全家、双喜全家、寡妇高爱爱站在人群中红着眼睛，听着县长讲话。他们都是得到过胡根根帮助的人，因此在他们的心中，胡根根就像他们的亲人一样。亲人去世了，他们是肝肠寸断。铁生知道胡根根去世后，便没有了上班的心情。一来，胡根根对他有恩，当年他高中毕业，没有出

路，是胡根根推荐他当了教师，让他学到了不少，懂得了不少。所以，胡根根对他有恩，这份恩情他一直记在心里，从来没有忘记。二来，他为柳花当前的状况担心，柳花自从父亲走了后，像变了一个人似的，精神不振，痴痴呆呆，现在急需呵护和关心。追悼会完了以后，他就去找柳花……听着县长的讲话，铁生难过的同时，心中热浪翻滚，他在思考人生更高层面的问题：人活一辈子到底为了啥？为了吃穿享受，为了传宗接代？都不是！人活一辈子就要体现自身的价值，看为这个国家，为这个社会，为周围的人奉献了多少，付出了多少？人生不在于干多么轰轰烈烈的大事，只要把一件平凡普通的小事干好，干持久，干到极致，照样能实现人生的价值……

喜鹊河对岸高处上，车旁站着一个红衣女子，她是刚从省城赶回来参加追悼会的白山杏。她没有惊动任何人，即便是她母亲高爱爱都是事后才知道的，她静静地注视着广场上的一举一动，眼泪没有断过……

原定一个小时的追悼会开了近三个小时，很多人都想对着话筒说几句话来缅怀一下他们的根根。雨还在下，追悼会已经开完了，但是没有人愿意离开，他们是想多看看他们的根根，哪怕是最后一眼……

八 惊魂夜

白山杏回村参加完村主任胡根根追悼会的三个月后，遭遇了人生中的一次灭顶之灾。

这天，省城的这家夜店内，混杂的空气中弥漫着烟酒的味道，男男女女在舞池里疯狂地扭动着自己的腰肢和臀部。白山杏在台上跳着一段性感的钢管舞，正跳得起劲的时候，突然，人群中冲出一个戴着口罩的男子，手里拿着一个瓶子，一个大步跨上去，将瓶中的液体泼在了山杏的脸上。山杏惊魂失色，来不及阻挡，本能地用胳膊挡住眼睛，感觉脸上、身上、胳膊上到处是灼热的烧疼，像是被热蒸气燎过似的，她痛苦地哭喊了起来。

“杀人喽！”躁动密集的人群中不知谁喊了一句，舞池里所有的人都乱了神，不知道是哪杀人了，谁杀人了？只是一种本能的反应，逃命！跑动中，有人跌倒、有人被踩在了脚下，有人哭，有人叫，有人一口啤酒卡在喉咙处，还来不及咽下去，就扔掉瓶子，赶紧往出口跑。

所有的人都乱了套，现场一片狼藉。

那个戴着口罩、把不明液体泼在山杏身上的男子已经不见了踪影，有人看见他趁乱的时候跑了，几个安保人员已经追了出去。

几个姐妹和工作人员冲上舞台，赶忙看山杏怎么样了。那些洒在身体上的白色液体冒着嗞嗞的热气，大面积腐蚀着皮肤。

所有的人都吓傻了，空气中到处弥漫着液体刺鼻辣眼的味道。

120急救车一阵阵的长笛划破了省城宁静的夜空。

山杏全身多处烧伤，伤情严重，人已经昏厥了过去，在重症监护室进行抢救。而那个刺鼻的液体已经查明是浓硫酸。

送山杏来的姐妹们已经联系上了远在千里之外的寡妇高爱爱，电话里也不敢告诉高爱爱她女子烧得到底有多严重，只是轻描淡写地说是被烧了，让她赶紧来省城。

高爱爱这个厉害寡妇听见女子出了这么大的事，害怕之余，头一发昏，竟不知道怎么办了。如果根根活着，她会第一时间想到找根根。但是根根已经不在了，这个厉害了一辈子的女人定了定神，压住内心所有的恐慌，跑到放羊汉志栓家，让他帮忙看好家，随即，叫人

连夜送她去县城坐车。

志栓听后，露出一脸愁容，他把山杏烧伤的事告诉了铁生，铁生惊闻后，吓得鸡皮疙瘩都起来了。当天请了假，坐上最早的一趟飞机，直奔省城。

医院给山杏处理完伤情后，把她从重症监护室转移到了普通的病房。山杏还没有醒过来，铁生和寡妇高爱爱已经坐在病床前了。当他们看到山杏时，简直被吓哭了。山杏的脸上、脖子上、胳膊上、脚上都缠着绷带和纱布，那张脸，除了两只眼睛、鼻子和下巴露着外，也缠着厚厚的纱布。

寡妇高爱爱问完医生后，已经躲在医院一处没人的地方哭了一场。现在，看着还在沉睡中的女子，又忍不住滴了几滴泪。

这时候，山杏的头微微顿了下，身子斜了斜，醒来了。模糊，模糊，清晰，清晰，眼帘中出现了两张熟悉的面孔，首先看见的是一直在梦里都想见到的、爱了一辈子的铁生哥。是他吗？心中七上八下。是他，高高的鼻梁，有神的眼睛，就是他！铁生哥，铁生哥，你怎么来了？真好！还有母亲，看见她了，她怎么也来了？突然，脸部传来阵阵的辣疼，白山杏的脑海中浮现出了一幅幅的画面，一个戴口罩的男子不知道往她身上泼了什么东西。那种液体让她浑身有种被鞭子抽过的疼。她用手摸了摸脸上厚厚的纱布，大概知道了事情的严重性。她知道自己的伤势不轻，但她知道自己还活着。想到这些，她的情绪异常激动起来。

“我怎么了？我怎么了？”山杏的眼睛中飘过几丝恐惧，她已经躺不住了，想要挣扎着站起来。

“没事，只是被烫了下，不碍事的，你躺好！”铁生安慰着让她躺下。

“闺女，不要着急，很快就好了。”高爱爱说。

山杏紧紧攥着铁生的手，一刻也不敢松手，她此刻需要亲人的陪伴，更需要爱人温暖的手。

“我的脸是不是毁容了？”山杏看着铁生，眼神中流露出几分哀伤和绝望。

“我问过医生了，如果情况好的话，脸上不会留下什么疤痕的。”铁生故作轻松，笑着对她说。

“你骗我。”山杏斩钉截铁地说。

“连我的话也不相信了？”铁生平静地说。

“我只是担心。”山杏又重新躺了下来。

……

晚上，铁生等山杏睡着以后，一个人走出病房，来到了昏暗的楼道里，坐在走廊里的座椅上，揉了揉眼睛，心中五味杂陈。

他原本不想骗山杏，但还是骗她了。他从医生那里已经得知，山杏的脸即使情况再好，也逃脱不了毁容的事实，他骗她只是担心山杏一下子接受不了，怕她想不开，做出什么傻事来。她是一个爱美的女孩子，毁容对她来讲，是不能承受的。同时他心中也充满了自责和内疚，山杏喜欢他，对他一直很好，如果他能够多关心她点的话，说不定也不会出现今天这样的事。从小到大，他们一起玩耍，他受欺负了，山杏替他出头，两人一起上课，一起放学回家。在学校里山杏和他一块踢足球、打篮球。当年他在村小学教书的时候，她天天给他做饭，把做好的饭送到学校看着他吃，陪他一块和娃娃们上课，有啥好吃的，自己总是舍不得吃，让他吃。在她心里，他比她妈还亲。她伴随他度过了幸福欢乐的童年，阳光灿烂的少年时代，他们经历了青春时光，经历了多少快乐的日子。而他几乎对山杏不闻不问，很少把心

思放在她身上……这些逐渐成了记忆，他们彼此长大了，成熟了，有了工作和事业。山杏去了省城，他们的联系更少了……如果按照门当户对的观念来看，无疑，他和山杏是最合适的，但往往世事弄人，造化弄人，他偏偏爱上了柳花……

铁生抽着烟，充满了愧疚感和负罪感，他欠山杏的太多了。或许今生今世，他都不能报答完。

时间如梭，转眼间就到山杏出院的日子了，在这个每天很早就有阳光射进来的病房里，山杏是高兴的，又是难过的。高兴的是心爱的铁生哥天天陪着她，和她拉话，喂她吃饭，哄她睡觉。遇到天气晴朗的日子，扶着她到医院后面的花园去散心。这么些天，她沉睡在心中几个年头已经死亡了的爱情幼苗，再次破土而出，重新焕发了新的容颜。有时候，她希望就这样一辈子过下去，按照现在的这种生活模式延续下去，她情愿不出院，就这样相扶到老地过下去，没有人可以将他们分开……

一直以来就是渴望简单的生活，洗衣做饭，粗茶淡饭，相夫教子。即使让她变成全世界最丑的女人，她也愿意。可每当回想完这些不切实际的东西后，她心里又是难过的，这些都是她一厢情愿的结果。铁生哥还会离开她的，只是时间问题。有些事情，她不得不重新去面对。对于一个还没有结婚的人来说，脸上的疤痕是要命的，疤痕会永远留在脸上，永远留在她的心里。直到现在，她还不敢去面对镜子，不敢去面对那张丑陋的脸。她害怕，甚至不愿意相信眼前的事实。每次医生给她换药的时候，她都有机会拿着镜子看看那张脸到底怎么样了。但是她不敢，有时候她甚至幻想，自己的脸还像以前那般漂亮，还能站在舞台上唱歌、跳舞。

纱布一层层被揭开，山杏感觉就像在一层层扒她的皮。那个明晃晃的镜子就在跟前了，她颤颤巍巍地拿起镜子，看脸。

情况比她想象中的更糟糕，那张极丑的疤痕脸让她恨透了自己。

瞬间，她的精神世界崩塌了！

“不——”山杏将镜子狠狠地摔在了地上，似乎要砸碎镜子里丑陋的自己。

“杏，你冷静点！”铁生摁住了大哭大闹的山杏。

“杏杏，你不要闹了，妈看见心疼。”高爱爱忍不住在女子跟前落了泪。

山杏扑上去，抱着铁生消瘦的肩膀，大声地哭了起来。

……

“铁生哥，我想嫁给你，做你的婆姨，给你洗衣做饭，生儿子，你敢不敢娶我这个丑八怪？”

“现在说这些干什么？”

“你回答我！敢不敢？”

“我……”铁生不知道怎么回答这个问题，一时语塞。

突然，山杏张开嘴巴，从他的衣领上咬下一颗扣子。

“你疯了吗？”铁生惊愕地看着山杏。

山杏用一种恶狠狠的眼神瞪了一下铁生，夺门而出。她明白了极深的爱和极痛的恨，也品味了人世间的百样相思，千般滋味，万种情怀。

铁生立在原地，脸色苍白，怅然若失。

……

不久，那名戴口罩的犯罪嫌疑人就被警方逮捕了。据他交代，他是拿了对方的钱来干这件事的，幕后主使是这家夜店的一位股东，因为垂涎山杏的美色，想方设法想占有她。可他无论是用浪漫的手段疯

狂追求还是到后来的威胁恫吓，山杏都没有答应。后来这人恼羞成怒，铤而走险，要毁掉山杏的脸蛋。一来要教训一下山杏，二来自己得不到的东西，就要亲手毁掉。现在，那家夜店被关门整顿，那个股东已经被警方逮捕，迎接他的是几十万的民事赔偿和法律的严判。

九　关于理想

就在这永不停歇的脚步中，时光已经骤然来到了2013年。高双喜作为柳沟煤矿选送的一名小品演员，代表柳沟煤矿来到省城的戏剧演艺中心参加比赛。他参演的这个小品是根据他们综采一队发生的一件真实的事情改编而成的。元旦，矿上举办了一场名为“走进春天”的文艺演出活动，双喜就把这个故事写成了剧本，找了几个同事一块儿参加文艺演出。没想到，演出大获成功，矿领导很赏识，就推荐他们参加省文联举办的“小戏小品”大赛。双喜和同事们精彩的表演博得了台下的阵阵掌声，他们在一定程度上代表的是煤矿工人，代表的是煤矿的形象，但他们给观众展示的是新时代新矿工的形象。矿工不再是没文化、简单、粗鄙的代名词，而是素质高、技术过硬的新时代先锋。

这天下午演出完，双喜坐着晚上的那趟火车回到了茂林县。下车后，他并没有着急赶回矿上，而是来到了神树塬村看望山杏。

几乎每隔一个星期，他都会来看山杏，这已经是他半年多来雷打不动的习惯了。

时间拉回到半年前山杏被毁容的时候。当他赶到医院的时候，已经是两天后了。那个时候，山杏已经醒来了。有一段时间，铁生因为工作上的事情回矿上了，双喜既是护理又是家属，日日夜夜守在山杏的身边。他一直握着山杏的手，为她的伤痛焦虑难过，两滴滚烫的泪落在了山杏的手背上，山杏给他笑了笑，一股股热浪漫过了他的心田。曾几何时，这一幕似曾相识。那次山杏因为一个男人把自己关在屋子里，要死要活，意志消沉，是他日夜辛勤地照顾和鼓励，山杏才重新站了起来。只要山杏有需要，有困难，他就会毫不犹豫地出手帮忙。他们在省城度过了一段难忘的卖唱时光，成立了“圪梁梁”的歌唱组合，有过委屈，有过快乐，那些点点滴滴将永远留在他生命的长河中，永不消失。有时候，他情愿受伤害的是他，而不是山杏……

尽管他现在和蓝妮处对象，他们彼此有好感，相互珍惜对方。但他知道，他对蓝妮的爱和对山杏的爱完全不是一回事。他对山杏的爱不带任何条件，就是喜欢和她在一起，一辈子保护她、爱她，吃糠咽菜都可以，讨吃要饭都可以。而对蓝妮的感情更多的是从成家立业方面考虑的。母亲死了以后，他听从了父亲的安排，到了柳沟煤矿上班。现在已经有了一份收入高又稳定的工作，接下来就是结婚生子，过普通人的生活，而蓝妮无疑是最好的选择。蓝妮是大学生，又和他在一个单位上班，无论学历、人品、地位都能配得上他，这些是他们两个人感情的根基。日常两个人相处也是不温不火，缺少和山杏在一起的那种激情和张扬。他总感觉他们之间缺少什么东西，但一时又说不上来。

“演出怎样？”山杏高兴地把双喜迎进屋。

“大获成功！”双喜回答。

“工作那么忙，不用每个礼拜都来看我！”山杏倒了一杯水，递给双喜说。

“没事，单位下班以后就没什么事了，我待在矿上也无聊，过来陪你拉拉话。”双喜抿了一口水。

“你要常往我这儿跑，蓝妮会不高兴的。”山杏笑着说。

“没事，她还说要一起来呢。”双喜说，“对了，这次去省城，忙里偷闲在宾馆附近的一家店里看到了很早以前的梅艳芳的一张碟，专门给你买了。”说完，双喜从包里掏了出来，递给了山杏。

“是嘛，我最喜欢梅艳芳的歌了，谢谢你。”山杏说。

两个人沉默了一会儿，双喜又问：“下个月铁生和柳花就要结婚了，他们两个真是不容易，现在终于要走在一起了。”

山杏咬了咬嘴唇，脸上露出一丝难看的神色来。这一段时间，铁生和柳花的婚事已经在村里传开了，放羊汉白志栓天天上县里给小子置办东西，新寡妇李冬平也天天跑到亲家家里帮忙，喜悦笼罩在两家人的头上。可唯独山杏高兴不起来，听到双喜的话，她的情绪一下子降到了冰点。

双喜看出了山杏的心思，便没有继续说下去。

他们又谈了一些事，正谈得兴浓的时候，高爱爱回来了。高爱爱见了双喜，笑着点了点头，算是打了招呼，便一头扎进里屋了。

“我要告诉你一件事情，我打算辞职不干了。”双喜平静地说。

“为甚？你现在这样不挺好的嘛!”山杏不解地问。

“有些事情，你不懂，我不是一时心血来潮，是经过深思熟虑后做出的决定。”

“辞职了准备干什么?”

“干我的老本行，实现我的音乐梦想。或许将来还会到街头去卖唱，唱披头士的歌……”

……

双喜从山杏家里出来以后，坐顺车回到了矿上。他现在要去找蓝妮商量人生中一件很重要的事。双喜为这个决定欣喜和激动着。一直以来，他在柳沟煤矿过着很安稳的生活。原本，他就打算这样过下去，结婚生子，为人夫，为人父……但是参加完小品大赛彻底改变了他沉稳的想法。没错，在矿上工作，不愁穿，不愁吃，但缺少激情和冒险的精神。在排练小品的那段时间，他是快乐的，感觉自己才真正地活了一回，为自己活了一回，不是为家人，为未来的生活。虽然他现在是区队管理干部，还是团支部书记，但这些都不是他想要的生活。他想要的生活不是这种被束缚的生活，他希望自己像一只雄鹰一样，可以在蓝天自由翱翔，没有人可以阻挡他……他也会找父亲好好谈谈。至于蓝妮，他会开诚布公地表明他的态度，如果她愿意继续和他相处，他们会继续走下去，如果不愿意，他们就各走各的路，还是好朋友……

风迎着吹过来，但高双喜脸上热乎乎的。或许未来的一天，他会继续出现在城市的大街上，拿着吉他，唱着披头士乐队的歌曲。或许，他会发行自己的一张唱片，成为全国著名的歌手……那才是他想要的生活……

想到这里，他径直向蓝妮的宿舍走去……

十 山洪暴发

这天早上，白宝生县长来到办公室，刚坐下，办公桌上的电话就响了起来。办公室秘书提醒他，一个小时后，他要到市里去开会。下午，要到本县的一个民营化工企业去考察。白县长刚放下电话，就有人敲门，几位局长在外面要汇报工作。

白县长自从上任以来，几乎没有清闲的日子。他这个县长当的不是时候。煤炭市场不景气，煤不停地降价，本县的经济遇到了很大的

考验。加上民间借贷带来的种种问题，使白宝生这个新任县长遇到了巨大的困难和挑战。一年多来，白县长除了日常的开会、学习、培训、考察调研等，就是在寻找一条适合茂林县长久发展的转型路子。眼看煤不能再像以前那样红火热闹了，转型的路子已是迫在眉睫，只有那样，茂林县才会迎来新的春天。

白县长正在开会，电话突然响了，由于会前忘记将电话调整到静音状态，刺耳的铃声在会议室内显得格外响亮。

白县长拿起电话，快步走出会议室："不知道我在开会吗？一点规矩也不懂。"白县长本打算好好批评一顿打来电话的办公室主任，当他听完电话那头的一段话后，吓得脸色苍白，差点将手里的电话掉在地上。

"什么？你给我说清楚！"白县长大叫了一声。

"白县长，具体我也不太清楚，现在网上到处是关于你的新闻。"

"什么时候的事？"

"今天早上9点左右。"

白宝生赶紧上网查看，果然网上到处都是关于他的桃色新闻的帖子。看完帖子，白宝生气得脸色铁青。帖子大部分是手机短信截图，里面是肉麻的对话。赤裸裸的情话，人人看完心里都不禁泛起一阵阵的酸意。发帖的不是别人，正是一个和他有着非比寻常关系的女人。他赶紧用另外一个手机给那个女人打了一个电话，结果对方的电话已经打不通了。

白县长马上就意识到了事情的严重性，如果这件事处理不好，任由这些照片在网上传来传去，肯定会影响到他的政治生涯。说严重点，乌纱帽都有可能保不住。

白县长的心思早已经不在开会上了，他马上给会议主持人请了假，以最快的速度赶回了县政府大楼。一路上，他的领导、同事、朋友、家人纷纷打电话询问此事。白县长矢口否认，他是被人陷害栽赃的。与此同时，记者的电话打爆了县政府办公室的电话……

白县长一再向组织保证，绝无此事，显出一副自己也是受害者的样子。私下里，他找了一些朋友，上网删帖子。

三个小时后，茂林县政府官网发布了消息，消息声明，网上关于白宝生县长的流言纯属虚假捏造，蓄意诽谤，他们将全力追究发帖人的责任。可就在消息公布半个小时后，更多的猛料和内幕曝光了出来。

新一轮的帖子是白县长和那位女人的床笫交欢照，时间、地点都写得一清二楚。这下，白宝生就是长着一千张嘴也说不清楚了。这些照片就像病毒一样迅速在网上扩散。白宝生瘫坐在椅子上，面如土色，头上冷汗直流。这些照片也迅速传到了神树塬村的“闲话中心”中，有人笑话，有人叹息，有人热讽，有人直骂。

两天后，茂林县纪委发布消息，网上关于白宝生的不雅照纪委已介入调查，白宝生目前已被停职配合纪委调查。

但是白宝生的噩梦远远没有结束，另一件事才是致命的。早在一年前被他失手杀害的那名女子的尸体三个月前被一个放羊汉在关中一个农村的枯井内发现。警方经过前期的侦查，已经将那名抛尸的房地产老板逮捕，那名房地产老板见大势已去，出于自保，如实交代了白县长过失杀人的事实。

白宝生提前从警方一位熟人那里得到消息后，瞠目结舌，像哑了口似的。这些天，网上的那些事已经把他折磨得焦头烂额了。

五天后，白宝生被免职。不到十天的时间，仕途红极一时的县长白宝生从人生的顶峰跌入了谷底。

白县长的父亲白志平知道小子不仅官位保不住，还要遭受牢狱之灾时，这位精明能干的老汉气得差点一头栽了过去。临快老了，还要受这么大的打击，世间还有比这更痛苦的事吗？他气愤、害怕、担心、惶恐。这几年，从离开神树墕后，他就过上了养尊处优的快活日子，很少经历生活上的大风大浪。有时候，老汉实在无聊至极，就想哄孙子，享受天伦之乐，可小子和儿媳妇两口子不愿意让他们两个老人带，专门请了保姆。志平没有办法，平日就邀约几个老头、老婆子打麻将、下象棋、跳舞来打发时光。后来，有人邀请他当县老年协会的会长，他心想，他懂啥老年工作，人家是因为他小子而抬举他，给他脸上贴金了。有人羡慕志平养了一个好儿子，白家祖坟上冒烟了。

有人给他主动送钱，有人赔脸求他办事，志平一下子觉得自己高贵了起来，比那县太爷还牛气。俗话说，钱是男人的胆，有了钱的志平，连说话的口气都变了，路上碰见辈分大的人不叫了，见了熟人故意装作没看见，难怪神树墕村的“闲话中心”传出来，志平有了钱，忘了祖，不认人，头抬得老高。志平从来不反驳，鼻子一抽，心里骂道，你们这些穷鬼，难怪你们穷了一辈子，活该你们穷！

精明惯了的志平没有坐享其成，他把自己积攒了一辈子的几百万存款按照三分的利息放给了一个开煤矿的好朋友，他对这人深信不疑，每年他光利息就能收几十万，他把收来的利息又放给了这位办煤矿的人。为的就是利滚利，钱生钱。今年开春，按照惯例，到了结算利息的时候了，志平原打算把本金和利息都收回来，再不放了。现在风气不好，骗钱的太多了，他害怕了。可是，志平苦等等不到，后来，听说那人去年年底就没了踪影，至今音信全无。志平喊天骂地不顶事，这可是他一辈子的心血，这不是抽他的筋，喝他的血嘛！

不！他要到法院去起诉这个狗日的，他的钱不是风刮的，不能就这么没了。

眼下，志平还没有精力来管这些事，最重要的是把小子救出来。人比钱更重要。他打电话让当市委书记的妻弟帮忙，可是妻弟却一口拒绝，说他爱莫能助。他又给省政协当大官的亲家打电话，没想到，亲家还把他数落了一顿。现在，女婿在外面干了这么丢人的风流事，他的脸都存不住，他让女子赶快和宝生离婚。

志平真是欲哭无泪啊。

为了小子的事，他前前后后花了不少冤枉钱，结果小子还是被警察带走了。秋天一到，志平卖了在县城的房子和老伴相跟着回到了神树墕村。神树墕村在村主任胡根根的带领下，已经发生了翻天覆地的变化，而同为村里领导人的他却一事无成，一无所获，最后，连个送终的都没有。白家和胡家的争斗，在他这个层面上是失败的。

志平家的门楼依然是村里最气派的一个，只是失去了往日的辉煌。大门远处的镶门周围长满了杂草，“紫气东来”四个字也是斑斑锈迹。人生无常，人生如戏啊。当年，他从这个门楼走出去，而今又回来了，真是唏嘘感慨啊。这时候，两只大雁从他的头顶飞过，一泡屎正好跌在了他的眼门上，志平抱着镶门柱子，溜了下来，看见那泡又臭又黄的屎，说了一句：“世道变了。”然后哈哈大笑起来。

后来，志平疯了，在村里疯疯癫癫的，逢人就说：“世道变了，世道变了……”

十一　最后的诀别

“走吧！把孙子抱上到志栓家看红火热闹去，今天，铁生和柳花结婚了。”

“全村人都去了！”

“铁生是个上进的后生，柳花是个俊女子，天造地设的一双。”

……

农历七月七这天，是白铁生和胡柳花结婚的日子，全村的老老少少都拥进了放羊汉白志栓家的破烂院子里。志栓家门口那两个高挂的高音大喇叭一大早就开始忙碌地唱了起来。欢快喜庆的歌声就从没间断过。志栓家的亲戚都来了，男人都像做新郎官一样高兴，女人都像做新娘一样高兴。白志栓在高兴激动之余，还偷偷地哭了一鼻子。小子娶了婆姨，他就能抱孙子了，他们这门子就不会断后了，他一辈子最愁苦的一件事今天终于有了着落了。

全村所有的人都跑出了屋，来志栓家看红火热闹。只有寡妇高爱爱家的女子山杏一个人躲在屋里，不敢出去参与这红火热闹的活动。

“山杏，你怎么一个人在屋里呢？快去帮柳花穿衣服去。”新郎官白铁生打扮得非常帅气，他一把推开门，嚷嚷着就进来了。今天这样的日子，他是忙里偷闲跑出来的。

山杏笑了笑说：“铁生哥，你先走，我随后就来。”

等新郎官走了以后，山杏把门从里面锁死，伏在床上，难受地哭了起来。

自从脸被毁了以后，她的生活就完全变了，简直是一种生不如死的生活。她讨厌这种生活，却无奈要面对这样的生活。她自卑得不敢出门，不敢跟人拉话。至今，她主要的活动场所就是自家的院子和窑洞，当别人看见那张红红的疤痕脸时，嫌弃、嘲讽、躲避的目光都投在了她的身上。她真想地上裂开一道缝，自己躲进去，永远也不出来。每天早上起来洗脸的时候，看见那张脸，她就讨厌自己、恶心自己。她这个样子还敢见人吗？还有人要她吗？村口“闲话中心”传出的一些有关她的流言蜚语，常常让她绝望透顶。有人说她在省城夜店里面坐台当小姐，干了太多丢人败兴的事，惹来了仇家毁了容；有的说她是煤老板的情人，卷走了人家的钱，人家报复她……五花八门，说什么的都有。这些说话没有把门的人往往是被寡妇高爱爱臭骂一顿悻悻走开了……渐渐地，自我封闭和恶毒的重伤使她的性格发生了很大的变化，她变得孤僻、自闭和多疑。她以前即使心里每天受着煎熬，也每天给自己前进的动力，但是现在，她不想再给自己前进的动力了……

这一段时间以来，当她一听到铁生哥要和柳花结婚了，就吓得心惊肉跳。她最害怕的事情还是来了，她的确是绝望了，她这辈子唯一真正爱过的男人也离她而去了。人只要有三寸宽的路也不会想到死，然而，她没有路了，现实向她关闭了所有的大门。她不平、气愤、无助、失望……生活迎接她的不是掌声、鲜花，而是不公、重伤和侮辱……她没有悲伤的眼泪，没有痛苦的叹惋，眼泪已经流完了，痛苦也已经受完了。她曾经就死过一次，那次是吃了一大把的安眠药，为了一段不值得的爱情，与其这样煎熬地活着，还不如安静地离开……

不过，在死之前，她还有一件很重要的事要做。她早就计划好了，今天，她也要做一回新娘。她从柜子里拿出那身漂亮的婚纱，那洁白的婚纱白得令人陶醉、令人神往。这个婚纱在半年前她就买下

了，为的就是今天这个特别的日子。山杏洗了头发，把自己好好地打扮了一番，穿上了那身漂亮的婚纱。今天，她的确很漂亮，那殷红的嘴唇尽显女人的妩媚。

今天，她和柳花一样也是主角。

志栓家院子喇叭上传来了拜天地的声音。山杏不敢耽误事，她要为自己举办一场婚礼。今天的另一个主角新郎官就在她的手上，新郎官是一张照片，是不远处正在举行拜堂仪式白铁生的照片。照片中的白铁生嘴角微微上翘，喜气十足。

山杏心满意足地和照片拜了堂，安静地躺在了床上。那张照片被她烧了，她看着灰烬落在碗里，安详地躺着。

床边放着一整瓶安眠药，她倒出一把，一口就吞了进去。她慢慢地闭上了眼睛，静静地等待着死亡的来临，显示出惊人的平静。脖子上戴着的那颗扣子，是她出院那天从铁生身上咬下来的，她一直珍藏在身上，如生命般珍贵。

“铁生哥，墙头上跑那马还嫌低，我忘了我的娘老子我忘不了你。”山杏最后贴骨贴肉地想了一遍。旁边的一张纸上，写着她留给这个世界的最后一段话：我死后，将我的眼角膜捐给省城的儿童福利院，告诉那些孩子们，他们的梦姐姐永远爱着他们。

窗外的风吹着窗户纸沙沙作响，她听到了一串串的鞭炮声和酒席上猜拳行令的声音。心不要跳得那么快，她看到死神在敲打她的心，眼前仿佛出现一块精美的魔毯，旁边有七彩祥云涌动，她轻轻跳上去，飘向无边无际的大海……

夜幕下，骆驼山上响起一阵歌。

妹妹你大胆地往前走呀，往前走，莫回呀头，通天的大路，九千九百九千九百九呀，从此后你搭起那红绣楼呀，抛洒着红绣球啊，正打中我的头呀，与你喝一壶呀，红红的高粱酒呀，红红的高粱酒呀，妹妹你大胆地往前走呀，往前走，莫回呀头……

动笔时间：2014. 9. 16 晚

初稿完成时间：2015. 4. 4 晚

筹备、采访、酝酿、收集、整理资料：2014 年 2—9 月